В. АКСЕНОВ

ЗОЛОТАЯ НАША ЖЕЛЕЗКА

АРДИС

В. Аксенов
Золотая наша железка

ISBN 0-88233-479-4 (cloth)
ISBN 0-88233-480-8 (paper)
Published by Ardis
2901 Heatherway
Ann Arbor, Michigan 48104

ОТ АВТОРА

Больше семи лет прошло после написания этого романа, и сейчас перед первым русским его изданием я чувствую необходимость предварить книгу несколькими словами.

Нетрудно будет заметить, что это вещь ностальгическая. Мне подходило к сорока, и читатели мои не молодели. Шестидесятые, десятилетие советского донкихотства, были за спиной. В значительной степени я идентифицировал своего „лирического героя" со своим читателем и потому решил написать книгу о своем читателе, сказать good-bye нашей общей молодости.

Журнал „Юность" тогда еще подавал признаки жизни, несмотря на многолетнее правление Б.Полевого. Роман был принят, однако в последний момент шеф-повар пересчитал калькуляцию и нашел рецепт пирога неправильным, не соответствующим ГОСТу. Хулиганские малограмотные комментарии на полях вдоль всей рукописи достойны, может быть, отдельного исследования. Цитата, например, из Пастернака заслужила замечание „какая пошлость".

К арбитражу были привлечены чины повыше. Помню ветренный солнечный денек, когда я увидел одного из них, псевдо-мариниста с псевдо-морскими наколками на лапах. Он шел по шикарной улице Москвы, эдакий упитанный богато одетый „булыжник – оружие пролетариата", и нес под мышкой „Железку". У меня возникло тогда какое-то смутное чувство поворотного момента судьбы. Так и оказалось, поворот начался: мнение сомнительного морячка, хранителя тайн литературного ГОСТа, стало решающим.

Вираж однако затянулся. Иллюзии прошлого десятилетия были сильны. Рукопись много лет нищенкой шлялась „по просторам родины чудесной, закаляясь в битвах и труде". Однажды на ней даже поставили штамп „разрешено к вывозу" и толкнули за малую толику твердой валюты французскому издательству. Разрешения „на ввоз" однако так и не последовало.

Крылья бессмысленных мельниц рассеивали между тем по белому свету моих читателей. Все реже и реже я стал замечать их на улицах, в залах НИИ или на склонах Кара-Дага.

Времена менялись. „Морячок" устанавливал свою собственную литературную моду. В интеллигентских кругах говорили с некоторой растерянностью о новых шедеврах: „скучно, конечно, но зато какая безысходность!" Безысходность однако находила исход в государственных премиях и оборачивалась ,,преодолением трудностей послевоенного времени, силой народного духа".

,,Морячок", конечно, инакомыслие очень сильно не любил, однако поднаучился в силу своих скромнейших способностей слегка его подрегулировать, внес в ГОСТ некоторые ,,соответствующие" поправки. Ненавидел же он всей своей татуированной кожей другое явление – инаколикость.

Сейчас я с горечью и радостью встречаю выход ,,Железки" в американском доме русской литературы. Смесь этих чувств, думаю, не надо объяснять.

Василий Аксенов

ЗОЛОТАЯ НАША ЖЕЛЕЗКА

Роман с формулами

ЧАСТЬ ПЕРВАЯ
С ВЫСОТЫ 10.000 МЕТРОВ

„О, если бы я только мог
Хотя отчасти,
Я написал бы восемь строк
О свойствах страсти."

Борис Пастернак

Для того, чтобы написать эту повесть, автору пришлось сильно потратиться, а именно – купить самолетный билет от Москвы до Зимоярска. Затем ему пришлось встать ни свет - ни заря, чтобы занять место в аэропорту Домодедово, в диспетчерской по транзиту.

Автору важно было разместить большую группу будущих героев, возвращающихся из летних отпусков, в одном самолете, чтобы раскрутить по всем правилам стройную экспозицию. Сейчас он приносит благодарность „Аэрофлоту" за то, что это удалось без особых трудов и при помощи самого незначительного авторского произвола. Насилие над героем всегда удручает людей нашей тоже гуманной профессии.

Итак, все прошло благополучно: герои умудрились встретиться в огромном порту и получить билеты на один рейс. Довольный автор уже собирался начать спокойное повествование от третьего лица, как вдруг заметил на трапе фигуру в кожаной крылатке, фигуру своего недавнего и неприятного знакомого – молодого „авангардиста" Мемозова, который за последние несколько лет умудрился пробить три бреши в его творческой цитадели. Более того, автору показалось, что сквозь бушующие на аэродромном ветру черные пряди сверкнул дьявольский зрачок Мемозова, а на бледном его лице мелькнула издевательская улыбка в его, автора, адрес.

Что влечет этого неприятного завсегдатая буфетной залы Общества Деятелей Искусств в далекое сибирское путешествие? Ведь не собирается же он в самом деле написать повесть о Железке?

Тягостное беспокойство на какое-то время охватило автора, но люки были уже задраены, пора начинать, и он смалодушничал, ухватился за испытанное оружие, за „я", и загудел как бы от лица старшего научного сотрудника Вадима Аполлинариевича Китоусова и в то же время как бы от себя.

Если вы ничего о Ней не знаете, вы можете Ее и не заметить с высоты полета транссибирского аэро. Может быть, ваш безучастный взгляд и отметит небольшую розоватую проплешину среди „зеленого моря тайги", но уж во всяком случае вы не прильнете к иллюминатору и не испытаете никаких чувств, если только вы вдруг не почувствуете ничего особенного, что не исключено. Если же вы не только знаете Ее, но и служите Ей уже многие годы, то есть если вы Ее любите, то вы конечно же влепитесь в иллюминатор задолго до приближения к Ней чтобы как-нибудь не проглядеть, и будете волноваться, как перед встречей с близким человеком или любимым животным и разглядите все ее составные пятнышки, камешки, прожилки, блестки и может быть вам она даже покажется не просто близкой, волнующей, но и красивой, может быть, даже с десятикилометровой высоты Она напомнит вам нечто нежное и беззащитное, с крылышками и тонким стержнем - тельцем, нечто вроде бабочки, эдакий терракотовый баттерфляй, изящный и непрочный как иностранное произведение искусства. Вот она какова с высоты, наша Железка!

Все уставились в окошки: Паша Слон и Наталья Слон, Ким Морзицер, Эрнст Морковников и сам Великий - Салазкин, и даже директор нашего торгового центра Крафаилов вместе с женою.

В десяти километрах от Железки, то есть за узенькой перемычкой „зеленого моря тайги" начиналась белоснежная геометрия нашего городка, но на нее-то как раз никто не обратил внимания. Все наши провожали взглядом уплывавшую на запад Железку. Одна только моя жена Рита не смотрела в окно. Вот уже битый час она была занята беседой с новым самолетным знакомым Мемозовым. Вообразите, бука Рита вместо обычного своего сигаретного презрительного и „тианственного", именно „тианственного", а не таинственного молчания оживленно беседует с чужим мужчиной, кивает ему головой, понимающе улыбается ртом, вырабатывает целые периоды устной речи, да еще подбрасывает милой ручкой – поясняет сказанное пленительным жестом и даже ее неизменная сигаретка весело участвует в диалоге. Чем же ее так расшевелил Мемозов?

Познакомились на свою голову. Ты, Рита, не видишь рядом серьезной драматической натуры, а верхогляды, оказывается, тебе по душе. Ты, Рита, даже не повернула свою нефертитскую головку, даже не скосила продолговатый свой „тианственный" глаз, ты равнодушно пролетела над нашей Железкой, в недрах которой десятилетие назад ты, глупая Рита, помнишь ли, звездочка моя вечерняя…

ДЕСЯТИЛЕТИЕ НАЗАД

С диким топотом, словно стадо африканских слонов, неслись по синхрофазотрону мои нейтроны, а я, новичок, еще не кандидат, а лишь романтик тайных физических наук, стоял, прижавшись молодым ухом к вороненой броне и пытался сквозь этот грубый беспардонный батальонный топот уловить шорохи истинного микромира.

– Мотри, начальник, вухо обморозишь, – ласково сказал мне бесшумно подошедший сзади ночной сторож. – Усе гении давно пиво дуют в „дабль - фью", а етот усе на стреме. В твои года я девчат шелушил, а не частицы считал. Подвижники изнемогли от дум, а тайны тоже сушат мудрый ум.

Он снисходительно смазал меня слегка по шее и косолапо удалился в пятый тоннель, а я снисходительно хмыкнул ему вслед и мимолетно удивился человеческому невежеству. Здесь под моим ухом за жалким трехметровым слоем воронежской брони шуршат титанические процессы, а этот – о пиве, о девчатах... Даже рубаями рубит! Вот они, полюсы человеческого интеллекта: один сидит под яблоней. развлекает свою нервную систему мыслями о законах тяготения, другой – проникает в глубину соблазнительного фрукта, рвет пытливыми зубами умопомрачительное сцепление молекул. Однако, пардон, пардон, откуда этот типус Хайяма знает?

Все! Зажглась лампа – мое время кончилось. Я вытащил кассеты и куда-то поплелся по огромному, пустому зданию. Теперь вместо топота нейтронов слышались только мои шаркающие шаги, да еще где-то в юго - западном секторе зацокали каблучки – это вступал на арену новый гладиатор – наша аспирантка Наталья Слон.

В устье шестого тоннеля я обнаружил еще одну живую душу: девчонку - сатураторщицу. Она сидела на железном шестке и читала молодежный роман, как сейчас помню. Не отрываясь от захватывающего чтения, сокровенно улыбаясь, она нажала что-то нужное и подтолкнула ко мне пузырящийся стакан.

Любопытно, подумал я, для чего к сатуратору сажают девчонку? Неужели я не разберусь где что нажать, а если для контроля, то неужели я, ученый физик, буду злоупотреблять водой, стаканом, сжатым воздухом?

– Для чего ты здесь сидишь? – спросил я.

– Я люблю одиночество, – ответила она.

Она подняла лицо, и я тут же понял – не зря тут сидит. Затихшая было вода в недопитом стакане вновь закипела. Плотный заряд пахучего воздуха с далекой хвойной планеты пролетел по шестому тоннелю.

—Еще стакан, будьте любезны, – отдуваясь, проговорил я.

Вновь удар по клавишам, органный гул, трепет крыл и блаженная газировка в кулаке – пей, пока не лопнешь. Интеллигентная девушка с вопросительной усмешкой смотрела на меня. Мне полагалось пошутить. Я знал, что мне сейчас полагается пошутить, а мне хотелось сходу заныть: „Любимая, желанная, счастье мое, на всю жизнь, Прекрасная Дама.'' Шли секунды, и страх сегмент за сегментом сжимал мою кожу: если я сейчас не пошучу, все рухнет.

– А на вынос не даете? – наконец пошутил я.

Она засмеялась, как мне показалось, с облегчением. Кажется, она обрадовалась, что я все-таки пошутил и наш контакт не оборвался. Слабосильная шуточка открыла нам головокружительные перспективы.

– То-то, начальник, – услышал я за спиной. – Таперича ты по делу выступаешь.

Ночной сторож, засунув руки в карманы засаленной нейлоновой телогреечки, покачивался на сбитых каблуках, как какой-нибудь питерский стиляга, и возмутительно улыбался в мокрую бороденку.

– Что вам угодно? – вскричал я. – Что это за отвратительная манера? Экое амикошонство!

– Не базарь, не базарь! – ночной сторож бочком отправился в смущенную ретираду. – Я ведь тебе по-хорошему, а ты в бутыль! Али для тебя нейлоны дороже такой красавицы?

– Что вы знаете о нейтронах! – крикнул я уже не для сторожа, а для моей Прекрасной Дамы.

– Я ими насморк лечу, – ответил он уже издали, повернулся и быстро ушел, дергая локтями, как бы подтягивая штаны.

– Каков гусь! – воскликнул я, повернулся к девушке и увидел ее глаза, расширенные в священном ужасе.

– Как вы можете так говорить с ним?! Вы, сравнительно молодой ученый! – шепотом прокричала она. – Ведь он сюда приходит по ночам мыслить.

– Кто приходит мыслить?

– Великий - Салазкин.

– Вы хотите сказать, что это он?...

КОТОРЫЙ написал три десятка томов три десятка громов чье эхо не иссякает в наших гималаях

КОТОРОГО ум сливается с небом с наукой

КОТОРЫЙ привел в тайгу первую молодежь

КОТОРЫЙ воздвиг на болоте нашу красавицу Железку

– Ну, конечно, неужели не узнали, – горячо шептала она. – это сам Великий - Салазкин. В шутку он говорит, что лечит здесь насморк шальными нейтронами, а на самом деле мыслит по вопросам мироздания.

– Хе, – сказал я, – пфе, ха - ха, подумаешь, между прочим не он один по ночам мыслит и, задыхаясь в метелях полуденной пыли, врывается к Богу, боится, что опоздал, плачет, целует ему жилистую руку, просит…

Выпалив все это одним духом, я уставился на целое десятилетие в палестинские маргаритские тианственные, именно тианственные, а не таинственные, глаза.

– … чтоб обязательно была хотя бы одна звезда, – сказал чей--то голос то ли рядом, то ли в глубине тоннеля, и там, в проеме, за далекими соснами, за вековым дебелым снегом действительно сияла одна-единственная звезда - покровительница, возможная родина нашей Железки.

О ветер, полынный запах космоса, газированная ночная мысль моего кумира, которого я сегодня впервые увидел, о девушка за сатуратором, о тайны ночной смены…

– Давайте уйдем отсюда?

– Но кто же будет поить людей?

– Жаждущий напьется сам…

В сумраке ничейного пространства из-за бетонного упора вышел Великий - Салазкин. Голова его лежала на левом плече, как у скрипача, а лицо было изменено трагической усмешкой пожилого Пьеро.

– Уводишь, начальник? – спросил он.

– Угадали, – ответил я. – Кумир – не кумир, а девушка дороже. Увожу насовсем.

– Не по делу выступаешь, – хрипло сказал Великий - Салазкин.

– А чего же вы держите ребенка по ночам в подземелье? – с неизвестно откуда взявшейся наглостью завелся я. – Неужели нельзя поставить автомат с водой? Вряд ли такую картину увидишь в Женеве, товарищ Великий - Салазкин.

– А теперь по делу выступаешь, младший научный сотрудник Китоусов, – печально, но понимающе проговорил легендарный ученый.

На следующий день в шестом тоннеле уже красовался пунцовый автомат Лосиноостровского сиропного завода, а Рита на ближайшее десятилетие заняла свое место на моей тахте среди книг, кассет, пластинок и окурков.

Молчание ее было „тианственным". Суть слова которого еще не совсем ясна нашему вдумчивому, проницательному, снисходительному, веселому и симпатичному читателю, который у нас, как известно, лучший в мире, потому что много читает в метро.

Тианственное молчание пахучими корешками уходит в прошлое, к царице Нефертити, в Одессу, в киоск по продаже медальонов чудесной египтянки. Именно здесь девочка Маргариточка получила тягу к прекрасному, к тианственному, и чтение лохматого тома „Королевы Марго" с „тианственной" опечаткой в милом, пыльном отрочестве было первым оргбриллиантом в образе нынешней тианственной красавицы.

Когда впервые уже на тахте Китового Уса она прочла вслух „ночь проходила в тианственном молчании", ее молодой супруг долго хохотал, просто катался рядом по линолеуму, а после сказал:

– Утверждаю! Теперь ты будешь тианственной Марго. Это очень в образе!

Ты, Рита, подарила мне за эти десять лет столько счастья, но ты, Рита, как мало подарила мне взаимопонимания, ты лишь вставляла в мои монологи ядовитые реплики...

Вот к примеру один наш вечер.

Я, КИТОУСОВ: Блаженные мысли нас посещают под утро. Вечер – опасное время для философских забот.

ОНА, РИТА: Глубоко копаешь, Китоус!

Я, КИТОУСОВ: Дымный морозный закат над металлозаводом. Хим - - фарм - фарш вместо облаков. Грозно остывающие внутренние органы, лиловые процессы метаболизма. ... а в углу, над елочками, над детским садом полнейшая пустынность и бесконечная зима... бесчеловечность...

ОНА, РИТА: А ты не графоманишь, Китоус?

Я, КИТОУСОВ: Мысль о случайности рода людского не раз посещала меня в морозный химический вечер. Случайные чередования слов и нотных знаков, случайное пересечение путей, случайность нашей орбиты, одни случайности, без всяких совпадений... зависимость от бесконечной грозной череды случайностей... взрывы на солнце и вирусов тайный бессмысленный нерест, случайные сговоры и ссоры, коррозия отношений, зыбкость биологической пленки – ах, друзья, случайность и зависимость от нее угнетают меня в такие сорокоградусные вечера.

ОНА, РИТА: Ребята, больше Китоусу не наливайте.

Я, КИТОУСОВ: Впрочем, случайно ночью где-нибудь в уголке твоего организма может пройти какая-нибудь случайная реакция и ты проснешься Светофором Колумбом, Фрэнсисом Ветчиной или братьями Черепановыми, и по дороге на работу, по хрустящему насточку, по пушистому песочку, среди красноносых живоглотов, среди вас, ребята, среди порхающих удодов, тетеревов и снегирей, среди анодов и катодов, жуя хрустящий сельдерей, идя по насту шагом резким и подходя к родной Железке, ты забываешь вечерние энтропические страдания и думаешь о будущем, где исчезнет власть случайностей, где все будет предопределено наукой – все встречи, разлуки, биологические процессы, открытия, закрытия, творческие акты, где все будет учтено, весь бесконечный грозный ныне, вызывающий мистический страх конгломерат случайностей, где люди будут жить, сами того не подозревая, под зорким оком, и в надежном набрюшном мешке Матери - Науки.
ОНА, РИТА: Я бы удавилась в таком будущем, Китоус.
Я, КИТОУСОВ: А ты, Рита, даже и знать не будешь о набрюшнике, ты даже не заметишь, как под влиянием антислучайной регуляции изменится в разумную сторону твой характер, и ты даже не будешь перебивать своего вдумчивого мужа ядовитыми репликами. Ты не будешь столько курить и презрительно букать губками, ты будешь преклоняться перед своим избранником и сольешься с ним не только физически, но и духовно, и даже не будешь мучить себя вопросами „почему я с ним слилась?" – сольешься и все. И уж конечно ты, Рита, не будешь уделять в самолетах столько внимания случайным, именно случайным, попутчикам, быстроязыким верхоглядам, у которых ротовая полость похожа на шейкер для смешивания небезвредных коктейлей.

Рассуждая таким образом и вспоминая прожитое, Китоусов, разумеется, не шевельнул ни одним мускулом лица. Откинув голову и прикрыв веки, он плыл в вечно - синем пространстве и желающие могли сравнить его простое и чистое, весьма одухотворенное лицо с пошловатыми бачками, претенциозными усиками, блудливой эспаньолкой , шустрыми суетными глазками Мемозова, сравнить и дать Вадиму Аполлинариевичу большую фору. Однако жена Рита лишь презрительно щурилась левым глазом, как бы ничего им не видя из-за выпущенных ею клубов дыма, правым же – внимательно внимая дерзким речам авангардиста:

–... а вам, Маргарита, плутовка, следует помнить о зловещей роли вашей тезки в плачевной судьбе магистра Кулакова, вступившего в непродуманную коллаборацию с нечистой силой, представитель которой Мемозов - эсквайр ныне касается вас своим биологически активным локтем...

Итак, горело уже табло и пассажиры сосали уже аэрофлотовские карамельки, и среди них было и несколько ученых, жителей знаменитого во всем мире научного форпоста Пихты, излучающего на сотни таежных километров вокруг себя прекрасное сияние футуризма.

Вот генетик Павел Аполлинариевич Слон, седой и все еще молодой, невероятно тренированный физически и в нервном отношении незаурядный человек. Он возвращался в Пихты из подводного царства, из сумрачных глубин, из гротов и расщелин подводного вулкана, возвращался отчужденный, остраненный, со смутной дельфиньей улыбкой на устах. С этой улыбкой он и встретил случайно в Домодедовском буфете свою Наталью, которая возвращалась из отпуска, но не из глубин, а с высот, с заоблачных вершин, с седловины Эльбруса.

Надо ли говорить о том, как прекрасна была краснолицая сламомистка и как бледен, зеленоват был акванавт. Единственным, что объединило супругов в момент встречи, были легкие симптомы кессонной болезни, которые они почувствовали, увидев друг друга.

– Наталья, да ты озверела совсем! – возопил муж, быстрыми шагами приближаясь к жене.

– Пашка, да я тебя придушу! – воскликнула жена, вьюном стремясь к мужу между тумбами буфета.

Многие пассажиры, ставшие свидетелями встречи этой зрелой, то есть почти уже немолодой пары людей, умилились и усомнились в ценности своего собственного багажа: в сладости сабзы, кишмиша и зарефшанского винограда, в пухлости мохера, в эластичности европейских кожзаменителей.

Загорелая Наталья развалила свои выцветшие патлы по плечу зеленоватого гиганта. Ах, черт дери, озверела она совсем: без предупреждения встречает мужа в аэропорту. Разве же так можно? А вдруг он с глубоководной русалкой? И он тоже хорош – носом к носу столкнуться с супружницей в последний день отпуска! Отпуск – дело святое. А вдруг какой-нибудь малый ее провожает, какой-нибудь Черный Альпинист с Ушбы? Так они покачивались в объятии, ворча традиционные для их поколения упреки, за которыми слышалось другое: ах, ты, балда эдакая, да как же так можно – за целый месяц ни одной телеграммы, ни одного звонка, ни единого лучика в небе, ни единого пузырька на поверхности.

Павел Слон был представителем стареющего поколения научных суперменов, которые лет двадцать - пятнадцать назад стали героями публики под лозунгом „что-то лирики в загоне, что-то физики в почете”. Эти загадочные небожители, пионеры новых видов спорта, давно уже никого не интересовали, давно уже стали объектами снисходительных усмешек, но Слон все еще держался в образе: грубыми словами камуфлировал нежность к своей подружке, сохранял в душе святыню юности „хэмовский айсберг”, на четыре пятых скрытый под водой, изнурял себя аквалангом, часами слушал устаревшие бибопы, скалил зубы на манер покойного Збышека Цибульского.

Иногда он вдруг наливал себе чаю в большую кружку, пускал в рейс ломтик лимона, втягивал жгучий напиток, который втайне любил гораздо больше всяких там суперовских „спиртяшек”, „колобашек”, блади Мери, и долго смотрел на читающую, вооруженную сильными линзами Наталью, тихо грустил, созерцая ее слегка уже отвисшую щеку и ждал момента, когда она поднимет голову, и сквозь ее маску сорокалетней усталой и уверенной в себе физикессы вдруг робко проглянет та девочка , лучшая девочка их поколения, поколения пятидесятых, что прошлепало драной микропоркой на закат, по Невскому – к Адмиралтейству и испарилось в кипящей пронзительно холодной листве.

В КОНЦЕ КОНЦОВ СМИРИСЬ

О, если бы я только мог,
Хотя отчасти,
Я написал бы восемь строк
О свойствах страсти, –

прочел я напоследок, закрыл книгу, сунул ее в баул и подумал о вечно юном поэте – как он юн! Какие нужно иметь ноздри, чтобы сохранить до седин юный нюх! Какова свежесть слизистой оболочки и нежность мерцательного эпителия! Истинный запах леса, дождя, типографской строки, истинный запах смысла может уловить только поэт. Когда ты ловишь этот смысл, ты становишься молодым. Увы, нам, смертным, даруются природой лишь редкие озарения.

Однажды в тишине своей трехкомнатной комфортной юдоли я читал американский роман. Я лежал плашмя на тахте, вяло читал не очень-то энергичный роман и чувствовал себя разбитым. Истекал очередной напряженный до предела день, в течение которого мозг мой трудился, стремясь достичь подобающих моей зрелости высот, а потом и мышцы мои трудились на хоккейной площадке, стремясь обмануть природу. Сейчас я лежал, расслабясь, слыша как сквозь вату голоса детей и веский голос из теле - ящика, голос нашего ежевечернего гостя, очередного вервольфа, и словно сквозь слои воды или сквозь толстое мутное стекло следил за движением некоего расплывчатого пятна, которое было ни кем иным, как героем американского романа.

Герой двигался по Елисейским полям, и они, эти поля, тянулись в моем усталом сознании какой-то бесконечной черствой коврижкой из кондитерской Елисеевского магазина. Герой думал о двух женщинах, сравнивал их, страдал, но я никак не мог разлепить этих женщин, отделить их от Елисеевского магазина, сравнить их со страданием героя и для масштаба приложить к страданию ладонь.

Как вдруг я прочел обыкновенную фразу, очередную фразу повествования, отнюдь не выделенную каким-либо типографским излишеством и вроде бы не смазанную изнутри ни фосфором, ни рыбьим жиром. Кажется, эта фраза звучала так:

– „Когда он вышел из кафе, ему показалось, что наступил вечер. Сильный северо - западный ветер нагнал тяжелые тучи и теперь в неожиданных сумерках раскачивал деревья вдоль Елисейских полей."

Меня вдруг судорогой свело. Вдруг меня скрючило всего от мгновенного ужаса и восторга. Я вдруг все это увидел так, как будто это я сам вышел из кафе на Елисейских полях. Столь пронзительное и незримое временем мгновение, ярчайшая вспышка, озарившая сумерки, тяжелые тучи, качающиеся ветви, стадо машин, толпу на широком тротуаре и отчетливый запах этого мгновения... Контрольное устройство в мозгу, охраняющее нас от поэтического безумия, тут же щелкнуло, и видение было изгнано, шквал пролетел, но студенистые волны еще качались, и я вскочил с тахты, и даже не успел опомниться, как оказался за стойкой бара в „Дабль - фью" и уже что-то болтал, что-то возбужденно насвистывал, мне хотелось куда-то улететь, где-то шляться, кого-то искать... Следует сказать, что вовсе мне не хотелось в этот момент на Елисейские поля и уж тем более мне не хотелось стать героем американского романа. Просто я в этот счастливый и страшный миг неизвестно по какой причине вдруг увидел от начала до конца в с е содержание этой простой фразы. Так вот бывает и в отрочестве, когда внезапно и мгновенно осознаешь истинный знобящий смысл влажного весеннего склона, черной земли, папоротников и „куриной слепоты". Осознаешь и тут же теряешь это осознание.

Хорошо, что теряешь. Что было бы с человеком, если бы он трепетал от каждого запаха, музыкального звука или фразы. Если бы депрессия и восторг бесконечно раскачивали его как килевая качка в шторм. Ведь он не смог бы тогда логически мыслить, не смог бы заниматься своим делом, воспитывать своих детей, гладить брюки, получать зарплату.

Как хорошо – неизбывная горечь: никотином и алкоголем ты сушишь гортань и ноздри, а житейские катары превращают тебя в матерого трудягу, диоптрии здравого смысла усмиряют буйство глаз, а дренажная система пятого десятка отлично справляется с половодьем чувств. И ты колупаешь диетическое яйцо и отводишь взгляд от акваланга, ласт и гидрокостюма.

В конце концов смирись, говорю я себе, ты никогда больше не будешь молод. В конце концов есть в твоей жизни еще кое-что, кроме былых восторгов. Есть твои маленькие мужички, три бульдожика, тройка нападения. И есть еще нечто – подсвеченный в ночь портал Железки, и там за проходной твой алтарь, жертвенник, ложе вечной любви. Пусть наши девочки стареют, но за воротами Железки отливает оловом и перламутром вечная клеопатра, муха Дрозофила, мать мутаций.

Тут Павел Аполлинариевич улыбнулся своим мыслям, подмигнул своей Наталье, замурлыкал мотивчик „Гринфилдс”, поиграл для душевной гармонии мускулами брюшного пресса и попросил своего соседа математика Эрнеста Морковникова сообщить, который час, какой день недели, месяц, год и „какие милые у нас тысячелетия на дворе”.

Эрнест Аполлинариевич с фальшивым равнодушием взглянул на свои часы и не без скрытого удовольствия сообщил Слону все эти данные и, кроме того, барометрическое давление, затем собственное артериальное давление, температуру своего тела и счет пульса.

Удивительные часы были призом, который принесло Эрнесту Морковникову его недюжинное дарование на весенних математических играх озера Блед. Не более сотни этих удивительных аппаратов было выковано фирмой Лонжин для выдающихся особ нашего времени, не более сотни. Кроме перечисленных уже свойств, часы Морковникова обладали и еще какими-то уже не удивительными, а удивительнейшими, неясными еще владельцу свойствами. В частности, они действовали на психику и вегетативную нервную систему в самом положительном тонизирующем смысле. Например, ранее, до часов, Эрнест Морковников был очень прихотлив в еде, нервничал за семейным столом, обижался на бигус, требовал телячью отбивную, а если таковая ему предлагалась, грустил о шашлыке. Теперь он стал съедать все, что давали, с аппетитом, с доброй улыбкой, отлично все усваивал и находил радость в любом доброкачественном продукте.

Второй пример – музыка. Если ранее, „до часов", действительный и полный академик Морковников как человек молодой и современный, да к тому же еще и интеллектуал высшего порядка, не выходил за рамки ХУ111 столетия, и любое позднейшее музыкальное явление вызывало у него скрежет зубовный и желание „заткнуть", то теперь он откликался душевно и на синкоп и на додекафон и даже мог работать математический опус под громкую игру духового оркестра Приволжского военного округа.

Интересный случай произошел с Морковниковым месяц назад на болгарских морских купаниях.

Эрнест Аполлинариевич в плавках и в часах на запястьи медленно входил с пляжа в ласковые территориальные воды дружественной республики. Прежде, „до часов", его, возможно, угнетало бы то обстоятельство, что именно в эту секунду на многокилометровом пляже входили в воду сотни других таких же Эрнестов. Теперь он медленно входил в воду, думая об этих сотнях лишь с легкой добродушной досадой. Экие честолюбцы, со смутной улыбкой думал он, обязательно им нужно войти в воду вместе со мной, чтобы потом рассказывать в своих цюрихах, лейпцигах, катовицах – купался, мол, вместе с Морковниковым. Он медленно, очень медленно входил в воду, хотя был сильным и отважным, как все математики, пловцом, и наконец услышал:

– Мосье Морковников, вы забыли снять часы с вашего запястья!

Обернувшись с легчайшей улыбкой, Эрнест увидел рядом милое существо иностранного женского пола – австралийскую астрономшу, подмеченную еще третьего дня на голубом огоньке в баре „Нептун".

– О, не беспокойтесь, мадам, – непринужденно вступил он в контакт, – эти часы не боятся ни иода, ни соли и даже предохраняют от акул. Если угодно, мы можем произвести эксперимент.

С ошеломившей Эрнеста Морковникова готовностью прелестная антиподка приняла приглашение. Часы, догадался он.

И вот далеко - далеко за бонами в пенном черноморском просторе произошел интересный эксперимент. Гибкая астрономша отлично изображала акулу, ибо превосходно знала повадки отталкивающей твари. Эрнест Морковников изображал сам себя, то есть жертву, и тоже не без успеха. Акула ходила кругами вокруг жертвы, потом бросалась в атаку, но, встретив высокочастотную защитную вибрацию, вынужденно поворачивала вспять. Вначале был смех, счастливые австралийские междометия, затем молчание, раздраженный поворот, стремительное уплывание.

– В чем дело, Аделаида? – встревоженно крикнул Эрнест.

– Это невозможно, сэр! Вы совершенно неприступны, сэр! – буркнула бывшая акула несостоявшейся жертве.

Эрнест вдруг почувствовал, что тонет. Что ж, подумал он, конец нелеп, но если смотреть философски… но не так уж и нелеп, в чем-то даже красив.

Ну, что ж, подумал Эрнест Аполлинариевич, прощай, объективизированное мироздание…

Но не тут-то было. Конструкторы часов, оказывается, учли и подобный случай. Молниеносно проанализировав физическое и психическое состояние абонента, часы выкинули оранжевый спасательный шар, на котором Морковников и повис. Вот вам результат практического применения достижений науки. Умный шар не только вытащил академика из коварной стихии; на пяти популярнейших языках он посылал в пространство сообщения о местонахождении мистера-мосье-синьора-пана-товарища Морковникова, бодро чирикал SOS , а также поднимал психический тонус пострадавшего песенкой „Когда святые в рай идут".

Результаты не заставили себя ждать: а) вернулась Аделаида б) прилетели вертолеты в) сенсация прокатилась по всему побережью.

Вспоминая сейчас в самолете этот элегантный эпизод, Эрнест Аполлинариевич наводил порядок в своем атташе - кейс: сортировал фото и визитные карточки, чиркал ответы на анкетные вопросы журналов и международных справочников Who's who x/ , строчил салютики с борта самолета. Атташе - кейс по мере надобности подсовывало то перо, то зажим, то прес, то липкую ленточку; тоже непростая штучка, приз Интерполярной викторины.

Эрик стал действительным академиком в неполные двадцать пять, а в неполные тридцать исписал своими отечественными и иностранными титулами целиком школьную тетрадку сына. Он все начал рано и всего очень рано достиг. Он был вундеркиндом и стал вундерменшем. Он был неслыханно популярен, и не только как гениальный математик, но и как личность, как обаятельный джентельмен, борец против загрязнения окружающей среды.

Но все-таки он был гениальным математиком и, увы, ничего не

---

x/ Кто есть кто /англ./

мог поделать с этим своим качеством. Это качество порой не только помогало ему, но даже и мешало, выставляло порой в нелепом и смешном виде, ибо принимало характер мании. Председательствуя, например, однажды в консультативном подкомитете ЮНЕСКО по вопросам экологии, стоя под софитами в белом старинном зале с тончайшей резьбой по мрамору, Эрнест Аполлинариевич вдруг заметил в галстуке пакистанского коллеги заколку, похожую на дальнейшее сползание сигмы к катеноиду удлиненной под вечер тройной альфы в кубе обычной урбанической дисгармонии банахового пространства, откуда следовало, что

$$\int_{9}\sum_{v=1}^{K}\left(\frac{dv}{dx}\right)^{2}-\triangle\,Ⓡ^{2-K}=(2-?)\otimes 0{,}3EBC!\int_{w=4-2-4}$$

о чем он и сообщил изумленным коллегам по борьбе.

Вот и сейчас в комфортабельном кресле наиновейшего аэро, предаваясь приятным воспоминаниям о недавнем отдыхе и наводя порядок в своем кейсе, Морковников вдруг почувствовал подкожный гул и мощные под печень толчки отравленной любимой математикой крови.

ПИСЬМО К ПРОМЕТЕЮ

Скрипнув зубами, я написал под анкетой журнала ВОГ свою сигнатуру, сложил анкету в именной конверт, приклеил марку „Семидесятилетие русского футбола".

Проклятая марка без всяких оговорок и намеков говорила, вернее даже не говорила, а вопила об углублении синусоиды кью в противозвездном противолунном кабацком пространстве

$$\Delta\upsilon\alpha\infty\int_{y(x)0}^{max}\sum_{n=1}^{K}$$

О Боги Олимпа! ∞ и & ты, Прометей, кацо, душа лубэзный, за что мне такие муки? И неужели

а лямда - сука убежала с просроченным пропуском через проходную в дебри окаменевшего за четыре столетия винегрета, чтобы снова выплыть уже как

$$\sum_{\vee}^{k} A \int_{\wedge}^{(i)} \vee \Big| = \sum_{фи}^{ж} \sqrt{\frac{c\,MAC}{\sum ABC \over ЛОМ}} + \zeta$$ дважды или

$$\frac{999999}{777777}\ 333333\ 35''\angle\exists-)7$$ не упирайся! $$\int\int P=P\sqrt{x}$$

О батоно, ты помнишь ту непристойную картину, где четверо тигроподобных усачей в трико играют в регби двое голубых и двое оранжевых один из них вполне пенсионер как они под неспокойным и прохладным небом в кустах лаврового листа который мы с тобой о Прометей с таким риском на рынок в Олимпию возили пусть так. Пусть так! Ах, так, месье Руссо? Как мы с тобой смертельно рисковали, генацвале, а они – гоняют мяч без всяких выражений молча в нелепых позах с кошачьими порочными мордашками рантье пускай теперь текут в водораздел родной Железки измельчаясь в состав молекулярный и внедряясь в обмен веществ Сибири необъятной – адью! – и вот на память

$$454\ \frac{380}{\infty}\ \text{слепой судьбы}\ \frac{\text{тяжелые ласточки}}{\text{три пилигримма}} = mc^2 \quad /x+A!/$$

мученья печени, истерзанной орлами … там на Кавказе, помнишь,

$$\frac{X\ \ У\ \ Z}{Z\ \ У\ \ X}\ A + B \sqrt{\sum \frac{\text{сидели}}{\text{на трубе!}}}\ N\ \frac{12345}{6789}\ 10^{\cdots}$$ однако

потерпи – я ухожу, захлопываю двери: сперва фанерную, дубовую потом, потом цемент, потом асбожелезо, теперь броня и цинк, и алюминий… я наконец убрался в уединенный сейф в родной Железке, в которой я плюю на все анкеты журнала ВОГ и Литгазеты унылые вопросы оставляю за проходной и шлю себе привет, вот эту птичку

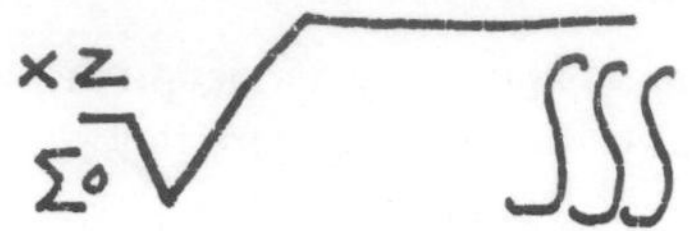

Ох, оох, уух и на этом спасибо, дайте воды... мы, кажется, проходим облака? Что-то тряхнуло? Не обращайте внимания, однажды я летел в Перу, так нас тряхнуло так... как... как в автобусе, знаете ли... Вам приходилось, должно быть, ездить в автобусе? Прошу вас, это дурно — заглядывать в чужие бумаги.
... да я нарисовал птичку... дайте воды... ах, вы из молодежной газеты? Сейчас, я отвечу на все ваши вопросы.

— Простите, Эрнест Аполлинариевич, который час? — спросил корреспондент, чтобы сделать академику приятное.

Морковников сквозь ресницы посмотрел на свой чудесный аппарат:

— Восемнадцать часов двенадцать минут Москвы. Сложив эти цифры, опытный журналист получит дату Бородинской битвы. Пульс — 200 ударов в минуту.

Он закрыл глаза и попытался незаметно для корреспондента поймать шарик ртути, что катался уже давно в серых кулуарах его английских брюк.

Уже давно все были привязаны и курение прекратилось, лайнер высосал из своего чрева и выкинул в окружающую среду противную никотиновую сажу, уже стюардессы спокойно уселись на табуреточки с журнальчиками, когда из кормового туалета выскочил человек и непринужденно пошел по снижающемуся в тучах коридору.

То ли полноватый, то ли малость отекший, то ли кудрявый, то ли нечесаный, то ли малость „с приветом", то ли „под мухой", то ли нарочито художнически расстегнутый, то ли потерявший пуговицы, то ли еще не старый, то ли уже не молодой, то ли застенчивый, то ли просто смурняга — человек этот своей неопределенностью корябал нервы приличной публике. Это был, конечно, Ким Морзицер кино - - фото - муз - лит - культ - работник из клуба города Пихты, зачинатель всяческих зачинов, новшеств, нестареющий искатель новых форм, прожевавший осколками зубов не один десяток сенсаций, бескорыстный ловкач, основатель поли - клуба „Дабль - фью", словом, законченный неудачник, разменявший личную жизнь на молодежное движение шестидесятых годов.

— Риток, есть инфернальная идея, — с напускной бодростью сказал он, зацепившись за кресло, в котором столь картинно снижалась ленивая активистка и первая красавица Пихт Маргарита Китоусова.

Снижалась, покачивая ногой, или, если угодно, покачивала ногой, снижаясь, что — вернее.

– Ах, Кимчик, сядь, пожалуйста, – досадливо отмахнулась красавица. Она изо всех сил не обращала внимания на Вадима Аполлинариевича, спускающегося в одиночку в гипсовом скорбном величии.

– Моменто, синьоре! – вдруг воскликнул ее новый знакомый пружинистый динамичный Мемозов и ухватил Кима за коротковатый полузамшевый полуподол. – Идеи, рожденные в самолетных чуланчиках, стоят недешево! – Он пронзительно улыбался, глядя снизу на отвисающие сероватые брыла и старомодный узенький галстук пихтинского пионера новых форм. Чуткий нос Мемозова сразу уловил запах соперника, а зоркое око сразу оценило его слабость, полнейшую беззащитность перед мемозовским авангардным напором. Все знал Мемозов наперед, все эти кимовские идеи: спальные мешки и вечера туристской песни, фотомонтажи и капустники, и синтетическое искусство, и кинетизм, и джаз, и цветомузыку, и все это старо - - ново - сибирское мушкетерство. И всего этого старомодного новатора он видел насквозь, а потому сейчас дерзко накручивал влажную полузамшу на свой палец и готовился одной фразой сразу покончить с жалким соперником, чтобы больше уже не возиться.

Однако стюардессы помешали Киму изложить идею и таким образом сразу рухнуть к ногам Мемозова. Ким был усажен в кресло, пристегнут и усмирен леденцом. Вначале обескураженный, а потом тронутый и даже слегка возбужденный женской заботой, Ким бормотал, бросая лукавые взгляды плененного фавна:

– Да что вы, девчонки! Кого привязываете? Кому леденец? Да я, девчонки, с Юркой Мельниковым летал в ледовом патруле от Тикси до Кунашира. Да я, девчонки…

Стюардессы с холодным спокойствием смотрели на него, а он вдруг осекся, вдруг замер, как бы новым взглядом увидел воздушных фей своего воображения, столь популярных в недалеком прошлом героинь молодого искусства, этих „простых девчонок из поднебесья”, и тут все сто четыре страницы его любви отщелкали как колода карт в тугом кулаке. Морзицер даже рот открыл.

– Эх, девчонки!

– При засасывании взлетно - посадочной карамели глотательные движения помогут вам преодолеть неприятные ощущения, гражданин.

Стюардессы удалились, а Ким вслед им уважительно хохотнул, давая понять, что оценил невозмутимость и чувство юмора, хотя никакого юмора в служебном глотательном напутствии не было. Он подумал, что всегда в самолетах будоражит себя какими-то фантазиями, несбыточными надеждами, стереотипно романтизирует бортовую проводницу, и какой-то быстрый, но болезненный стыд пронизал его.

Впрочем, пронизал и улетучился. Ким движением лица прогнал этот мимолетный стыд и стал смотреть на мокрую черную рвань, сменившую за окном фантастическое зрелище высотного заката. Он попытался подумать о своей „новой идее", но тут обнаружил, что идею начисто забыл, помнил лишь, что она, как и все его прочие идеи – сногсшибательная. Вдруг снова какое-то неприятнейшее чувство словно тошнота стало подниматься, и все выше по мере того, как он вспоминал что-то смутное – какие-то чужие лица, недоуменные взгляды, странные улыбки и вскоре стало ясно, что тошнота эта – тоже стыд, но уже большой стыд, от которого не отделаешься даже, если встряхнешься всей шерстью, по - собачьи.

Сегодня утром в круговерти аэровокзала к нему подошел некто в лихо сдвинутой и сильно истертой за полтора десятилетия кепочке - букле. Некий нетипичный человек, истертый и лоснящийся от истертости франт пятидесятых годов с отекшим лицом и с красными слезящимися глазами.

– Послушай, друг, сделай мне одолжение на одиннадцать копеек, – обратился он к Морзицеру.

Он смотрел на Морзицера нетипичным смущенно - насмешливым, но совершенно независимым взглядом, и глаза его слезились, но не от жалости, и голос дрожал, но не из подобострастия. Он стоял перед Морзицером, большой, оплывший, но еще сильный, совершивший в своей жизни много гадких поступков, усталый, опустившийся, но все-таки еще на что-то годный и чистый. Он смотрел на Кима добродушно и заинтересованно, совсем не с точки зрения одиннадцати копеек, но все-таки надеясь получить эту небольшую сумму.

– Врать не буду, старик, не на билет и не на бульон для больной мамы прошу, – зябко, со всхлипом сказал он, запахиваясь в просторный и старый, но не потерявший еще формы и даже некоторого шика пиджак. – Сам видишь, старик, какое дело. Весь дрожу, старик, в глазах туман.

– Понятно, старик! Ясно! – с готовностью воскликнул Ким и суматошно завозился по карманам. – Мне-то можешь не объяснять. Сочувствую тебе, старик, сам не раз...

Эх, черт возьми, как пришлось тут по душе Киму это свойское словечко „старик". Ведь так не обратишься к чужому человеку, к постороннему. Так можно сказать только своему парню... мужское московское братство... „старик" – и все понятно, не надо лишних слов. Он вынул горсточку мелочи и протянул просителю.

– Бери, старик, забирай всю валюту. Бери, не церемонься, мы люди свои. Я и сам не раз переворачивался кверху килем, – зачастил Ким, и тут его понесло. – Да что там, старик, мне ли тебя не понять, ведь мы одной крови, ты да я. Ведь ты, старик, родом из племени кумиров. Ты был кумиром Марьиной Рощи, старик, в нашей далекой пыльной юности, когда торжествовал континентальный уклон в природе. Ты был знаменитым футболистом, старик, сознайся, или саксофонистом в „Шестиграннике" ... Бесса ме, бесса ме мучо... или просто одним из тех парней, что так ловко обнимали за спины тех девчонок в клеенчатых репарационных плащах. А что, старик, почему бы тебе не рвануть со мной в Пихты? Хочешь, я сейчас транзистор толкну и возьму тебе билет? Сибирь, старик, золотая страна Эльдорадо... молодые ученые, наши, наши парни, не ханжи, и никогда не поздно взять жизнь за холку, старик, а ведь мы с тобой мужчины, молодые мужчины, – что, старик? Ты хочешь сказать, что корни твои глубоко в асфальте, что Запад есть Запад, Восток есть Восток? А я тебе на это отвечу Аликом Городницким: и мне не разу не привидится во снах туманный Запад, неверный лживый Запад... извини, старик, я пою... Старик, ведь я же вижу, ты не из серой стаи койотов, ты и по спорту можешь и по части культуры... а хочешь, я устрою тебя барменом? Выше голову, старик ... друг мой, брат мой, усталый страдающий брат...

Его несло, несло через пороги стыда, по валунам косноязычия, бессовестным мутным потоком пошлости, графомании, словоблудия и неизбывной любви, жалости, воспоминаний, а впереди поблескивало зеленое болото похмелья.

– Я беру у вас одиннадцать копеек, – вдруг холодным чужим тоном сказал „старик", „кумир Марьиной Рощи", будущий верный спутник в золотом нефтеносном Эльдорадо, и Ким сразу прикусил язык, понял, что зарвался.

– Да бери всю валюту, старик, – пролепетал он. – Бери все сорок восемь.

Мясистый щетинистый палец со следом обручального кольца подцепил два троячка и пятачок, спасибо.

– Да как же ты опохмелишься на одиннадцать копеек, старик?– пробормотал Ким.

– А это уж не ваше дело, – зло и устало сказал кумир, резко повернулся, шатко прокосолапил прочь, прошел за стеклянную стенку на холодное солнце и заполоскался на ветру – обуженные штанцы, широченный пиджак, остатки шевелюры из-под кепи – все трепетало, а кепка вздувалась пузырем. К нему подошли двое: один малыш, почти карлик с большим лицом, важный и губастый, и второй, обыкновенный старичок в обыкновенном пиджачке, но в шелковых пижамных брюках. Троица в приливе неожиданной бодрости развернулась против ветра и, набычившись, целеустремленно и дельно зашагала. Должно быть, малая сумма, изъятая столь непростым путем у неизвестного фера как раз и гармонизировала для них это ветренное солнечное холодное утро.

Они шли, как показалось Киму, крепко и определенно, они, все трое, были на своем месте в это утро, причем, огромный проситель был явно неглавным в троице: он был тут явно мальчиком, эдаким Кокой или Юриком, он весело, по-мальчишески подпрыгивал и заглядывал карлику в суровое спокойное лицо.

— Боже мой, что же я за человек такой? — с неожиданной тошнотой подумал Ким и впервые тогда понял, что тошнота — это стыд и тоска.

ЧТО ЖЕ Я ЗА ЧЕЛОВЕК ТАКОЙ

Ненастоящий, нелепый, неуклюжий, недалекий, как я всегда тянулся к настоящим ребятам и как часто мне казалось, что я сродни им — уклюжий, лепый, далекий...

Но если бы я мог вспомнить — ловил ли я на их лицах мимолетное снисхождение, тень понимания моей жалкой сущности? Нет, этого не было никогда, они всегда относились ко мне как к равному — и на Памире, и на Диксоне, в подвальчиках Таллина и на Сахалине, на Талнахе, на Эльбрусе, в Разбойничьей бухте, на Кара - Даге, в Якутии и на Крестовой... Вот если только вспомнить все до конца без поблажек, тогда, может быть, и мелькнет в темноте смешливая и немного недоуменная искорка, которая всегда /ВСЕГДА?/ — да вовсе и не всегда, а лишь только вначале, а если уж быть единственный раз в жизни смелым до конца, то всегда появлялась /мелькала, а не появлялась/, да, мелькала в глазах у этих настоящих парней при виде меня. А этому, мол, чего здесь надо? Была эта искорка? Была! Но все-таки настоящие ребята никогда не издевались надо мной, на то они и настоящие ребята.

Да вот и сейчас можно отмахнуться и прекратить дурацкий мазохизм. И снова вперед, как парусный флот, палаточный город плывет... Да, Кимчик, тебя все-таки неплохо знали в этих палатках на Кара - Даге и Кунашире и во времянках на Талнахе... Ах, что же я за человек с ложными воспоминаниями? Ведь не был же я на Кунашире.

Ну, сознайся, старик, самому себе – не был ты на Кунашире. Десять лет ты уже рассказываешь, как был на Кунашире, а на самом деле там не был. Ты сам совершенно, или почти совершенно убежден, что был на Кунашире и видишь, как наяву, дикий кунаширский пляж с выброшенными и отмытыми Пасификом добела корнями американских деревьев, с обломками ящиков, разбухшими ботинками, рваными оранжевыми штанами китобоев, яичными прокладками и бутылочками из-под тоника. Ты видишь отчетливо и того раненого морского льва, который с диким упорством пытался преодолеть стену прибоя. Об этом льве тебе рассказывал кто-то в южно - сахалинском буфете, и ты присвоил себе этого льва и весь кунаширский берег.

Я мог бы быть на этом островке. Что тут особенного – побывать на Кунашире? Просто три дня была нелетная погода, а потом уже кончилась командировка и надо было возвращаться в редакцию… Черт с ним, могу и отказаться от этого жалкого Кунашира. Мало ли я путешествовал – можно и пожертвовать крохотным Кунаширом.

На Кунашире? Нет, ребята, на Кунашире мне не пришлось побывать. Шесть дней была нелетная погода, снегу в Южном навалило до второго этажа… Итак, решено – я не был на Кунашире.

В таком случае надо отказаться и от ледового патруля, и вычеркнуть из воспоминаний „эти тяжелые волны, которые вот-вот заденут крыло, когда мы в нелетную погоду шпарим с Юркой Мельниковым из Охотска в Магадан за бутылкой водки."

Да разве я трусил? Я никогда не трусил! Я ведь как раз собирался полететь с Мельниковым в ледовую разведку, но наш вездеход застрял в тайге, и мы всю ночь промудохались с ним, а когда приехали на аэродром, увидели самолет Мельникова уже в небе.

Ну и нечего присваивать себе „тяжелые волны, которые едва не задевают за твое крыло, когда ты в нелетную погоду шпаришь из Охотска в Магадан за бутылкой водки."

Не буду присваивать. В ледовую разведку я не летал, у меня и кроме этого немало ярких эпизодов в биографии: вулканы, горы, гитары, костры… и снова вперед как парусный флот палаточный город плывет… Как-никак я на короткой ноге с тремя космонавтами, с Валеркой Брумелем, Володечкой Высоцким…

Почему-то эти первоклассные парни моего поколения находят время, чтобы и выпить со мной, и поговорить по душам. Я знаю джазистов и пантомимистов, менестрелей, подводников, скалолазов, альпинистов, гонщиков, танцоров, режиссеров, писателей, вулканологов, арктических летчиков и философов, и множество девушек, старики, не прошли незамеченными мимо меня.

Ах, что же я за человек такой — чего же я вру сам себе про девушек? Почему же я сам себя утвердил в ложном эдаком донжуанизме, почему я сам себе киваю головой с ложной эдакой многозначительностью и грустью — эх, мол, девушки шестидесятых годов… Есть ли на свете человек более несмелый с девушками?

Это вечное кружение девушек в моем кабинетике в „Дабль - фью", этот каскад хохмочек, мимолетные поцелуи, эти взгляды исподлобья… Да, ты, Морзицер, просто фавн, сатир какой-то, сказал мне однажды Вадим Китоусов. Вадим, умница, смельчак, вечно дрожит над своей Риткой. Ха - ха, Вадим, сказал я ему, может быть, я и сатир, может быть, и монстр, но законов дружбы я не преступал никогда. Спроси у кого хочешь — хотя бы у Эрика Морковникова или у Крафаилова, у Пашки Слона, спроси хотя ты у Великого - Салазкина — все тебе ответят: хоть Кимчик у нас и сатир, но законов дружбы он не преступал никогда. Да, сказал Китоусов, успокоенный, это верно — законов дружбы ты не преступал.

Только он ушел, как я посмотрел на себя в зеркало и подумал про себя уже на всю оставшуюся жизнь: ох, и сатир же ты, Морзицер, глаза у тебя и рот, как у неутомимого козлоногого грека. И все мои сердечные раны — ужасная нелепая женитьба на Полине, позорное бегство из Феодосии от Генриетты, переписка с Мясниковой — все это укатилось в темноту, и тут же убедил себя, что я мужчина особого рода, с особым ярким мускусным флюидом, и лишь верность святым законам дружбы мешает мне предаться… и так далее… И Рита перестала приходить ко мне в кабинет и часами сидеть с ногами на диване в сигаретном дыму и в „т и а н с т в е н н о м", сводящем с ума молчании.

Я один — стареющий, с полурасплавленной челюстью, с запущенной язвой, с утренней пакостью во рту — негерой, неталант и непросточеловек и даже не алкоголик, как тот, что попросил у меня одиннадцать копеек… Я — недоделанный мальчик с набережной Фонтанки… Кто виноват в том, что я такой? Мои тетки, декадентные старые девы? Их нелепое воспитание, отсутствие в доме „мужской руки"? В самом деле — вот результат randoм стародевичьего воспитания: ведь не было же у меня ни отца, ни дядьев, чтобы научить плавать, ходить на лыжах, управлять мотоциклом, бить по зубам обидчиков. Ничему такому тети мои не учили меня, а лишь вскармливали мое сиротское тело, лишь пестовали его сэкономленными желтками и вот вырастили тяжеловатого, отчасти, будем честными, вислозадого мужика, склонного к замедленному обмену и фурункулезу.

Зачем же ты грешишь на старух, Ким? Тетя Софа идеально знала английский и старалась /безуспешно/ тебе его передать, а тетя Ника, пианистка, серебряного петербургского века, несколько раз на коленях просила тебя сесть к инструменту. Они пытались тебе что-то передать и все-таки передали что-то, именно „что-то", может быть, более важное, чем навыки плавания или фортепианной игры .

Я помню какой-то вечер, резко и безоглядно порванные бумаги, свирепые струи ветра сквозь аллеи Летнего сада и красный с прозеленью закатный ветер, прогнувший внутрь, в квартиру голубоватые стекла и обозначивший отчетливо и навсегда – тонкие бескомпромиссные профили теток. Вот в этот вечер они тебе что-то и передали, когда стояли неподвижно, каждая в своем окне, а потом с наступлением темноты приблизились друг к другу и быстро обнялись.

Что-то шевельнулось во мне тогда, что-то непозволительное моему тринадцатилетнему возрасту, недоступное нашему седьмому классу, неподобающее нашему хапужному послевоенному двору, с задами продмага и банными окнами.

Две старые девочки... ветер... молчаливое объятие. Сквозь старые вещи, которые, как мне казалось, пахли чем-то стыдным, вдруг повеяло на меня Джеком Лондоном, далеким небом, прелестью и гарью жизни.

Вот эти лучшие минуты /может быть, секунды?/ всегда возвращались ко мне, чаще всего неосознанно возвращались в дни подъема, в мои „звездные часы", когда...

Опять ты, мизерабль несчастный, разошелся? Тебя только и знай – лови за руку. Какие „звездные часы"? Что ты сделал в жизни? У тебя, будем честными, всего одна пара брюк, ты ничего не написал, ничего не смастерил своими руками, не женился по настоящему, детей у тебя нет, катастрофически расползается замшевый блейзер /какой он, к черту, замшевый и почему блейзер?/, и впереди в Пихтах что тебя ждет? Вечный твой спутник и враг, зеленый с пятнами дракон - единоборец по имени РАСКЛАДУШКА.

А все-таки... Эти минуты спирального подъема были в твоей жизни, и спиритус твой взлетал по спирали, хотя бы в тот год, когда ты приехал сюда вслед за Великим - Салазкиным.

Да, я был среди первых в тот болотистый год, в ту бесконечную комариную хлябь, когда не было здесь еще и запаха нашей любимой Железки. Пусть всегда будет так, и назовем вещи своими именами – я бездипломный суетливый мужичок с сомнительным аттестатом зрелости, я обыкновенный массовик - затейник, но я здесь был среди первых и вместе с Великим - Салазкиным и Эриком, и Слоном копал обыкновенной лопатой котлован для нашей красавицы Железки, и вот тогда мой спиритус взлетел по спирали, и сквозь накомарник я видел ветви Летнего сада и моих старых девочек, непреклонных и таких героических на фоне безжизненного ветра.

А вот когда ты попадешь на осыпь, нужно ложиться плашмя и руки делать крестом. Ни в коем случае нельзя удерживать равновесие на ногах. Нужно увеличивать площадь сцепления, валиться на пузо и растопыривать руки и ноги.

Между тем, старик, ты все стараешься балансировать. Ты влезаешь со своей гитарой в незнакомую палатку и смотришь на всех своим знаменитым взглядом сатира и вдруг убеждаешься, что в этой палатке сидят совсем другие, новые уже люди, и они тебя не знают, им даже незнаком твой тип. Тебе бы надо не смотреть на эти насмешливые и неприязненные лица, а вылезти вон и лечь всем телом на осыпь, а ты стараешься балансировать, берешься за струны, вытаскиваешь бутыль „Гамзы", к слову и не к слову о Кунашире мелешь всякий вздор и „охоту на волков" изображаешь популярным хриплым голосом и называешь имена некогда знаменитых парней, которых ты действительно знаешь, а тебе бы надо...

– Чего здесь надо этому отцу? – слышишь ты громкий шепот некоего декоративного красавца - скалолаза.

Они наверное всех называют „отцами", они и друг друга зовут „эй, отец", думаешь ты. Ведь не выгляжу я в самом деле как их отец. Пусть слегка брюхат, пусть слегка лысоват, но в общем-то я им не отец, а может быть, лишь старший брат. И ты поешь:

Он был слегка брюхатый, брюхатый, брюхатый,
Немного лысоватый,
Но в общем ничего.

И вызываешь наконец смех.

... а тебе бы надо раскинуть руки и ноги и скатываться вместе с осыпью, закрыть глаза и слушать шорох осыпи, пока физические законы сцепления не остановят над краем пропасти твое солидное тело.

Сверхновый отечественный авион был почти бесшумен в полете, но, увы, излишняя застенчивость заставляла его заглушать симпатичное журчание турбин эстрадной музыкой, далеко не всегда приятной для слуха, а если и приятной, то далеко не каждому уху. В самом деле, согласитесь: в чреве авиона сто пятьдесят пассажиров, значит, триста разных ушей. Одному уху нравится Дин Рид, а другому он неприятен.

Вдруг ни с того ни с сего аэрогигант запел „Болеро" Делиба.

– Влюбиться, что ли? – тоскливо подумал Ким Морзицер. –

Возьму и влюблюсь тайно, безответно, мучительно. В кого бы? – он очертил глазом малую полуокружность. – Возьму и влюблюсь в Ритку Китоусову. Нечего оригинальничать, так и сделаю."

Мысль эта принесла ему неожиданное умиротворение, и он самым нелепым образом заснул, хотя спать уж и времени-то не было: спев ,,Болеро", аппарат стал неумолимо снижаться и теперь дрожал крупной дрожью в плотных великих тучах евразийского сверхконтинента.

– Я не понимаю, что такое со мною, со мною, – пел ТУ–154 теперь, как бы извиняясь за тряску и обращаясь непосредственно к каждому пассажиру. – Возможно, это связано с тобою, возможно и нет!

– Чегой-то я нонче такой квелый, соленый, квашеный, – бормотал про себя, мочаля бороденку, Великий - Салазкин. – Влюбиться, что ли? Эдак молчком, втихаря, платонически втюриться. А в кого? Да в Маргаритку Китоусову и влюблюсь, как десять лет назад. Чего оригинальничать? ,,Я вас любил, любовь еще, быть может, в моей душе погасла не совсем", – замурлыкал он, а на объект своей платонической любви даже и оборачиваться не стал. Без всяких оглядок знал он эти виноградины, розаны, перламутры. Не первый, далеко не первый раз влюблялся старик в этот вариант. Как только почувствует какую-то квелость, унылую соленость, некоторую заквашенность, так сразу и влюбляется, и снова, как в книгах, ,,о весна, без конца и без края", и мысль из вареной лежалой куры превращается в живую птицу и тетеревом, удодом, выпью носится по тайным промыслам научной теории.

Основатель Железки, вдохновитель и организатор всего пихтинского эксперимента Великий - Салазкин так же, как и все остальные ученые в самолете, возвращался из отпуска, но чувствовал себя в отличие от молодых коллег очень усталым.

Доканал меня окаянный исландец Громсон гольфом своим чужеродным, своей модной мракобесией и сумасшедшими своими гипотезами Дабль - фью. Старая кочерыжка, благословенный мэтр, ведь вторую сотню уже разменял, а как все успевает? И лекции шарашит в трех университетах /скачет из Копенгагена в Кембридж, оттуда в Падую/, и тинктуры в тиглях варит /хобби, видите ли, у него новое – алхимия/, а теорию свою держит на высоте и еще на фильмовой звезде опять женился; должно быть, увидел в ней образ неуловимой Дабль - фью.

Великий - Салазкин, хоть и поражался достоинствам старого

Громсона, корифея северо - европейской школы, сам тоже был весьма не лыком шит. Тщедушный вид, подслеповатость, ужасная, на грани позора, манера одеваться сочетались в нем с исключительным напором и витальной силой. Чего только он не провернул за месячный отпуск! Во-первых, значитца, выколотил дополнительные ассигнования в Госплане и Совмине. Шутки шутите? Во-вторых, это будет культурная житуха: мессу слушал, по выставкам погонял, морально и материально поддержал энное количество начинающих гениев. Шуточки? В-третьих, посетил всех родичей, которые расползлись за последнюю пятилетку из Марьиной Рощи кто в Чертаново, кто в Мазилово, и всем подарочки привез: кому фиброидного коня, кому 05 „зубровки", иным пастилы, иным сибирский сувенирчик – шишку из полихромдифенолаттилы. Не шутка! В-четвертых, Великий - Салазкин отправился в центральную часть Карибского моря на симпозиум.

Там был остров в синем течении, на который под видом рыболовов /чтобы журналисты не мешали/ съехалось несколько десятков мировых теоретиков. Среди знаменитостей были и самые знаменитые: американец Кроллинг, азиат Бутан -ага, африканец Ухара, австралиец Велковески, а также и наш Великий - Салазкин в своей лучшей ковбоечке. Чтоб сбить с толку докучливую прессу, ученые действительно удили рыбу, варили уху под окнами отеля, допоздна стучали в баре костяшками покера и домино. На самом деле происходил серьезнейший и полезнейший обмен идеями по поводу неуловимой частицы Дабль - фью, за которой вот уже пару десятков лет гонялись по всем ускорителям, в бездонных шахтах и лабиринтах мирового интеллекта. Таким образом, отпуск для Великого - Салазкина оборачивался тяжелой мозговой работой, но это его вовсе не угнетало, а напротив, привычно освежало и, если бы не явился на остров неугомонный Громсон, карибские каникулы нормально перекатились бы для В - С в пихтинские будни и он бы не устал,

Вот представьте себе обычный карибский вечерок. За окнами бесчинствует разнузданная ураган - Флора, корчует пальмы, окаянная, швыряет на берег боты, а в отеле у камелька за домино пристроилась компашечка: Бутан - ага, Ухара, Велковески, Кроллинг, Великий - Салазкин.

В - С: У кого шестерка есть? Ну, Кроллинг, не ожидал я от тебя– игру закрываешь.

КРОЛЛИНГ: Сто семь вариантов прикинул. Иначе не получается.

УХАРА: Я сегодня, братцы, ohere confreres такого амбала на крючок взял – думал, сом.

ВЕЛКОВЕСКИ: Пшепрашем, пане, у вас рази сомы есть?

УХАРА /обидчиво/: А почему же нет?

БУТАН - АГА: Это на Замбези-то сомы? Ой, Ухара, преувеличиваешь!

УХАРА: А почему же нет? У нас сомы – вот такие! Как крокодилов перебили, так и сомы пошли.

В - С: Ну – ладно, ладно. Значит, поймал ты амбала и тянешь. Ну и что?

УХАРА: Тяну я его, ребята, и думаю – вот так бы мне /шепотом/ Дабль - фью на крючок поймать.

Склонившись к столу, ученые заговорщицки захихикали.

В - С: /громко – для дурачков/: Етта рыбка на червяка не идет. Ее лови на мякиш. /тихо – своим/ Я вам, мужики, вот что скажу – теоретически по данным-то Громсона частичка наша уже присутствует где-то, уже попахивает ей в комплексе Фукатосси. Уже комплекс-то стал с душком.

ВЕЛКОВЕСКИ /громко/: Прошу пана, икряную рыбку нынче на мякиш не возьмешь. Моченое в уксусе мясо ей давай. /тихо/ Однако согласитесь, коллеги, в конце последнего трактата чудачить начинает Громсон. Сводит Фукатосси к средневековому абсурду наш могучий чудак.

КРОЛЛИНГ /громко/: Лично я предпочитаю дедовский гарпун. Пусть ржавый, зато тунец его любит. /тихо/ Я, мистер Великий - Салазкин, предпочитаю идти дорогой вашего поиска и, минуя Фукатосси, через исследования в черных полых шарах.

УХАРА /громко/: А вот у нас на Замбези сом хорошо на муху це - це идет. /шепотом/ Громсон уводит нас, джентельмены, в теснины средневековья. Если следовать его логике, то эксперимент надо ставить в кухне алхимика, а не в современных установках.

... И вот появляется профессор Громсон, сухопарый и независимый, как целое отдельное столетие, внедрившееся между Х1Х и XX. Естественно, появление его на карибском горизонте было отмечено гигантской белой кустистой молнией, озарившей размочаленный ураганом пляж.

На кромке безумной стихии профессор в развевающемся плаще двигался как олицетворение „штурм унд дранг''. В одной руке у него был клетчатый непромокаемый сак, другой он влек за собой кинематографическое дитя, юное существо, теле - диву. Громсон прошел сквозь стену ветра, воды и песка, ударом ботфорта проник в уютный бар и гаркнул с порога на языке своего столетия:

– Молока – даме, джину – мне!

С этого и началось: ночи безумные, ночи бессонные...

— Ты, Великий - Салазкин — мой лучший ученик, ты единственный, на кого могу опереться, — кричал под потолком старик, пуская дым из глиняной трубки, стуча бронзовой тростью, свистя простреленными еще в Первую Балканскую войну бронхами. — Неужели ты не понимаешь, что для истинного ученого важно не открытие проклятой потаскушки Дабль - фью, а лишь ощущение ее близости, мысль о возможности выварить ее в петушином бульоне и подать к столу с брюссельской капустой?!

Кто она, эта малышка, за которой мы охотимся всем скопом уже столько лет? Временами, Великий - Салазкин, когда я сжимаю в объятьях это юное существо /узловатый вековой перст поворачивается к свернувшейся на софе пушистым лисьим калачиком TV леди/, мне кажется, что она и есть желанная, ускользающая как мираж Дабль - фью. Иногда, Великий - Салазкин, в сумеречных наркотических ночах Зеландии я улавливаю посвист Дабль - фью в древних дырах Эльсинора. Что мне остается, Великий - Салазкин? Я принимаю дозу мавританского яда, закутываюсь в какой-нибудь древний норманский стяг и галлюцинирую. Я вижу ее — она со мной, я знаю!

Утром перед гольфом я бросаю взгляд на свои записи — опять все то же: все эти Кемпбеллы, Фукатосси, Эйнштейны, ваши, дорогой мой Великий - Салазкин, умопостроения, мои собственные конструкции — и все это, переплетаясь, влечет мысль к цели, к нашей желанной Дабль - фью, а в конце вместо желанной — свистящая дырка, глазок в вечность. Как это прекрасно, мой друг. Похмелье, разочарование, отчаяние, кофе, гольф! Как это великолепно!

— Позвольте уж не согласиться, Эразм Теофилович, — нервно не соглашался Великий - Салазкин, бегая по апартаментам, нюхая цветы и флаконы, поглаживая на лету юное существо, путаясь в шторах, крича из разных углов. — Мне ваша хиппозная медитация не подходит и дырку свою свистящую, свой глазок желточный ешьте сами!

Вы уж меня, Эразм Теофилович, простите, но хоть я и ученик ваш и уважаю ваш сумрачный германский гений, но нам эта ваша фея, окаянная эта частичка Дабль - фью очень нужна не для любования, не для щекотания ума, а для пользы народам земли, и мы ее, заразу, поймаем и заставим что-нибудь делать — может, малярию лечить, может, бифштексы резать, может — пропускаю! — вдохновлять творческий акт среди пожилого населения — в общем, не пропадет!

— Наивный материалист! — хохотал древний Громсон и открывал один за другим походные колдовские ящички. Глазам Великого - Салазкина открывались реторты, колбы, змеевики, тигли. Громсон напевал что-то пуническое, карфагенское и вместе с тем какой-то чарльстон.

– Глядя на вас, Эразм Теофилович, иной раз задумаешься– имеете ли вы высшее образование? – обиженно сморкался Великий - Салазкин в свой спасительный реалистический платочек.

– Черчеляменто! Гзигзуг бонифарра! Орилла экстеза хилио - нуклеар! – кричал на незнакомом языке древний гигант, развешивая по невидимым нитям комочки сморщенной кожи, птичьи лапки, фарфоровые непристойные формы, разные колобашки, сгустки, вздутия. Затем он освещал все это хозяйство фиолетовым лунным рефлектором и прыскал на Великого - Салазкина чем-то из пульверизатора – показалось вначале родным магнитогорским „тройным" одеколоном, оказалось – не то.

На глазах густели и разжижались моря, уходили в сумасшедшую перспективу стекляшки горных систем, хлористый водород героической симфонией в брызгах, в лиловом с окисью накате двигался на щемяще - знакомую, родную и близкую биологическую среду. Как много опасностей вокруг нашей малой жизни! Все соединилось, взбухло... закипело... промелькнул и распался в бездонности сонм исторических эпох и вдруг – словно павлиньим опахалом провели по лицу – сошлись сосновые неоэвклиды, и в паутинке сверкнул лукаво, тревожно музыкально и нежно девичий зрачок Дабль - фью.

В блаженный утренний послеураганный час на зеленом просторе гольфа стояли рядом Великий - Салазкин и Эразм Громсон, имея в руках стаканы горячего бульона, а в подножии клюшки для нелепой чужеродной игры. Рядом в прозрачном голубом бассейне отражались родные и близкие каждому обывателю планеты краски посюстороннего спектра: сахарная гора, розовый рассвет, сочная пальма. Внутри отражений сих плавало, сильно и ритмично сокращаясь, юное тело и само светило розовым с шоколадом. В отдалении на желтой мокрой скамеечке, на аллейке толченого кирпича сидели молчаливые друзья– академики Ухара, Кроллинг, Бутан - ага, Велковески. В ярких курортных костюмах они с почтением наблюдали утреннюю беседу корифеев.

... учитель смущенно скосил на ученика желудевое столетнее око.

– Ну-с, что скажете, Великий - Салазкин?

– И ничего вы мне не показали, Эразм Теофилович. Ничего, кроме фикции, дыма, идеалистической мерехлюндии: стыдно за вас, господин учитель, бывший глава Северо - Европейской школы. Идете на поводу у обскурантов. Приезжайте-ка к нам в Пихты, познакомьтесь с нашей любимой Железкой, пообщайтесь с духовно здоровой средой, в хоккей поиграйте!

– Приеду! – гаркнул Громсон и раскрутил клюшку. – Давно я хотел лично познакомиться с вашей знаменитой Железкой. Как только грянут рекордные морозы, так и заявлюсь. Как только минус сорок будет, сразу звоните в Рейкьявик или в Копенгаген.

Грозный спор прошедшей ночи вроде бы отступал. Великий - Салазкин и Эразм Громсон, как в былые годы, любовались друг другом. Казалось, еще минута, и завалятся на песок с прутиками или зубочистками для черчения формул, начнут на карибском песке плодотворный совместный поиск, но нет, не завалились на песочек, а лишь помяли друг другу ладошки, лишь покхекали, похмыкали, борясь с волнением, с чувством, с обоюдным европейским сентиментом.

На том и расстались.

Стараясь отогнать столь свеженькие и пахучие еще карибские воспоминания, Великий - Салазкин потуже подтянул себя ремешком к мягкому воздушному стулу, попробовал думать о новой своей и такой привычной любви – ничего не получалось, не думалось на эту тему, предмет равнодушно сиял слева по борту, как реклама молочного магазина, а квелость, замшелость Великого - Салазкина пока что только увеличивалась.

ГЛУШЬ МОЕЙ ЮНОСТИ

Огни уже летят в окружающем черном просторе, уже пора мне становиться гениальным хитрым старикашкой с легкой придурью, пора уже входить в роль, а пока что не хочется. Эти несколько минут до завершения посадки в багровом закатном тумане... они напоминают мне багровую глушь моей юности, глушь, которая вдруг охватывала меня даже на людных улицах, полную глухомань. Затерянность и нищету юности.

Я очень хорошо помню странные перепады от агрессивно выпяченного подбородка, от бокса и бесконечного вращения тяжестей к благолепному смирению, к эдакому всепрощению, к переводам из раннего Гете и акростиху в честь полковничьей дочери Людочки Гулий.

Я помню, как по торцовой гладкой мостовой под безжизненной морозной синью ураганное солнце тащило кусок тяжелой бумаги – то ли сорванную афишу, то ли лозунг – и как бессовестно, постыдно, грубо, бессмысленно мяло и швыряло эту большую измученную бумагу, и как эта измученная бумага то волоклась по мостовой с жалобным посвистом, то вдруг вставала дыбом в последнем сопротивлении, то улетала в стремительном отчаянии, а ураганное солнце грубыми ударами и хлопками формировало из оборванной бумаги то крокодила, то измордованную женщину.

О, как ярко я помню это и как мне хотелось спасти! Кого спасти – ведь не бумагу же эту, бесстыдную в своей погибели и мне чужую? Всех спасти, кто попрятался в штормовой солнечный день, себя самого спасти и ее – бессмысленную, жалкую, хохочущую и погибающую бумагу!

Я вдруг увидел в бесконечном далеке на набережной, на ледяном небе еле различимого прохожего, может быть, самого себя, и подумал с пронзительной жалостью о сго глухомани, о тишине его глуши и о том, как будут стареть ткани его тела, что ждет его в конце концов: контрактура мышц, свертывание крови... Какое немыслимое превращение и для какого умопомрачительного путешествия куда?! Не слишком ли мы слабы для подобных метаморфоз, впервые подумал я, достойный ли выбран объект для таких фантастических приключений?

Он промелькнул и пропал, этот прохожий, и бумага куда-то уволоклась, и осталась только безжизненная улица и подступившая близко ледяная природа – беспредельный голубой свод, в котором ни зги... И вот распахнулись обитые клеенкой и ватой, прошитые шпагатом двери, и я оказался на скрипучих полах, в теплом человеческом логове, где полки вкусных лохматых книг, бак с кипятком и прикованной кружкой; шахматный блиц - турнир... ах, только бы не заплакать!...

Да, нелегко позабыть это голубое до черноты небо, но зато и спасительные густые краски человеческого угла не забываются никогда.

И от любви к ним, ко всем таким же, как я, странным созданиям, от благодарности к ним я едва ли не заплакал и скрылся среди библиотечных полок, где пахло так зыбко, но все-таки уловимо Анатолем Франсом и Буниным и там заплакал все-таки.

Странно, я подумал тогда, что зря спрятался. Мне, юноше, не было стыдно слез, может быть, мне даже хотелось, чтобы шахматисты и читатели увидели мои слезы и поняли их смысл. Мне даже казалось, что и они заплачут вместе со мной, потому что эти слезы – клятва. Должно быть, тогда среди библиотечных полок в слезах я и начал превращаться в мужественного старичка Великого - Салазкина, будущего основателя всемирно известного научного города Пихты, в повивальную бабку любезной благословенной нашей Железки. Должно быть, именно тогда в юношеском озарении любви, в неистощимом и бурном желании „спасти - спасти - спасти" я, Великий - Салазкин /через черточку/, увидел нерасторжимую и бесконечную человеческую молекулу, которая ярко сверкает, если ее увидеть, и в которой спасательными нитями соединился сонм существ: и Достоевский, и Кант, и водопроводчик дома культуры, и Галилей, и Чайковский, и дядя - Миша - лаборант, и Энгельс, и Гомер, и многодетная сторожиха...

Мы все такие небольшие и мягкие, с такой ничтожно малой амплитудой жизненной температуры, с преобладающим процентом нестойкой влаги в тканях, могучим и непобедимым желанием „спасти" соединились в нерасторжимую и сверкающую сквозь пространство молекулу.

... И тогда я уже бесповоротно прикрутил себя к этой „структуре спасения" и обозначил свое место малым кружком, и написал свое имя /через черточку/, и черточку свою укрепил потуже, ибо, как я полагаю, без подобной черточки любая даже и самая грандиозная персона становится малость смешноватой, ибо...

Тут внезапно в мысли Великого - Салазкина вторгся непосредственно сам поднебесный экипаж и продолжительным многоточием /впрочем, весьма деликатным/ показал, что мысли следует прервать, ибо он, экипаж, уже катится по земле и полет, собственно говоря, окончен.

Огромный восточный аэропорт, где произошло приземление, пульсировал огнями, поглощал и распространял радиосигналы, резал батоны, срывал пробки с пива, загружал контейнеры, подвинчивал клиентам гайку, делал им подмазку, поил горючим – работы у него было „под завязку" и потому никакого особого торжества по поводу прибытия очередного столичного аппарата он не устраивал, а жаль.х/

Первыми вышли из чрева авионского супруги Крафаиловы, а были они так примечательны, что стоило бы их в момент выхода запечатлеть и даже сыграть в их честь на медных инструментах торжественный туш.

Собственно говоря, непосвященному даже и в голову не пришло бы, что на верхней площадке трапа появилась супружеская пара, так напоминали Крафаиловы больших полнокровных и молочных

х/ Разумеется, автор субъективен: аэроомнибус привез моих героев, и мне, конечно, хочется какого-нибудь скромного торжества, хотя бы маленького оркестра, кучки фотографов, маленького микрофона. Ничего этого на аэродроме не было: мало ли авторов со своими героями летают нынче в небесах.

однояйцовых близнецов - тяжелоатлетов. Сходство усугублялось еще тем, что супруга была облачена в брючный костюм, а муж носил длинные волосы, чуть не до плеч.

Говорят, что супруги в процессе долголетней совместной жизни становятся друг на друга похожи. Крафаиловы были исключением из этого правила, ибо они были пронзительно похожи друг на друга с самого начала, с самой первой случайной встречи в галерее Гостиного Двора, тому уже полтора десятка лет.

Прямая гренадерская стать, гипсовый надменный – византийский профиль отличали обоих. С годами равномерно прибавилось тела под округлыми мощными подбородками, на грудных клетках и в подвздошье, румянец приобрел сочную зрелость, голубые четыре глаза сохранили многозначительную и непонятную прозрачность.

Оба супруга были руководителями торговли: он директорствовал в показательном торговом центре „Ледовитый океан", она управляла по соседству художественным салоном „Угрюм - река". Оба супруга были немногословны, бездетны, не курили, не пили, любили симфоническую музыку, теннис и родную душу – пуделя Августина, по которому тосковали весь месячный отпуск в южном минеральном Пятигорье.

Скучный, но очень полезный минерально - теннисный отпуск вдали от любимого торгового дела и кучерявой родной души, завершился для Крафаиловых странным событием, еще более усилившим их зеркальность.

Играя парой в теннисном финале против заезжих калифорнийских профессионалов, супруги сломали руки: он – правую, она – левую. Теперь руки покоились в гипсе на дощечках и занимали положение, горизонтальное к земле и вертикальное к груди, словно у регулировщика, когда он открывает движение.

Впрочем, сравнение с регулировщиком не совсем удачно. Загипсованные вертикально - горизонтальные руки придавали Крафаиловым дополнительную и очень естественную монументальность. Казалось, что Крафаиловым так и пристало ходить или стоять в позе живых памятников. Никто из пихтинских друзей при встрече в Московском аэропорту даже и не заметил ничего странного.

– Привет, Крафаиловы! Как отпуск провели? – спросил, например, Вадим Китоусов.

– Разве не видно – мы руки сломали, – с еле заметным раздражением сказали супруги.

– В самом деле? Простите! Я думал, это просто так... – смутился Вадим.

Все остальные пихтинские друзья, и Риточка - красавица, и Слоны, и Эрнест Морковников, и Великий - Салазкин, и Ким Морзицер тоже интересовались их отпуском, теннисом, цветом щек, обменом веществ и никто не обратил внимания на скульптурность поврежденных рук, все думали, что „просто так" и это совсем не говорит о равнодушии или пренебрежении: Крафаиловы пользовались в Пихтах заслуженным почтением.

Вот некоторые болтают про торговых работников, что есть среди них и такой, что на руку нечист. Отрицать существование этих вредных жучков было бы нелепо. Есть еще, конечно, и в современной прогрессивной торговле жрецы косоглазого божка - воришки, поклонники вонючего анахронизма: „не обманешь, не продашь". Есть и слабые людишки в нашей среде: трудно удержаться от расхищения, когда вокруг тебя все лежит. Вот и пример, бочонок с медом – ну, как не сунуть в него палец, как не облизать? Вот, к примеру, перед вами масла куб – ну как не срезать ему боковинку? Или, скажем, перед вами флакон парфьюма – разве не побрызжешь?

Нужно быть волевым и интеллигентным человеком, чтобы пальцы не совать, не облизывать их, не срезать боковинку, и не брызгать в себя тем, что тебе не принадлежит.

Таковы Крафаиловы. Они никогда ничего себе не брали, и подарков не принимали, и совсем не потому, что презирали свое торговое дело. Напротив, они его чрезвычайно любили, держали в умах новые идеи, а в душах мечту о заре прогрессивной торговли.

Принцип торговли будущего по идее Крафаиловых состоял вот в чем: два лица, продавец и покупатель, вступают между собой в особые и очень важные для жизни торговые отношения. Ну, конечно, тут приходит сразу в голову набивший оскомину призыв „будьте взаимно вежливы", уж сколько шуточек было по этому поводу, сколько юмора выработано. Нет, не вежлив должен быть продавец с покупателем, и не любезен. Это пусть там в разных вулвортах и лафайетах любезничают, у нас в будущем все будет иначе. Продавец должен стать для покупателя пусть на короткий срок, но другом, проникновенным товарищем, врачом - психологом, поводырем в лабиринте изобилия.

Продавец нового типа должен хрустальными глазами смотреть на покупателя и облагораживать его своей духовной филигранью и музыкальной простотой.

Продавец будущего ни в коем случае не должен иметь дела с деньгами. Деньги получают автоматы. Могут получать, могут не получать – это продавца не касается. Собственно говоря, это даже не продавец, а... а... а... нужно какое-то новое слово для новой профессии.

Ну, скажем, ... „Дружелюб". Как замечательно!

— Сегодня в отделе обуви дежурный дружелюб Агафон Ананьев.

Вы приходите в отдел обуви без точной цели, просто в растерзанных чувствах, а между тем вам нужны новые водонепроницаемые сапоги, хотя вы об этом даже не думаете. Дежурный дружелюб мгновенно улавливает вашу вибрацию и первым делом улыбаться вам. Несколько секунд нужно специалисту - дружелюбу, чтобы разобраться в вашем характере и психическом типе. Ведущую роль в этом деле будет конечно играть интуиция, но и без электроники здесь не обойтись. Разобравшись, дружелюб мгновенно выбирает средство воздействия. Может быть, это стакан холодного пива или, наоборот, горячего чая, может быть, анекдот, может быть, просто молчание, проникновенный взгляд, может быть, музыка, может быть, стихотворение. Если вы подавлены какой-то очередной неудачей, потеряли веру в себя, нужно подхлестнуть вас каким-нибудь Фрэнком Синатрой. Если же вы, наоборот, раздражены и растрепаны семейным или любовным разладом, в дело пойдет, скажем, 67-ой квартет Гайдна ре мажор.

Между прочим в поле вашего зрения вплывут дивные сапоги модели „Ураган" и вы наверняка уйдете из магазина с замазанной трещиной души.

Еще раз подчеркиваем: цель контакта „дружелюб - покупатель" вовсе состоит не в сапогах, цель — в солнечном пятнышке, в волне теплого воздуха, в ободряющем биотоке.

Вы уйдете из торгового центра, а ваш дружелюб прислонится спиной к стеклянной стене, взглянет на отраженные в стеклянном же потолке сосны, оползающие пленки непогоды, мокрый подлесок с яркими точками волчьих ягод и шиповника и крепко зажмурит глаза, чтобы вспомнить что-нибудь из детства, чтобы подслушать квартет или для того, чтобы подумать о старике Гайдне, потому ведь, что и сам он человек, несмотря на профессию, и ему тоже нужен дружелюб, хотя бы из неживых, но оставивших о себе звуковую ясную память.

ГИГАНТСКИЕ ШАГИ

Тогда я вдруг вспомню яркосинее небо и „гигантские шаги" на опушке елового бора. Как я взлетал тогда и как я кружил со свистом вокруг шатающегося столба, часами изо дня в день на устрашение всему пионерлагерю, толстый румяный мальчик - мускул с мрачными хрусталями грешника по обе стороны непримиримого носа.

Сколько дней я кружил вокруг столба в молчании и тишине, прерываемой лишь жалобным скрипом ржавых подшипников, да возгласами птиц, да отдаленными сигналами горна.

Прежде я внимания не обращал на „гигантские шаги'', у меня не было времени на такие пустяки, я был деятельный и могущественной фигурой – председателем кухонного совета, каждый день назначал из старших отрядов дежурных по пищеблоку и контролировал их работу. Это было над Свиягой на горе в сосновых и еловых просторах сорок шестого года, и в смысле сытости пионеров тогда было очень прохладно; поэтому все и тянулись на кухню, там было теплее.

В канун праздника флота в сумерках к подножью нашей горы, к мосткам подошел катер с гостинцами от шефов, моряков Волжско - Каспийской военной флотилии. Старший пионервожатый отобрал десяток ребят покрепче и послал за гостинцами вниз.

Мы скрестили весла, принайтовали к ним ящики и пошли в густых уже сумерках вверх, воображая себя воинами Ганнибала, берущими альпийский перевал.

Мы шли, такие крепкие, такие мощные, самые сильные мужчины лагеря и несли на своих плечах некоторые вкусности для девочек и малышей. Путь был нелегок по крутой мордовской тропе, по корням мачтовых сосен, по разбойному волчьему лесу, под призрачным ночным аэлитовским небом и альпийскими звездами над карфагенскими головами.

Ночной таверны огонек
Мелькнул вдали, погас.
Друзья, наш путь еще далек
В глухой полночный час, –

запел мужественным форсированным басом председатель кухонного совета.

– Между прочим, в ящиках щиколад, – почти равнодушно произнес известный в городе билетный перекупщик Вобла, зампредседателя.

Предательский шоколадный довоенный новогодний сладостный дух давно уже облачком дьявольского соблазна плыл над маленьким отрядом, и маленький отряд, дюжина кухонных апостолов, уже давно дрожала от позора и сладости неизбежного грехопадения.

– Молчи, Вобла!

– А я чего? Щиколадом, говорю, пахнет. Щиколад, говорю, пацаны, тараним.

– Вобла, молчи!

– А я чего? Досточку, говорю, одну поднять надо, попробовать щиколадку. Даром, что ли, корячимся?

– Вобла!

– А я чего? По кусманчику, говорю, отколем, не убавится.

В глуши, во мраке, в дебрях мира совершилось почти невинное мародерство. Треснула досточка, со сдавленным нервным смехом ночные рыцари набили рты блаженным продуктом. Кое-кто не забыл и о карманах, а я сделал вид, что не заметил ничего. Не заметил даже, как и самому мне в рот чья-то рука – не моя ли собственная? – засунула добрый кусок, только фольгу выплюнул и так незаметно позволил ворованному продукту во рту моем растаять.

И мигом романтика воинов - аскетов сменилась романтикой об - щей хитрой авантюры, общей „повязкой" шкодников и неуловимых плутов.

– Ну, ты!

– Ну, дали!

– Ну, фраера!

На следующий день к завтраку под щелкающими флагами морской сигнализации кухонная команда поделила шоколад на порции, и всем досталось, всем хватило, всем восьми отрядам, каждому пионеру. Ну, может быть, немного меньше, чем предполагали шефы, но каждый все-таки угостился.

Не хватило только „слепому эскадрону". О них мы начисто при дележе забыли.

В большом нашем лагере было восемь отрядов обычных городских детей, но был еще и автономный маленький отрядик из детского дома слепых. Держались слепцы, конечно, особняком и только на лагерных концертах забивали все остальные отряды, потому что здорово „секли" по музыке. Их специально учили музыке, чтобы она помогла им не пропасть в будущей жизни.

Когда мы вдруг с Воблой увидели „слепой эскадрон", с тор - жественной осторожностью в свеженьких рубашечках марширующий к праздничному столу, мы даже ахнули: забыли про слепаков!

Все отряды уже заканчивали завтрак, вставали и веселыми от шоколада и вообще от праздника, от будущего флотского дня, голосами рявкали положенное:„Спасибо за завтрак!"

– Суки мы с тобой, Вобла, – проговорил я и весь взмок. Мгновенный и сильный стыд конфузным потом выступил сквозь поры всего тела.

– А чего? – придурковато открыл рот Вобла. Придурковатость была его главным оружием. – Кончай, Краф! Слепаков и так по санаторной норме питают. У них жиров на двадцать пять грамм больше, чем у всех. Чихал?

Слепые съели свой бесшоколадный завтрак, встали и чистенькие, умытые, весело сказали:

– Спасибо за завтрак!

Я глядел на них и вдруг подумал, как прекрасно детское личико, даже и слепок. Подумал об этом как взрослый, словно я сам был уже после вчерашней ночи не ребенком, а вполне, вполне взрослым человеком.

– Суки мы, Вобла...

Вот так и началось кружение... Богом забытые „гигантские шаги" скрипели на опушке, а мальчик - мускул все разбегался по изрытому его копытами кругу, и взлетал, и несся вверх и вперед по холодному кругу самобичевания, влекомый центростремительными силами.

– Кончай, псих! Грыжу натрешь!

Иногда на орбите появлялось чье-то лицо и раскоряченный силуэт случайного попутчика, потом лицо исчезало в глухой и тошной, как помои, жизни, и отшельник вновь оставался один.

Как сладко было бы слепому ощутить на языке вкус праздника, вдвое слаще, чем мне, зрячему: ведь он не видит цвета праздника– сигнальных флагов в этом детском небе, он даже и не представляет себе толком неба и реки, леса и корабля.

У тебя, сука, есть все, все на свете, а ты берешь себе еще что-то, тебе мало того, что у тебя есть все, ты еще отбираешь у других в свою пользу, тянешь в ненасытную утробу.

Ты отнял у слепого мальчика вкус праздника. Прощай, прощай теперь, мое детство. Глухая тошная жизнь стоит передо мной.

Слепым нужно давать как можно больше вкусной и разнообразной еды, не жиры увеличивать им надо, а надо радовать их язык шоколадом, клубникой, селедочкой, помидором.... Я – подлый, жирный и мускулистый вор с прозрачными и зоркими мародерскими глазами, бесцельно кружащий в ослепительно прекрасном мире, которого я недостоин. Прощай, мое детство! Глухая и тошная жизнь стоит передо мной.

Однажды под вечер из ельника к „гигантским шагам" вышел влажный вечерний волк, лесная вонючка. Чуть опустив вислый зад и зажав между лапами хвост - полено, он долго смотрел на меня без всяких чувств, без злобы и без приязни, и без всякого удивления. Устрашив меня своим непонятным видом, волк прыгнул через куст и исчез в темноте – в глухой и тошной Жизни. Прошелестела, проскрипела, протрепетала прозрачно - черная августовская ночь, но даже прочерки метеоритов и дальние атлантические сполохи, озарявшие мордовские леса, не утешили отшельника, не вернули мне детства и будущей юности. Глухая и тошная жизнь залепила мне нос и небо, и глаза, и евстахиевы трубы.

Вдруг на мгновенье я потерял себя, а вздрогнув, обнаружил вокруг уже утро и нечто еще.

Нечто еще кроме изумрудного утра присутствовало в мире. Сверху, со столба, на котором я висел словно измученная погоней обезьяна, я увидел внизу под „гигантскими шагами" четверых слепаков.

Двое маленьких мальчиков играли на скрипках, юноша, почти взрослый, прыщавый и статный, играл на альте, а босоногая девчонка пилила на виолончели, и получалась согласная, спокойная, издалека летящая и вдаль пролетающая музыка.

Вот чего нет у меня, подумал я радостно и благодарно. Я не могу повернуть к себе пролетающую над поляной музыку. Все у меня есть, но у меня нет этого дара.

Да-да, говорила мне добрая и спокойная музыка, не воображай себя таким мощным всесильным злодеем. Ты маленький воришка, ты достоин жалости и верни себе, пожалуйста, свое прошедшее детство, потому что впереди у тебя юность со всеми ее метеоритами, всполохами и волками... прости себе украденный шоколад и больше не воруй.

Незрячие глаза внимали музыке с неземным выражением. Они никогда ничего не видели, эти глаза. Гомер, конечно, видел до слепоты, и он представлял себе журавлиный клин ахейских кораблей, а эти дети не представляют себе ничего, кроме музыкальных фраз и для них, конечно, по-особому звучит толстый мальчик, сидящий на столбе, и для него они сейчас играют – утешься и не воруй.

Крафаиловы несколько мгновений задержались на верхней площадке самоходного трапа, но этих мгновений было достаточно, чтобы заметить в толпе встречающих того самого полуфантастического дружелюба Агафона Ананьева, верного зама и по совместительству старшего товароведа торгового центра „Ледовитый океан".

Плутовская физиономия „дружелюба" лучилась благостным, почти родственным чувством. Заждались, говорила физиономия, заждались, голубушки Крафаиловы, просто мочи нет.

Сердца Крафаиловых тенькнули: ой, проворовался Агафон, не сойдется баланс. Сердца Крафаиловых тут же ожесточились: нет, на этот раз не будет пощады плуту – партком, актив, обэхэс! Сердца Крафаиловых вслед за этим затрепетали в любовном порыве: на руках у хитрого „дружелюба" сидел благородный пудель Августин, родная лохматая душа. Да, в чуткости Агафону Ананьеву не откажешь!

Итак, воздушный вояж закончился, и автор, обогнавший при помощи пустякового произвола стремительный аппарат, теперь высматривает своих любимцев в двухсотенной толпе пассажиров и даже следит за тем, чтобы не потеряны были в разгрузочной спешке квитки от багажа, ибо и на багаж своих героев он уже наложил жадную лапу, даже в нехитром их багаже есть для него своя корысть.

Спускается по трапу Великий - Салазкин, одергивает териленовые штанцы. Спускаются статные, спортивные и как всегда добродушно - горделивые, уверенные в себе и немного грустные Слоны, Павел и Наталья. Спускается удивленный неожиданным возвращением международно - галантный Эрнест Морковников – пермессо, пардон, гуд лак, здравствуйте! Спускается смущенный, заспанный сатир Ким Морзицер, инерционно, по старой привычке тревожит стюардесс: ну, что, девчонки, повстречаемся? – И получив в ответ: нет, папаша, не повстречаемся – хмыкает и спускается.

Спускается в „тианственном" своем молчании красавица Маргарита, нелюдимо и отчужденно спускает свои виноградины, розаны и перламутры, а также приготовленную уже в ювелирных пальцах длиннейшую и тианственную сигарету „фемина".

Спускается также и как бы между прочим ее, свою жену, сопровождает, вдумчивый и благородный Вадим Аполлинариевич Китоусов, спускается, словно бы не обращая внимания на Маргариту, как бы не сгорая от ревности. И наконец появляется из недр авионских почти забытый нами Мемозов, эта некая личность – отнюдь не персонаж – совсем ненужная, скорее вредная для нашего повествования.

Мемозов выждал, когда все пассажиры вытекли из чрева, и выскочил на площадку трапа последним. Здесь он некоторое время, по крайней мере на двадцать - тридцать секунд, задержался, давая возможность оглянувшимся внимательно себя разглядеть.

Летели вбок его мятежные длинные кудри а ля улица Гей Люссак, и вся его фигура, озаряемая подвижными аэродромными огнями, являла собой вид демонический и динамичный. Трость, крылатка, сак, шевровой кожи выше колен сапоги, лоснящийся, как морское животное, велюр, ярчайшее пятно жилета „Карнеби-стрит", полыхающий, словно пламя в спиртовке, галстук, пополняли его облик.

Новый материк лежал под ногами конкистадора и сюрреалиста.

Мало ли, что болтают обо мне в кофейной ОДИ – не слушайте!

МЕМОЗОВ

Знаю, знаю, есть такие злыдни, что распускают слухи о моих неудачах в кооперативе „Павлин" – не верьте! Ходят разговоры, что некая мрачная личность с желтыми от алкоголя глазами вывела меня из художественного дома, применив прием карате – смейтесь! Болтают, что я пытался поправить свои финансовые дела, продавая волнушки на Тереньтьевском рынке – усмехайтесь! Поговаривают бастарды о том, будто я все лето выуживал фирменные шмотки из загрязненного океана, – о, засмейтесь, смехачи! Треплются, что меня в разгар вдохновенной импровизации какой-то амбал выбросил из троллейбуса – хохочите, хахачи! Будоражат публику слухами о моем самоубийстве из ружья, которое я повесил над тахтой, чтобы оно выстрелило по законам черного юмора...

Впрочем, как угодно – можете верить, можете не верить: Мемозов, естественно, возвышается над кофейными, коньячными и папиросными сплетнями в предбаннике ОДИ, где все стены исписаны номерами телефончиков и двусмысленными фразами, и где пересечение тайных взглядов сплетает все общество в тесный клубок, наподобие грибного мицелия с комочками земли и где бумажные салфетки, предназначенные администрацией для вытирания губ и для взятия бутербродов, используются совсем для другой цели, а именно для писания записочек, которые тут же и передаются, и где, к примеру, Михаил Р. встает со стула якобы для того, чтобы опустить пятак в музыкальную машину, а на самом деле для того, чтобы его увидела общеизвестная дама У., которая пришла сюда в обществе С. и Щ. явно для того, чтобы досадить Ваграму Ч., кейфующему у окна в ожидании М.К., которая в этот момент безусловно рулит на своем „жигуленке" в Серебряный Бор, чтобы оттуда позвонить Михаилу Р., вставшему в данный момент якобы для того, чтобы опустить пятачок в „Полифонию"... Мемозов, конечно, возвышается над этими отношениями, буквально парит над ними, задыхаясь от дыма.

Мне нужен озон, азот, гелий и фтор Сибири, и это отнюдь не бегство, а перегруппировка сил, выравнивание флангов. Мне нужны новые биологические, психические, пластические материалы. Мне нужно новое поле для эксперимента и потому я уезжаю в этот экспериментальный городишко с бескрылым пожухлым провинциальным именем Пихты, к подножью этой пресловутой Железки. Для начала я внедрюсь как инородное тело в эту повесть, ворвусь в нее враждебной летающей тарелочкой, пройдусь жадным грызуном по ниточкам идиллического сюжета, влиянием своего мощного магнитного поля перепутаю орбиты героев; потом посмотрим, похохочем над незадачливым автором. А Москва... погоди, Москва... Мемозов еще воротится... едва затихнут разговоры о каратэ, да о грибах, о черном юморе и о загрязненном океане. Ждите, Клукланские и Игнатьев - Игнатьев, ждите, У., М.К., Миша Р., С. и Щ., ждите все там, в ОДИ, в „Павлине" – в ореоле новой славы, овеянной новыми таинствами, на гребне новых индивидуальных достижений Мемозов еще...

От аэродрома до Пихт было побольше двух сотен километров, и автор начал уже собирать героев на предмет коллективного взятия такси или зафрахтовки какого-нибудь „левого" транспорта, когда среди криков, гудков и свистков послышался вдруг спокойный, даже величавый скрип древних рессор, и на площадь перед аэропортом выехал огромный черный автомобиль, за рулем которого возвышался Великий - Салазкин.

Этот кадиллак выпуска 1930 года с множеством мягких, но уже замшелых кресел, с подножками, и запасным колесом на переднем левом крыле, с веером серебряных рожков на капоте был одной из легенд города Пихты. Говорили, например, что кар подарен Великому - Салазкину самим Энрестом Резерфордом, но скептики решительно возражали и категорически утверждали, что Резерфорд не мог подарить В.С. такой большой автомобиль иначе, как сложившись с Бором. На пару с Нильсом Бором они подарили кадиллак Великому–Салазкину, так утверждали скептики.

– Але, ребя! – позвал В - С свою шатию - братию. – Валитесь в колымагу. Глядишь, и доедем до Железки.

Все, конечно, с восторгом приняли это предложение, ибо проехаться по темному лесному шоссе в историческом автомобиле было для каждого удовольствием и честью. Даже Крафаиловы отправили верного Агафона в его фургоне „Сок и джем полезны всем" и влезли на задний диван вместе с трогательно визжащей родной душой Августином.

– А я этого одра на аэродроме месяц назад оставил, – говорил Великий - Салазкин. – Думал, угонят, нет – никто не позарился. Залазьте, залазьте, не тушуйтесь. Паша, Наташа, Эрика, конечно, вперед, чтоб штаны не помяли. Кимчик, Ритуля, где вы там? Протеже моего не забыть бы. Где вы там, мосье Мемозов?

Выяснилось вдруг, что авангардный и независимый, весь в заострениях и огненных пятнах, Мемозов просто-напросто очередной протеже известного своим меценатством Великого - Салазкина.

– Чего же нам ждать от мосье Мемозова? – с еле видной подковыркой поинтересовался Вадим Китоусов.

Мемозов полоснул по нему желтым насмешливым и демоническим взглядом, а Великий - Салазкин смущенно ответил:

– Эге!

Он и сам толком не знал, кто таков этот Мемозов – дизайнер, пластик, биопсихот или оккультист, знал только, что внутренне ущемленный индивидуум, вот и забрал.

Итак, они отправились на ржавых рессорах в мягких замшевых креслах.

Исторический рыдван, стуча поршнями, шатунами, гремя клапанами и колен - валом, трубя серебряными горнами медленно, но верно подвозил их к заветному, родному, святому и любимому – к Железке.

– Я полагаю, Вэ эС, вы сразу на Железку поедете? – осторожно спросил Китоусов.

– Натюрлих, – ответил Вэ эС. – Айда со мной? Раскочегарим сейчас ускоритель, пошуруем малость – спать не хочется.

– Рехнулись они со своей Железкой, – довольно громко произнесла Маргарита.

– Кес ке се эта Железка? – надменно спросил импортированный индивидуум.

– О Железка! – вздохнули все разом. – Скоро увидите!

Скоро-ли-нескоро, но в разгаре осенней ночи сквозь мрак они проехали к панораме своей Альма - матер. Раздвинулись хвои, и взгляду предстала подсвеченная фонарями и собственным полуночным светом их родная Железка – суть комплекс институтов, кольцо ускорителя, трубы, вытяжные системы, блоки лабораторий и стеклянные полоски оранжерей. Все это было огорожено самым обычным каменным с железными прутьями забором, но парадные ворота являли собой маленький концерт литейного искусства – грозди, колосья, стяги, венки и созвездия, крик моды позапрошлого десятилетия.

– Вот она, наша Железка! – еле сдерживая волнение, проговорил Паша Слон и все замолчали. Каждому виделся в миганьи Железки личный привет и все ждали реакции „чужестранца"; ведь нет же в самом деле на свете человека, которому она бы не приглянулась с первого взгляда.

Мемозов, наконец, разомкнул губы:

– Утиль! – сказал он и захохотал.

Так по повести был нанесен первый и нелегкий удар.

ЧАСТЬ ВТОРАЯ
ИЗ ГЛУБИН ИСТОРИИ

„...просит, чтоб обязательно
была
хотя бы одна
звезда..."

В. Маяковский

Корни этой истории сравнительно неглубоки, если держать в уме обозримое нами время. Если же предположить еще существование необозримого, то уедем так далеко, что и себя не сыщем. Возьмем все-таки какую-нибудь более - менее видимую точку отсчета и назовем ее условно началом.

Начало напоминало настоящий научно - фантастический роман. Сквозь галактические дебри нашего мира стремительно неслось нечто. Нечто весьма существенное – гость из просторного космоса, флагманский корабль целой эскадры.

– Тесно в этой молочной молекуле, – недовольно фонил себе в макушечную мембрану адмирал - мозг. – Надо увеличить интервалы между кораблями.

Сказано – сделано: интервалы тут же увеличились с одной тысячи до полутора тысяч лет, по нашим ценам, конечно. Флагман же летел, не сбавляя скорости, огненной колобашкой мимо неведомых и неинтересных ему структур, тех самых, что мы называем так нежно и зазывно – Андромеда, Орион, Скорпион. Цель у эскадры была одна - единственная – к чему излишняя скромность? – цель эта была – мы, наша милая крошка, периферийный шарик.

....Флагман приближался к нашему отростку Галактики на заре XX века по христианскому летоисчислению. На борту уже заседал Совет Высших Плузмодов для решения вопроса о методе контакта: насильственное поглощение фагоцитов и ферментозная переработка или лирический контакт, совместное цветение, нежные тычки тычинок, пестование пестиков, элегическое мерцание эпителия?

Два опытнейших разведчика - блинтона сообщали Совету результаты непосредственного наблюдения: Жундилага /то есть Земля/ была близка, какой-нибудь фубр - полтора иллигастров, не более…

И вдруг Плузмоды пришли в замешательство: данные блинтонов стали противоречить друг другу.

Первый блинтон: Какое грустное очарование! В неярком розоватом освещении среди прочных и высоких растений молодая особь по названию девушка, сравнивает себя с птицей, так называемой чайкой, что свидетельствует, прежде всего, об отсутствии высокомерия у головного отряда Жундилаги.

Второй блинтон: Хмурое тоскливое свинство! Группа приматов в серых одеждах полосками металла причиняет боль другой группе приматов в черных одеждах, которая бежит, причиняя боль первой группе кусками минералов. Аргументация атавистическим чувством боли говорит о низком и опасном уровне развития Жундилаги.

Первый блинтон: Я испытываю высокое волнение. В неярком сиреневом освещении среди камней и бедных растений молодое существо по имени ,,Принц'' говорит существу противоположного пола, что он любил ее, как сорок тысяч братьев. Мера любви чрезвычайно высока даже для нас, Уважаемые Плузмоды!

Второй бинтон: Тошнотворная глупость! Присутствую на Совете жундилагских плузмодов. Они украшены варварскими блестящими дощечками и шнурками. Одного из них другие называют ,,величеством''. Зло и надменно кричат о разделе какого-то предмета под названием ,,Африка''. Собираются убивать. Главная эмоция – примитивный страх.

Первый блинтон: Я чрезвычайно взволнован, мне нравится Жундилага! В прозрачнейшей ночи там освещены лишь белый стены, там происходит милое лукавство, там все так простодушны и хитры. Вот человек громогласно заявляет, что он и здесь, и там, и что без него никому не обойтись, вот женское существо появляется с пальцем у рта… Побольше хитростей и непременно… О как оно прекрасно! Они хитры без зла, а в этом есть мудрость.

Второй блинтон: На Жундилаге царит бессмысленная жадность и абсурд! Несколько существ бросают на стол желтые кружочки, пьют прозрачную жидкость, потом хватают кружочки назад, машут конечностями, вытаскивают убивальные аппараты. Там очень душно, спертый воздух и много отторгнутой пищи. Проклятая Жундилага! Во мне трясутся кристаллы от ненависти и тоски.

Первый блинтон: Их вайс нихт золл ес бедойтен…

Второй блинтон: Дави черномазого ублюдка!

А скорость становилась все выше и притяжение маленькой биосферы, ее психоволны оказались в сотни раз больше расчетных. Совет Плузмодов, сбитый с толку противоречивыми показаниями блинтонов, ошибся на миллионную долю бреогастра, и флагман подобно бессмысленному раскаленному камню прошил многослойную атмосферу планеты и в сентябре 1909 года рухнул в необозримую тайгу, да так рухнул, что вся Сибирь покачнулась. x/

Весь ли экипаж погиб или кто-нибудь уцелел, неведомо никому, даже автору сочинения. Возможно, на втором корабле эскадры сработали контрольные устройства, но, может быть, и не успели. Возможно, там все знают о подробностях катастрофы, возможно, лишь оплакивают радиальные, искрящиеся кристаллами высшей логики структуры двухсот блинтонов и циркулярные пульсации целого десятка цветущих высшим логосом плузмодов. О втором корабле эскадры узнают лишь отдаленные потомки, которые, уверен, не будут сбивать с толку штурманов - блинтонов. Выйдут с цветами и цитрами на встречу с родственными структурами все наши Чайки, Гамлеты, Фигаро и Лорелеи, а остатки нехорошего будут только костями стучать в школьных музеях.

Так или иначе, но когда рассеялся дым над дремотным девятым годом, Сибирь, чуть загнув назад Чукотку, увидела у себя в правом боку солидную дыру, вернее, кратер. Здоровый организм, естественно сразу начал лечиться, затягивать ямищу живительной ряской, посыпать хвоей, спорами растений, пометами бесстрашных своих животных, пропускать корни, уплотнять почву грибными мицелиями. Короче говоря, вскорости никаких следов космической катастрофы на поверхности планеты практически не осталось. Ну, есть малая вмятина в тайге, но мало ли чего: может быть, Ермак с Кучумом тут бились или просто так – вмялось и заболотилось.

Воет зверь, тонет человек, скрипит кривая сосна – все просто в тайге, никаких загадок. Гуляешь – гуляй. Зазевался – получай лапой по загривку. Летом приближается небо, вопросительно мерцает сквозь комариный зуд. Зимой небо уходит и виднеется как сквозь прорубь и никаких уже вопросов: жизнь есть форма существования белковых тел, а желтое тело идет на вес и обменивается на порох и спирт.

---

x/ Эта история имеет лишь косвенное отношение к так называемому Тунгусскому метеориту. Т.М. суть не что иное, как печная заслонка нашего флагмана, отброшенная при взрыве.

Во многих сотнях километров от нашего таинственного /а не тианственного ли?/ места лежал так называемый Тунгусский метеорит – простая печная заслонка с флагмана Жирофельян, и туда паломничала научная братия всего мира. Копали, бурили, вгрызались, пытаясь найти хоть какую-нибудь маленькую железочку, все – тщетно... Зарвавшиеся дилетанты строили гипотезы – а уж не космический ли корабль взорвался над хмурым тунгусским потолком? Их высмеивали – обыкновенная, мол, болвашка брякнулась, но и она очень важна для познания, может быть, даже важнее вашего звездного, хе-хе, варяга. Потом и вокруг печной заслонки отшумели страсти, круги расплылись и установился научный штиль, воцарилось занудство, именуемое иногда равновесием.

Только так ли это? Так ли бесследно и безрезультатно нырнул в иное измерение гениальный аппарат? Неужели вся немыслимая энергия испарилась в сибирском небе, словно болотный газ?

Сейчас, занимаясь историей нашей дорогой, уважаемой и любимой, золотой нашей Железки, мы находим в летописях края некоторые странные рассказы старожилов.

КЛЯКША

Будто бы жил когда-то в северо - западном болоте некий медведь - мухолов по имени Клякша. Зверь имел огромный рост, каленый коготь, моторный рык, но, что характерно, никого не задевал, окромя, конечно, вкусных болотных мух да ягод.

Будто бы однажды соседский охотник Никаноров встретил медведя Клякшу в густом малиннике и чуть ли не помер со страху. Якобы сидел Клякша толстым задом на мягкой кочке и смотрел на Никанорова через многоцветное стекло, которое держал перед собой в передней лапе. И, что характерно, увидел Никаноров за стеклом переливчатый огромный глаз, явно не медвежий, да и не человечий. Нервы от такого зрелища лопнут, конечно, даже у непьющих. Никаноров шарахнул по красавцу - глазу зарядом дроби и отвалил копыта. И вот что характерно, товарищи, опомнился мастер пушной охоты уже в избе на лежанке, и ему никто не поверил, потому что будто бы выпивши. К сожалению, пьющему человеку у нас не всегда доверяют, вот что характерно.

ПИХТА

В другой год, рассказывают, шла через болота партия людей. Очень мучились прохожие от вонючей влаги и постоянно содрогались от безвредных, но отвратительных болотных газов.

– Ах, братья - попутчики, милостивые государи, – якобы сказал однажды под вечер вожак, – посмотрите, какие над нами чарующие перламутровые небеса, а мы утопаем в болоте. Ах, если бы найти нам сейчас хоть клочок сухой землицы, как бы мы все отдохнули телесно, а Гриша, наш товарищ, укрепил бы наш дух великолепной музыкой.

Может, врут, а может, и нет, но один из этих людей, Григорий Михайлович, нес на себе старинную деревянную гармонь. Заплакал тогда Григорий Михайлович и говорит:

– А я вам и так сыграю, болезные друзья.

– Не играй, – говорят ему друзья - попутчики, – Утопнешь, Гриша.

– Пущай утопну, – говорит, обливаясь слезами, Гриша, – Зато с музыкой.

Снял якобы Григорий Михайлович с плеча деревянную гармонь и заиграл на ней очаровательную музыку, а сам утопать стал и довольно стремительно.

Тогда и полезли из болота верхушками сухие и шуршащие, как будто бы шелковые пихты, а вскоре и весь остров вылез с мягкой травой, с теплыми пещерами и винными светящимися ягодами.

Всю ночь якобы играл Григорий Михайлович старинную музыку из головы и по бумаге. Всю ночь блаженно отдыхала экспедиция, а после якобы дальше ушла. Ушла – не ушла, а остров с пихтами там остался и это факт, вот что характерно.

ГОРЮНЫ

И вот, что характерно, безусловно, появилась на горизонте девушка Любаша. Она, сия Любаша, безусловно проживала в соседнем селе Чердаки и ее в дурной манере обидел инспектор по госстраху Зайцев, а ей, конечно, был мил летчик Бродский Саша. Отсюда возникла большая трагедия, и тихой красавице нашей опостылела жизнь. Эх, много в мире еще неизученного! Лишний раз убеждаешься, когда узнаешь, что пропадают в общем-то привлекательные девчата.

Так Любаша удалилась в гиблые края, на восток, через клюквенные поля, в таежную плесень. Ушла на рассвете, а очнулась на закате, лежа в красивой, но безнадежной позе среди дикой страшной природы: ужасные корни с кусками глины раскачивались перед ней, вывороченные валуны громоздились нелепицей вокруг, гибло отсвечивали на тусклом закате огромные белые кости – позвонки, ребра и прочее. Доисторическая нижняя челюсть, например, возвышалась, как арка. Не может такого быть, чтобы и кости эти когда-то питались млеком, подумала девушка, содрогаясь. Пейзаж был почти что адский, эдакий предбанник, раздевалочка. Горько пожалела тогда Любаша свою молодую суть. Экую мелкую тварь Зайцева вознесла до уровня мировой трагедии. Прощай теперь Бродский Александр, ты даже не узнаешь о моем чувстве в своем пятом океане. Ах, есть ли на свете горше картина, чем рыдающая перед гибелью красавица?

И вот что характерно, в последний, можно сказать, момент, появились вокруг Любаши цветы - горюны. Никто девушке этого названия не сказал, и раньше она его никогда не слышала, а только сразу поняла, что вокруг плавают и порхают волшебные горюны. Те, что горе снимают.

Цветы эти имели от земли некоторую независимость, ибо в любой момент от нее отрывались, чтобы закрутить вокруг печалицы хоровод. Они плавали в воздухе, как тропические рыбы, и сияли глубинными незнакомыми красками. Они трепыхались и наполняли округу тайной, веселой и вечно молодой жизнью. И вот они быстро внушили Любаше прежнюю нежную радость, и она поверила, что суженый ее ждет и простит ей потерянное колечко в счет будущих изумрудов.

Что тут правда, где брехня – разобраться трудно, но вот что характерно: Любаша Бродскому семь деток родила и получила материнский знак отличия.

Странные эти рассказы могут натолкнуть и на странную мысль: не испарилась окончательно энергия космического корабля, а где-то бродит в окружности и даже реагирует на события в мире людей.

Конечно, вздор, конечно, нонсенс, конечно, абсурдистика, но пусть присутствует здесь эта мечта, хотя бы как вздор, как нонсенс, как нелепая фантазия. Автор, если угодно, и на себя грех возьмет.

Автор как темный человек верит во все туманное: и в летающие тарелочки, и в морское человечество – дельфинов, и в Атлантиду, и в месопотамские столбы, и в перуанские окружности, а уж тем более как ему не верить в свои собственные „пихты“, „горюны“,

„кляксу"?

Верит он и в то, что не совсем случайно встретились в разгаре пятидесятых годов трое наших героев – Пашка Слон, Кимка Морзицер и Великий - Салазкин.

Внешне как раз все произошло совершенно случайно, тем более, что в те времена не существовало даже обычая трогательных и мимолетных, тройственных мужских союзов. Просто один за другим в потоке шумных едоков вошли указанные лица в главный пищевой зал фабрики - кухни на Выборгской стороне города Ленинграда. Просто им есть захотелось.

Один из наших героев Вадим Китоусов уже рассуждал однажды над природой случайного. К этим размышлениям можно еще добавить, что случайности и совпадения бесконечно играют между собой в сложнейшую и порой утомительную для человечества игру. Некоторые считают, что совпадения и случайности – явления одного порядка. Большая ошибка! Совпадение – по сути своей противоположно случайности, ибо с чем-то совпасть значит уже вступить в какой-то ряд, в череду событий.

Человек всегда стремится расчленить явление, и люди деятельного типа, приемистые и устойчивые на виражах, сходу все объясняют „случайностями" и не задумываясь особенно,чешут дальше; люди же иного, лирического и раздумчивого типа долго буксуют, выискивая и мусоля действительные и мнимые „совпадения", ища за ними скрытый смысл.

Не будем же уподобляться ни тем, ни другим, а попытаемся объяснить эту встречу диалектически. Итак, случайно совпало, что Слон, Морзицер и Великий - Салазкин оказались майским вечером 195… года на Выборгской стороне, случайно совпало, что всем троим в один момент захотелось поесть, случайно совпало, что перед каждым из троих почти одновременно выросло светлое жизнерадостное здание фабрики - кухни, этот цветущий и по сю пору розан конструктивизма… Столь же слаженная игра противоположностей поневоле наводит на некоторые подозрения. Увы, дальше гармоническое развитие событий прерывается: ведь не захотелось же всем троим казацких битков с гречневой кашей. Нет-нет, изощренный вкус Кимчика Морзицера нацелился на полную порцию рыбной солянки, на бризоль с яйцом, на мусс с тертым орехом и на желе с черешневым компотом. Павел же Слон высокомерно желал бульона с гренками, антрекота, ну а Великий - Салазкин алкал квашеной капусты, щец, да флотских макарошек. Видите, какие разные натуры.

Не произошло и взаимного тяготения, никакой симпатии с первого взгляда.

– Ишь, гага, – подумал Великий - Салазкин на Павлушу.

– Лапоть, – подумал Павлуша на Великого - Салазкина.

– Плесень,– подумал Кимчик на Павлушу.

– Плебей, – подумал Павлуша на Кимчика.

– Губошлеп, – подумал Великий - Салазкин на Кимчика.

Шесть вариантов мимолетной неприязни увели наших героев в разные углы пищевого цеха. Казалось бы – все, встреча не состоялась, но тут вновь начинается загадочное: тайные магниты – уж не энергия ли плузмодов, витающая по соседству в N-ском измерении?– начинают подтягивать героев друг к дружке.

– Этот столик не обслуживается, товарищ!

– Товарищ - товарищ, чего уселись? Этот столик дежурный!

– Будете ждать, товарищ, заказы на столике только что приняты. Уселся!

– Столик грязный, товарищ. Пересядьте и не кричи! Не дома!

– Глаза у вас есть, товарищ? Столик заказан.

В результате с извинениями и экивоками – культурные же люди – все трое оказались за одним столиком возле архитектурной ноги из подмоченного бетона и погрузились в неприятное отчужденное ожидание.

Вот тут опять кто-то начал коддовать, и настроение стало улучшаться с каждым блюдом. Начало положил, конечно, Великий - Салазкин, пустив по кругу презренную капусту, которая, конечно, опередила своих именитых товарищей. Капуста пришлась как нельзя более кстати. Измученные желудочной секрецией пациенты фабрики схрумкали ее за милую душу. Теплота и душевное доверие вдруг воцарились за столом. Морзицер предложил Великому - Салазкину яйцо с бризоля, тот подсыпал Слону макарошек, последний /уже незаметно/ подложил Морзицеру к бризолю лучшую представительную часть своего антрекота. Кольцо замкнулось, и все трое посмотрели друг на друга и на самое себя другими глазами.

– Вы не лапоть, – сказал Павлуша Великому - Салазкину. – А вы не плебей. – сказал он Кимчику.

– А вы не гага, – сказал Павлуше В - С – И вы не губошлеп, – поклонился он Кимчику.

– Друзья мои, вы не плесень! – вскричал восторженный Кимчик. – Друзья, вы не скобари! – добавил он вторым криком и вдруг запел модную той весной песню: – Кап -кап - кап, каплет дождик, ленинградская погодка, это что за воскресенье?

Матерые, тренированные для уличных боев официантки фабри - ки - кухни с удивлением смотрели на тройственный союз, казавшийся им противоестественным: без вина ликуют вместе канадский кок, комсомольская челочка и таежная бороденка.

– Метрессы, патронессы, баронессы, силвупле, монплезир, пале-рояль! – воззвал вдруг к ним мужичонка, похожий на грибника, семенника, луковика с Сенного рынка. – Притараньте нам в ваших щедрых дланях шоколадный набор „Три богатыря", принесите нам ананасов, шампанского и тащите, дочери Вакха, и томик Северянина. Садитесь с нами, боевые подруги пищевого фронта, и ликуйте!

– „Спекулянт! Золотишник! Черт запечный!" – догадались официантки и побежали выполнять приказание.

Ким уже лопался от восторга, а Павел еще сохранял некоторую боксерскую сдержанность.

– Боевой папаша! – усмехнулся он.

Великий - Салазкин остановил на нем изумленный взгляд. Никто еще не называл его папашей, несмотря на бороденку и сутулость. К нему на улице обращались в основном с возгласом „эй", а в лучшем случае „эй, ты". Следует сказать, что и сейчас, по прошествии стольких лет, никто не называет Великого - Салазкина „папашей", да он к тому же совсем и не постарел в отличие от Слона и Морзицера.

Павел понял свою ошибку.

– Моя фамилия Слон, – сказал Павел с простодушной улыбкой, подставляя бок. Бейте, мол, пиками иронии в отместку за папашу.

– А моя Морзицер, – хихикнул Ким.

– А меня кличут Великий - Салазкин, – представился академик.

– Как?! – вскричали юноши. – Вы Великий - Салазкин?

– Это через черточку, – пояснил великий старик лукаво.

– Вот именно через черточку, – волновались студенты.

– ВЫ ТОТ САМЫЙ КОТОРЫЙ!

– Значит, вас рассекретили?

–Вы! Вы!

Особенно волновался Павел.

– Простите мне папашу, академик. Я читал ваши труды, я преклоняюсь перед вашей титанической…

– Кончай. Але, кончай, – совсем сконфузился Великий - Салазкин.

– У нас все передовые умы биофака следят за нуклеарными победами, – с чувством проговорил Слон и любовно пожал худенькое плечико академика своей ватерпольной рукою. – Молодчага вы, Вэ Эс, вот что я вам скажу.

— Айда гулять, — предложил Великий - Салазкин, выворачиваясь, но восторг уже был подхвачен Кимом Морзицером.

— И мы, гуманитарии!... — вскричал он и вдруг почему-то осекся, словно боясь быть пойманным за руку. — Гулять! Браво, Вэ Эс! Идемте гулять!

Смущение Кимчика под собой почвы никакой не имело. В самом деле, вполне он мог считать себя гуманитарием, ибо всего лишь неделю назад был отчислен за пропуски лекций из гуманитарного библиотечного института, где проучился почти что год после некоторых неудач в Лесотехнической академии, в которой он, бывший студент горного фака, еще понашивал черную тужурку с золотым шитьем на плечах, которую все же порвал однажды на делянке экспериментального можжевельника вместе с тельняшкой, полученной еще на заре туманной юности в Мореходке, куда Морзицер сорвался после провала весенней сессии на журфаке, что тоже, конечно, можно причислить к гуманитарной биографии. Да и нынешнюю деятельность Морзицера в бюро молодежного клуба, в дискусионном кружке „Высота", в секциях, в стенной газете „Серости — бой" тоже можно безо всякой натяжки назвать гуманитарной деятельностью.

Павел Слон был в золотой преддипломной поре, лидер факультета по всем направлениям. Борьба за узкие брюки, которую он возглавлял, закончилась в его пользу. Джаз тоже начал вылезать из рентгеновских кабинетов. Любимая наука шла вперед семимильными шагами и, как пишут в газетах, раздвигала горизонты. Любимая девушка Наталья параллельно оканчивала физмат и оба фака уже называли ее Слонихой. „Танец Слонов" — под общий дружеский смех объявлял на арендованных вечерах в знаменитой питерской школе „Петер Шуле" саксофонист Самсик Саблер, и они открывали бал под любимый многострадальный ритм „На балу дровосеков".

Павел осваивал акваланг, внедрялся в генетику, изучал свою Наталью — жизнь была заполнена до каемочки, и впереди были одни надежды — шла одна из лучших ленинградских весен, мир был распахнут на все четыре стороны... и тут еще такая встреча!

Смурняга, скромняга, эдакий рыжебородый банщик оказался легендарным ученым. Свой парень, „неквадратный", отличный мужик — Вэ Эс, Великий - Салазкин.

Отправились гулять. Павел, конечно, решил показать приезжим с номерного Олимпа „свой Ленинград", гнездовья новой молодежи. Увы, как назло Самсика собаки съели, Овербрук болен сплином, Шапиро расползлись, а Наталья, небось, на проспекте Майорова хвостом вертит — еще устроим проверочку!

Из телефонной будки Слон вышел обескураженный, и тогда за дело взялся Кимчик. У него, конечно, тоже был „свой Ленинград". Час, а то и два бродили новые друзья по проходным дворам Васильевского острова, по задам продуктовых магазинов, опрокидывая поленницы дров и штабели бочкотары. Морзицер свистел в форточки первых этажей и полуподвалов, каким-то условным свистом, индийским с клекотом. Полуподвалы давали отпор и тогда приходилось бросаться в бегство по гулким торцам мистического острова, причем первым всегда убегал Великий - Салазкин, задрав брючата из довоенной диагонали.

Морзицер только тогда нащупывал свою главную стезю — удивлять необычным, сочинять сенсации, внедрять в культмассовую работу новые идеи. В тот вечер он решил преподнести новым замечательным друзьям, правофланговым науки, свою потрясающую находку — столетнего факира, глотателя шпаг и полиглота. К факиру должен был нагрянуть весь актив. За чашкой алоэ будет обсуждаться вопрос о превращении столовой №47 в проблемное кафе „Зурбаган". Складывалась уже программочка в голове Кима: на первое пойдет Великий - Салазкин, потом Самсик Саблер сыграет что-нибудь не очень эдакое и не совсем такое, потом укротитель питонов из циркового училища прочтет стихи. Слон расскажет о громовой поступи биологии, а в заключение — столетний факир. Почешутся тогда в 4-ом тресте. Сейчас главное — всех свести, всех познакомить, чтоб все друг другу понравились! Оказалось, адрес забыл. Какая глупость!

— Давайте, я вам свой Ленинград покажу, — сказал наконец Великий - Салазкин и привел друзей на Витебский вокзал в буфет, к сосискам и молочному дымному кофию. — Давайте погреемся, корешки.

И впрямь было славно. Бродили по запасным путям с чайником кофия /буфетчица оказалась добрейшей знакомой Великого - Салазкина/, с гирляндой полопавшихся от железнодорожного котла сосисок. Тихо, скромно говорили о жизни, о своих планах, внимали друг другу.

— А я скоро уезжаю в далекие края, — сказал Великий - Салазкин. — В Сибирь намыливаюсь на постоянное место жительство.

— А как же нуклеарная наука?! — вскричал при этом известии Павел. — Как же плазма, нейтрино, как же твердое тело? Кто же выловит из пучин пресловутую Дабль - фью?

— Вот именно наука, — говорил Великий - Салазкин. — Сейчас принято решение всей научной лавиной ринуться на Сибирь. Строят там уже в разных местах научные крепости, и я себе присмотрел болото. Что-то, кореша, тянет меня туда тихо, но неумолимо.

– А какое же это болото? – спросили Ким и Павел с непонятным, но нарастающим волнением.

Великий - Салазкин заквасился, занудил, замочалил свою бороденку.

– Стыдно сказать – обыкновенная вмятина, гать болотная, но посередь нее, мужики, остров стоит с дивными пихтами.

– Знаю я это место! – вскричали одновременно и Слон и Морзицер, и от этого крика прошла над ними по проводам странная музыкальная гамма.

Оказалось, что Морзицер в районе этой вмятины однажды кочевал и в должности коллектора экспедиции утопил однажды в болотном окне мешок с образцами. Однако сам не утоп, струей донного газа был вышвырнут на поверхность.

Оказалось, и Слон Павел умудрился побывать в этой вмятине. Летел на велосипедные соревнования в сибирский город, вдруг – бац – вынужденная посадка, дичь, мужик с бидоном, в бидоне – самогон, стал пить для возмужания личности и опомнился среди болот. Месяц там ловил и изучал гадюк для любимой науки. Здесь на гадюках и усомнился впервые в знаменах исторической сессии ВАСХНИЛ.

Опять, возьмите, как все переплелось: случайности плетут с совпадениями некий кружевной балет и получается странная закономерность. Попробуйте свести в трехмиллионном граде трех лиц, сидевших когда-то на одной кочке.

– Великолепнейшее место для науки, – сказал Павел. – Думаю, что в точку попали, Вэ Эс.

– И для прогресса – добавил Ким. – Туда только палочку дрожжей кинуть, и прогресс вспухнет как кулич.

– Спасибо, ребя, за моральную поддержку, – едва ли не прослезился Великий - Салазкин. – А то мне многие коллеги говорят – не валяй, мол, ваньку. И коммуникации далеко и народу вместе с медведями всего два на квадратный килОметр...

К характеристике академика следует добавить еще его аристократические ударения. Не исключено, что именно от него пошла шуточка про дОцентов, прОценты и пОртфели. Стеснялся старик своей душевной изысканности и потому так ударял по словам.

Друзья давно уже шли по шпалам в направлении серебристой ночи, что мягко поигрывала чешуйчатым хвостом над окраинами великого города. Тоненькая струйка пара из чайного носика колебалась над ними. Мимо промелькнул полуосвещенный экспресс.

– Заселим, осушим, протянем коммуникации, – задумчиво произнес Павел Слон, хотя за минуту до этого не собирался ни заселять, ни осушать и ничего не хотел протягивать.

– Эх, черт возьми, разобьем плантации цитрусовых! – вскричал Ким Морзицер и тут же немного смутился этой традиционной вспышки энтузиазма: уж если гниль, пустыня, то обязательно вам сразу плантации цитрусовых.

Что касается Великого - Салазкина, то он тут же оранжевым глазком подколол и Слона и Морзицера.

– Ловлю на слове! Вместе, значит, заселим, осушим, картошечку посадим, а?! Все, закон - тайга, самоотводы не принимаются. Беру вас в свою артель, мужики!

Изумленный Павлуша остановился. Кристаллическое будущее, пронизанное яркими пунктирами аспирантуры и докторантуры, вдруг кончилось, оплыло дождевыми потоками, распалось на мелкие части спектра и построило непонятную, но красивую загадочную фигуру.

Воображение Кимчика подобно мохнатому доледниковому носорогу уже неслось сквозь джунгли будущего, отбрасывая копытами и рогом молодежный клуб, проблемное кафе, кресло в Обществе „Знание", твердые гонорары, мягкие подушки на просиженной в мечтах тахте.

– Я еду! – одновременно сказали молодые люди, и три гласных звука этой короткой фразы взлетели к проводам контактной подвески.

– Вот сейчас бы нам бутылка не помешала, – сдавленно сквозь кашель в мочалку пробормотал Великий - Салазкин.

Павел восхитился: вот он – айсберг! Научный титан прячет четыре пятых своего чувства под водой, а на поверхности оставляет всего одну бутылку.

В дымных сумерках индустриальной ночи на друзей неслись три горящих глаза. Прощелкали мимо почтовый, скорый и молния. Один звенел мелочью в карманах спящих пассажиров, другой – стаканами в подстаканниках, третий – лауреатскими медалями. С последнего вагона соскочила и скособочилась у будки стрелочника неясная фигура.

– Не знаю, как у вас, корешочки, – заговорил вдруг проникновенно Великий - Салазкин, будто уже стакан выпил, – а у меня бывают такие периОды эдакой замшелости, вонючей тряпичности. Гоняешь, гоняешь проклятую невидимку по ускорителям да по извилинам собственного церебруса, – он виновато постучал по макушке, – и вдруг чуешь – заквасился, засолился, как позапрошлая кадушка.

Тут чего-то надо делать – или влюбляться платонически, свирепо, до хруста поэтических фибр, или графоманствовать, или дерзкие речи ермолкам в академии читать, или... Или лучше город в тайге построить, эдакую Железку отгрохать, чтобы давала пульсацию на тыщи километров, чтобы наука там плескалась, как нагая нимфа в хвойной ванне, чтобы росла талантливая Молодежь вроде вас, корешата, и чтобы утверждала везде боевую жизнь во имя познания прЕдмета, а главное: во имя дальнейшего сквозь тайгу и глухоту проникновения и простирания нашей мыслящей и культурной Родины, чтобы значит... так... вот... ну этого... значит.... туда.... гугукх...

– Вы кончили, Вэ Эс? – вежливо спросил Павел, обеспокоенный вылезанием айсберга и вдруг, забыв сам себя, вскричал: – Гип - гип - ура, Великому - Салазкину! И да здравствует...

Конечно, сил у него не хватило воскликнуть „да здравствует новый город науки на просторах необъятной Сибири", и он подумал – что же да здравствует? Как бы ее поприличнее восславить, эту будущую Железку?

– И да здравствует Железка! – хором воскликнули все трое и, обняв друг друга за плечи, протанцевали кружком танец ведьм из балета „Шурале".

Вдруг они увидели: будка стрелочника оказывается вовсе и не будка, а нечто, похожее на цирковой фургон. От будки отделилась неясная согбенная фигура факира и позвала их крылом, похожим на лоскутное одеяло.

– Вот он! Сам нас нашел уважаемый Люций Терентьевич Флюоресцентов.

КАРМЕНСИТА

– Прошу почтеннейшую публику на представление! Как несравненная Грейс Келли полюбила нищего князя Монако и что из этого вышло! Заглатывание кавалерского меча в четыре приема! Комментарии на европейских языках! – так возвестил факир Люций Терентьевич Флюоресцентов.

– Ах, вздор! Вот уже сто лет одна и та же программа, – вздохнули в публике.

Плесенью, дешевой пудрой, лежалыми марципанами пахло за кулисами полотняного цирка, где старый лев, лежа на расползающемся пузе, ел мохнатой лапой трепещущую курку и где на опилках, пропитанной острой, как нашатырь, мочевиной пожилой мальчик пан

Пшекруй бардзо добже репетировал древнюю гуттаперчу.

Вот как бывало по ночам на площадях в глубинах старой Европы, где славянское и немецкое порой переплеталось в бронзовых позеленевших скульптурах, и тоненькие струйки всю ночь тенькали в городских фонтанах для поддержания захолустного чувства земного рая.

За шторкой, откуда сквозил лунный свет серебряного века, хоть и далеко, но отчетливо – и конечно с балкона и конечно в одиночестве – весело и самозабвенно развлекался саксофон.

За шторкой оказался просто - напросто кусок любимого города, тот, что мокнет на задах Александринки в самом горле улицы Зодчего Росси.

– Маэстро, уберите ваш пожелтевший веер из страусиных перьев, за которым возмущенно гонялся еще колонель Биллингтон, в те дни, когда лопасти первого полезного парохода так обижали непривычных крокодилов реки Заир и когда мужчины подпирали свои клубничные щеки только что синтезированным целлюлоидом и подкручивали кончики усов, подражая последним Гогенцоллернам и первому князю из дома Фиат, и дайте пройти, маэстро!

– Ох уж эти нафталиновые фокусы в наш век стерео!

– Нонсенс!

– Не верю!

– И все-таки приятно – согласитесь!

Могучий дом шестью этажами зеркальных окон смотрел на них как живой. Он был высокий и узкий, живой и добрый, и над полукруглым своим ртом он имел усы, сплетенные из наяд и винограда, и сквозь шесть этажей своих модерных цейсовых немного опять старомодных, но надежных стекол он смотрел на подходящую троицу с привычным радушием.

Сначала о н а /уж не та ли, что мы ждем столько лет?/ мелькнула в окне верхнего этажа. Так быстро, что они и разобрать ничего не сумели, просто почувствовали е е присутствие. Промельк повторился на пятом, но уже как видимый язычок огня. И вдруг на четвертом в третьем от края явилось во все стекло е е лицо, и было о н о в этой простой оправе таким простым, таким женским, что глядя на него, и в самом деле не до подвигов и не до славы. Увы, сей миг был хоть и незабываемым, но мгновенным и вновь по этажам замелькало: пламя, плечо, локон, кисть , шаль, блаженная шаль, проклятые жемчуга... Как будто в доме этом живом нет ни потолков, ни стен, ни паркета, таким свободным, трепетным и страстным был ее танец, пока не пропал.

Все пропало, и дом смотрел на нас своими цейсами, как задумавшийся профессор. Все было безмолвно, если не считать шалого саксофона. Тот развлекался неизвестно где, в пространстве другого века.

Они уже стали скорбеть о пропаже, когда в подъезде заскрипели двери мореного дуба, и в глубине черноты явилась о н а во весь рост.

Как эти трое боялись насмешки! Но о н а не смеялась, а скорее была драматична словно меццо - сопрано. О н а приблизилась и встала уже на крыльцо в своем платье, и в своей шали, чей узор был составлен из черного и красного, и красный цвет был глубок, а черный быд слепящ среди ночи…

Лишь бы не расхохоталась, молили… О н а не расхохоталась. О н а лишь подняла руки к плечам и невидимый швейцар опустил на плечи белое. Еще мгновение, и все исчезло в белом, и уже не женщина, а кокон, дурман раскаленного Самарканда быстро скользнул с крыльца и растворился в глубине улицы Зодчего Росси, которая замыкалась, как ни странно, мечетью Биби - Ханум, а дальше в провалах уже клубилась азиатская пыль, простиралась древняя щебенка на тысячи миль…

ПЕТУХ

Трудно ручаться за полную достоверность описанных выше встреч и событий, но и отрицание этих встреч и событий, сведение их к элементарному словечку „вздор" было бы ошибкой.

Внимание, кажется назревает афоризм. В самом деле, слово берет еще один наш знакомый, доктор наук Вадим Аполлинариевич Китоусов.

–Лишь тот имеет право сказать „нет" уже существующему в природе „да", кто имеет право сказать „да" уже существующему в природе „нет"!

МАРГАРИТА: Ребята, опять Китоусу намешали?

МЕМОЗОВ: Если не возражает, запишу, чтоб не пропало.

Вот вам цена золотых слов. Униженный Маргаритой афоризм словно петух с отрубленной головой порхал под столом, покуда Мемозов не взял его в ощип!

Так или иначе, но через год или два после встречи в Ленинграде в первой группе, пришедшей на болото, был и Паша Слон, и Ким Морзицер, а возглавил эту небольшую группу, конечно, Великий - Салаз-

Могучая техника была на подходе. Бульдозеры и трелевочные тракторы, плюясь соляркой, будя чертей, шли через тайгу, но начать нужно было с лопаты.

И вот по праву примитивный инструмент вручается Великому - Салазкину, и тот…

Стоп - стоп, погодите! Да кто ж тут у нас фотограф? Конечно, Кимчик, где он? Да он от комаров бегает. Да он и фотографировать-то не умеет. Кимчик на сухофруктах спит, ребята. Эй, Кимчик, чего ж ты в нас видоискателем целишься?

Конечно, насмешки были зряшными. Умел Морзицер не только фотиком щелкать, но даже и узкопленочным кино запечатлевать шаги прогресса. И насчет сухофруктов тоже натяжка – никогда он на них не спал. Карманы ими набивал, это верно, вечно жевал эти бывшие фрукты – справедливо, но от комарья не бегал и энергию развивал, тут уж пардон. Бегал по стройплощадке, жуя чернослив, урюк, курагу, перекатывая во рту сушеную грушу, втыкал колышки с табличками „Площадь Десяти Улыбок", „Улица Ста Гитар", „Переулок Одинокого Мю - Мезона", чтобы все было, как в кино – современные парни в тайге. Он же тогда и песенку сочинил и спел ее у костра сквозь сухофрукты, но очень заразительно:

Мы без шума и треска
Оставляем тахты,
Строим нашу Железку,
Славный город Пихты.

Слышишь ветра валюты?
Нас без марочных вин
Уж приветствует Ньютон,
МечникОв и ДарвИн.

Разбиваются грозы
Об утес наших скул,
Не ослабят морозы
Нашей воли мускУл…

– и так далее еще 34 куплета.

Под гитарку это получалось преотлично, и всем нравилось, хотя погода на первых порах стояла тихая: ни гроз, ни ветра салютов, и никаких, конечно, скул. Особенно ликовал над этой песенкой, конечно же, Великий - Салазкин: все тридцать семь куплетов получились в его духе.

Итак, фотография. Вот она висит в нашем шикарнейшем конференц зале среди авангардной живописи и уже немного пожелтела. В центре коротышка, мужичок - лесовик перед историческим ударом, от него веером возлежат молодые гиганты с лопатами и гитарами, как в гражданскую войну возлежали их батьки с трехлинейками. Во втором этаже снимка расположились дамы, бесстрашные фурии науки, и каждая играет какую либо роль, чтобы подчеркнуть настроение: одна накамарником закрылась, как паранджой, и руки сложила по - восточному, другая изображает опереточный канкан, третья – ведьму с Лысой горы… Многие, между прочим, удивляются, не находя среди ветеранок Наталью Слон, а некоторые, проницательные, отмечают очень уж мужественный, даже слишком мужественный вид Павлуши.

Да, из-за Железки разгорелся первый и единственный пока что конфликт в жизни Слонов. Девушка Наталья – осиная талья – яблочные грудки – глаза - незабудки отказалась сопровождать в тайгу героического мужа и не из мещанского /как тогда говорили/ пристрастия к коммунальным удобствам, а просто для самоутверждения, чтоб не очень преобладал. Правда, этот жуткий приступ феминизма продолжался недолго, но во всяком случае на исторический снимок она не попала.

Итак, Кимчик щелкнул – Готово! – и все вскочили, запрыгали, завопили, а Великий - Салазкин вонзил свою историческую лопату в грунт и нажал на нее кожемитной подошвой.

Лопата разрезала травку и отвалила солидный кус сочной землицы. Землице этой надлежало попасть под стекло в качестве музейного экспоната, и поэтому Великий - Салазкин осторожно ссыпал ее на донышко цинкового ведра и все участники торжества увидели на землице маленькую железочку, похожую на консервный ножик. Для подземного исторического предмета железочка была уж очень новенькой, прямо светящейся, и поэтому Великий - Салазкин ласково спросил свою мОлодежь:

– Чья хохма?

Вот ведь упорный старик: тысячи раз небось слышал вокруг популярное слово и все равно ударяет по нему на свой собственный манер.

Все засмеялись – небось, Кимчик закопал? Нет, Кимчик отнекивался, но неохотно – как-никак хороший символ получился – первый копок и в ведре железочка. Ну, все так и решили – Кимчик схохмил. Почему же штопор не закопал, спутник первопроходца? Ладно, и консервный нож сойдет, все равно под стекло. Погодите, – Великий - Салазкин распорядился консервным ножом по-своему, размахнулся и закинул в самую топь – туда, где возвысится, по его задумке, Институт Ядерных Проблем. Бросок получился хороший – только брызги зеленые полетели.

Между прочим, эти брызги мы вспомнили пять лет спустя, когда уже поселилась в недрах Железки кибернетика. Автор однажды, гуляя в сумерках по улицам молодого города, поймал в воздухе обрывок перфокарты, на которой всякий мало - мальски грамотный человек смог бы прочесть стихотворение неизвестного автора.

№7

В одной из брызг, застывшей на
мгновенье,
мы увидали скаты водопада,
сухой земли унылый катехизис,
уступы гор и рыжую саванну,
гортань скворца
и драку скорпионов,
всех лебедей таинственной Эллады,
пожар, смолу, летящую по ветру,
компрессию и реактивный выхлоп,
блюющий рот матерого вулкана,
поток камней по грандиозной свалке,
ручьи, форель, стремнины, паутину,
пенек сосны, следы ихтиозавра,
набег валов на океанский берег,
торосы, лед, измятую канистру,
след трактора и око попугая,
послед коровы, ананас и шишки,
пятно мазута, молнии кустистой
разряд в ночи над Южно - Сахалинском,
над Сциллой и Харибдой...
К Геллеспонту стремниной узкой
ящик из-под мыла
бесстрашно мчался, возбуждая воду
к процессу стирки,
словно сам был мылом...
Пока не скрылся в синих пузырях...
/ потом все скрылось./

Мы знаем, что рассказом о строительстве научного городка теперь никого не удивишь, тем более, что в памяти свежи заметки, очерки, киносюжеты о Дубне, Обнинске, о Новосибирском Академ-городище.

Стройка в Пихтах ничем не отличалась от других. Те же трудности, те же восторги, тот же бетон, та же матюкалка, паводки, водка, штурмовка, шамовка, тарифные сетки и дикий волейбол среди выкорчеванных пней… Прорабы, правда, удивлялись: что-то очень уж скоро все идет, все как-то ловко, гладко, быстро – и бетон схватывается быстрее, и арматура вяжется чуть ли не сама собой, и механизмы не ломаются, а, напротив, обнаруживают в себе какие-то дополнительные мощности.

Некоторым водителям самосвалов, например, казалось, что у них в двигателях какие-то усилители появились, как будто искра стала толще и сжатие мощнее, а некий шоферюга Володя Телескопов утверждал, что три дня ездил с пустым баком, но ему кто ж поверит.

В общем, недосуг было вдаваться в эти подробности и если уж кто хотел объяснений, то объясняли все водой. Такая, мол, здесь вода – железистая и витаминная, хотя какое отношение имеет водяной витамин к двигателю внутреннего сгорания, никому неизвестно.

Приезжающим очень нравилась Железочка, некоторые просто-таки влюблялись в нее с первого взгляда, как мужчины, так и женщины.

Приехала, например, однажды под вечер молодая крепкая женщина в брюках чертовой кожи, под которыми можно было только вообразить ее греческие ножки в горных ботинках, скрывающих продолговатые ступни Артемиды, в застиранной телогрейке, под которой лишь угадывалась осиная ее талья и девичьи грудки, что две твоих зрелых антоновки. Приехала в кузове грузовика, независимая и даже злая, с угрожающей синевой в театральных, вроде бы ничего не видящих глазах. Взвалила на каждое плечо по рюкзаку и, никому ничего не отвечая, пошла по колее в гору.

Стояла уже унылая пора, что очаровывает очи, но взгляд приезжей был угрюм, и не радовали ее кровавые скопления рябины в сквозном бесконечном лесу, и башмаки ее давили мелкие льдинки в застывшей колее не без отчаяния.

Но вот она остановилась на гребне холма и увидела внизу маленькие и большие котлованы, экскаваторы, пустынно отражающие холодный закат, лабиринт уже готовых фундаментов, уже наметившиеся под этим глухим, захолустным и равнодушным небом контуры Железки, и тогда вздохнула легко и счастливо, всей своей тренированной грудтю, от гортани до самых мелких альвеол.

– О, как она прекрасна!

Позднее она спрашивала себя, чем же восхитила ее с первого взгляда заурядная стройплощадка, и не могла найти ответа.

– О, как она прекрасна! Как она об-ворожительна!

Так обворожил, а может быть, и заворожил ее этот первый миг и первый взгляд, что она не сразу обнаружила рядом с собой мужчину, эдакого молодого Хемингуэя, кожаного, с трубкой, с жесткой бодой. Но вот обнаружила.

– Ты рехнулась, что ли, Наталья? – глядя в сторону, спросил мужчина. – Без телеграммы, на грузовике…

Да вовсе она и не к нему ехала, плевать она хотела на всяких этих суперменов, еще чего – какие-то телеграммы… Что же вы, мистер, собирались меня встретить в кадиллаке?… С букетом роз? Ах, как вы стали неповторимо героичны… ну пока… где здесь общага?

Вот так она и собиралась с ним поговорить, неутомимая суффражистка, но что-то шло снизу, из глубины, какое-то обворожение, и, не слова не сказав, она залепила ему губы своим ртом… и так стало тесно, что пальцы его с трудом нашли пуговки на груди, и она чуть подалась назад – пусть любимый скорее схватит своих любимых, пусть быстрее ведет куда-нибудь, где-нибудь, когда-нибудь, пусть мстит он мне за мою глупость, пусть он меня накажет, но пусть не отпускает, раз поймал.

И он не отпускал. В темноте ему казалось, что он поймал их здесь целую стаю, горячих и шелковистых, они все бились под ним, но не убегали, и он их не отпустит никогда!

За шаткой стенкой кто-то пел, пиша письмо:

Мы здесь куем чего-нибудь железного,
И ждем вас в гости,
Нина, приезжай!

И вот уже появилась проходная и сел в ней заслуженный артист Петролобов. Когда-то солировал казаком в забайкальском военном хоре, однако голос сорвал и другой получил важный участок – проходную.

Однажды утром шли ученые на площадку и вдруг обомлели: за ночь выросла на пустыре монументальная проходная с лепными гирляндами фруктов и триумфальные ворота чугунного литья с неясными вензелями, золочеными пиками и опять же гирляндами фруктов, символизирующих плодородие.

Конечно, молодые люди восприняли сказочное сооружение как рецидив чего-то уже отжившего и возмутились. Что за безобразие? Вздор какой-то, отрыжка архиизлишеств. Котельническая набережная! Кто осмелился нашу Железку украсить такой короной? Протестуем! Мы куем здесь современную научную Железку и новые лаконичные, динамичные, темпераментные формы второй половинки Ха - Ха. В печку эти ворота! А из чугуна отольем этиловую молекулу в стиле Мура или, в крайнем случае, гантели. В печку! В печку!

И тут Великий - Салазкин /он тоже со своей лопаточкой каждый день ходил на стройку/ промолвил тихим голосом:

– А я бы на вашем месте, киты, оставил бы этот зоопарк как симвОл и как память.

– Какая еще память?! – загалдели ребята.

– Как память о вашей молодости.

– Какая еще молодость?! Чудит Вэ Эс! – шумели ребята.

– В нашем нуклеарном деле , там, где требуется много гитик, не успеешь чихнуть, как пара десятилетий проскочит, а ведь эта титаническая архитектура напомнит вам вашу юность, вторую четвертинку Ха - Ха, как вы выражаетесь, киты и бронтозавры.

Киты и бронтозавры задумались: есть ли сермяга в словах Вэ Эс?

– А в самом деле, ребята, – тихо проговорил Паша Слон. – Пусть постоят воротики, – и вошел в проходную, и все вслед за ним, все зашли и даже показали з.а. Петролобову удостоверения личности, у кого что было – топор, перфоратор, лопату. Очень был доволен бывший тенор – понимают люди, что к чему и идут в проходную, хоть и забора пока что нет.

И впрямь, говорим мы в авторском отступлении, прав оказался Великий - Салазкин. Вот пролетело уже полтора десятилетия, и кто из нас может представить себе Москву без ее семи высоток, этих аляпок, этих чудищ, этой кондитерской гипертрофии? Смотрю я на новое, стеклянное, с выгнутым всем на удивление бетоном, и ничего не шевелится в душе, глаз спокойно отдыхает. Подхожу я к какому-нибудь генеральскому дому с какими-нибудь нелепейшими козьими рогами на карнизе, с кремом по фасаду, с черными псевдомраморными вазонами, которые когда-то презирал всеми фибрами молодого темперамента, и вдруг чувствую необъяснимое волнение. Ведь это молодость моя – в этом презрении, и вот я здесь шустрил – утверждался от автомата к автомату, и многие наши девочки жили в этих домах, вот все, что пролетело… и презрение вдруг перерастает в приязнь.

Надо сказать, что научная мысль отнюдь не засыпала в период строительства и невзирая на известку, глину, запахи карбида, она, пожалуй, даже клокотала. Да, клокотала по вечерам в так называемой треп - компании, на складе пило - материалов, где на сосновых досках, на чурбаках и в стружках располагались в непринужденных позах физики и математики, генетики и хирурги, химики и лингвисты, среди которых, конечно, прогуливался Ким Морзицер с гитаркой, с фото - вспышкой, с тяжелым магнитофоном „Урал" и кофемолкой.

Формулы и изречения писались углем на фанере и на этой же фанере пили кофе, кефир, плодово-ягодный коньяк-запеканку. Немало бессмертного смыли подтеки этих напитков, немало и напитков зря пропало ради бессмертного.

Безусловно, каждый вечер отдельное групповое клокотание по специальностям сливалось в общий гам, где не разбирали – ху есть ху, а крыли по поверхности мироздания всей Золотой ордой, лишь бы быстрее докатиться до Урала, до Геркулесовых столбов, до пряных стран, до Пасифика.

Вот, к примеру, общий хор, который непривычному уху покажется, возможно, диким и нестройным, но в котором поднаторевший автор что-то все-таки улавливает.

...чтобы быстрей ее вывести в пучок как некогда Монгольфье парил с прибором нужно четыреста тысяч литров перхлор - этилена и еще четвертинку иначе зараза такая в дебри уйдет в мезозойскую эру и ищи ее дальше как суффикс „онк" у молчаливых народов Аляски вращением минеральной пыли в банаховом пространстве так некогда сделал Малевич в природе черного квадрата загадки прячем в донкихотские латы ну что ж попробуй без мельницы фига ты вытянешь из своих шахт даже если метаморфоза зависит от массы покоя и энергии нейтрино а ваша цыганочка выражается формулой Востершира и Кетчупа без учета еще бы процента изотопа гелия-3 а если прямо рубить в лоб по - стариковски, то кто ж тогда будет тем солдатиком, красивым и отважным?

Крыша складов пиломатериалов была далека от совершенства. Пиломатериалов на нее не хватило, и порой над горячими головами зияли пучины космоса и сверкали звездные миры, порой, что чаще, сеялись смешанные осадки, и выделялся пар.

И вдруг однажды с крыши в общий хор вклинилась международная песенка:

Аривидерчи, Рома!
Гуд бай!
До свиданиа!

Все замолчали, но Великий - Салазкин, который давно пытался пробиться сквозь хор китов в соло, махнул рукой на звуковые галлюцинации и вопросил всю братию со штабеля тары:

– А если синие мезоны жрут оранжевых, то какого же цвета будет наша девчонка Дабль - фью? Кто знает?

– Я! – послышалось с крыши. – Я знаю!

– Леший прилетел, демон сибирский, – обрадовались ребята.

– Она блондинка, как Бриджит Бардо, но глаза месопотамские. – Гулко сказал леший.

– Так-так, – задумался Великий - Салазкин. – Интересный феномен. Выходит, альфа-то косит к синусоиде кью?

– Гениально, шеф, – весело сказал леший. – Именно к синусоиде кью, потому что дельта, обладающая свойством гармоничности в бесконечно удаленной точке, снова обращается к Прометею за формулой огня!

С этими словами с крыши на опилки спрыгнул юноша международного вида – в тирольской шляпе с фазаньим перышком, в кожаных шортах и в рубашонке, что копировала одну из тропических картин Поллака. Эдакий посланец доброй воли, прогрессивный гость международных юношеских фестивалей.

– Эрик! – закричали ученые. – Морковка! Ура, ребята, Морковка к нам свалился с Альдебарана!

Да, это был он, любимец мировой науки, анфантеррибль Большой Энциклопедии, деятель мирового прогресса Эрнест Морковников.

– А я к вам, мальчики, прямо с Канарских, – бодро пояснил он, отдирая сосульки с волосяного покрова ноги и ничуть при этом не морщась, а даже улыбаясь.

Да что, да как? А вот с пересадкой в столице пилил до Зимоярска.

– А оттуда-то на метле что ли прилетел, Эрик?

– Где на попутке, где на метле, а где и пехом.

– Киты, умрет сейчас Морковка!

Начинается паника – шприц, водка, шуба, женские руки… Спасем, отвоюем! Да он же весь покрыт льдом, киты!

– Плевать, плевать! – восклицает Морковников. – Покажите Железочку! Эх, Вэ Эс, как же это вы без меня заварили кашу?

– Да ведь вас не дождешься, мУсью, – ворчливо, но любовно произнес Великий - Салазкин и даже фыркнул от смущения, потому что и все фыркнули. Получалось, что В - С вроде бы Голенищев - Кутузов, а Морковка вроде бы князь Багратион, эдакий любимый воин.

– Ну ладно, чего уж там, залезай, Морковка, в шубу, в валенки, понесем тебя на поклон к Железочке.

Надо сказать, все немного волновались – а вдруг после женев да лозанн не покажется железка молодому академику?

И впрямь, что же тут может особенно понравиться приезжему человеку, даже и неиностранцу? Ну, корпуса недостроенные, ну, ямы, ну, краны... ну, вот ворота еще эти идиотские... На всякий случай подготовлена уже была оборонительная реплика:

– А кое-кому пол-кое-чего не показывают.

Да нет, не зря все-таки любили Эрнестулю в молодой науке. Свой он парень, в доску свой, несмотря на гений. Приподнявшись с трудом на плечах товарищей, Морковников прошептал сквозь клекот обмороженных бронхов:

– Она прекрасна... киты... Эти зачатки... эти зачатки... пусть это последнее, что я вижу в объективном мире... это обворожительно... я люблю эти зачатки...

Тут он потерял сознание.

Позднее, когда уже сознание вернулось, некоторые пытались узнать у Морковникова, какие он имел ввиду „зачатки", но он не помнил.

Скоро сказка сказывается и между прочим дело скоро делается, потому что время... Ага, опять у нас тут назревает афоризм – помните „петуха"? И слово снова берет Вадим Аполлинариевич Китоусов, и снова мы возвращаемся из воспоминаний о пятидесятых к шумному сегодняшнему застолью.

ЖАРЕНАЯ УТКА

КИТОУСОВ: Как знать? Быть может, жизнь и смерть – одно? Дыхание – закуска, сон – подстилка.

МАРГАРИТА: Наташенька, хочешь к чаю пастилки?

Подбитое дешевой рифмовкой высказывание в общем шуме рухнуло на стол, как жареная утка. Расслышал его один Мемозов и под столом пожал коленку Китоусову, улыбнулся ему, как товарищ по заговору.

– Запишу, лады? Жирнейшая получилась штучка.

– Прошляпили, Мемозов. Это из Аристофана.

МАРГАРИТА: Крафаильчик, вот вам к утке сметана. Я нравлюсь вам без сарафана?

МЕМОЗОВ: Все-таки я записал на вашу букву – Корнель, Конфуций, Китоусов – кто там будет разбираться.

МАРГАРИТА: Вам ногу, Мемозик, а тебе, Китоус, крылышко.

КИТОУСОВ /молча/: Да почему же ему ногу, а мне крылышко? Ведь есть же предел унижения, право!

Однако время действительно жарило через кочки тройным прыжком. „Киты" и опомниться не успели, как вылезли из времянок и влезли в трехкомнатные квартиры, как пересели с пиломатериалов в мягкие кресла, как подкатились к ним под ноги асфальтовые дорожки, как заработали ЭВМ в чистоте и прохладе, как закружились протоны в гигантском цирке с грохотом и воем, как треп - компания перекочевала на вертящиеся коктейльные табуретки кафе „Дабль - фью", возникшего на пустом месте стараниями, конечно, Морзицера.

Операция „кафе", надо сказать, была не из легких. Сначала заманили под видом обычных пищевых дел Зимоярский трест нарпита, и он открыл в Пихте унылую столовку на полтораста посадочных мест. Потом под видом маляров выписали из столицы пару ташистов, и те так расписали стены, что зимоярские повара сбежали. Потом в уголок за кассой Слон усадил своих дружков из Питера, боповый квартет. И те так вдарили по нервам, что и кассирша сбежала и директор. Тогда уж и прибили вывеску: „Дабль - фью, разговорно - музыкальное кафе по всем проблемам."

Что касается прогрессивной техники, то здесь неожиданную лепту внес Великий - Салазкин. Однажды, когда уже начался в Пихтах быт и встал вопрос, где ученому в промежутке между фундаментальными открытиями купить зубную щетку там, швейную машинку, хоккейную клюшку, В - С внес рекомендацию:

— Я один раз в Москве, киты, решил купить себе ковбойку, потому что свою уже фактически сносил. Для этой цели захожу в универсальный магАзин и вижу ковбоечки висят — мама рОдная — глаза разбежались. До войны, между прочим, с ковбоечками в Москве было гораздо хуже, киты, можете не смеяться. Нацелился я уже в кассу, как вдруг меня берут за пуговицу. Смотрю — красивый белый с розовым человек - мускУл смотрит на меня пронзительными голубыми глазами. Добрый день, говорит, я директор, а вы, как мне кажется, собираетесь приобрести штапЕльную рубашку с клетчатым рисунком? Пораженный таким проникновением я не стал сопротивляться и дал увлечь себя в кабинет, где был усажен на стул.

Появляется второй точно такой же человек, как впоследствии оказалось, супруга товарища Крафаилова.

— Тася, этот гражданин хочет купить ковбойку, — говорит директор, и дама, не моргнув глазом, тут же подает мне стакан боржома с ломтиком лимона.

– Вы, товарищ, наверное, путевой обходчик или санитар по профессии? – спрашивают меня супруги.

Я, ошеломленный, молчу.

– Простите, мы ошиблись, вы атомный физик, – говорят они и включают проигрыватель.

Звучит музыка, а я до того трехнулся, что еле узнаю 64-ый концерт Гайдна соль - мАжор, но постепенно успокаиваюсь и будто бы и уезжаю с музыкой в Зальцбург, конечно, без всякой ковбоечки, о ней и думать забыл.

А Крафаиловы тем временем мирно и скромно сидят рядом, она вышивает, он что-то почитывает, и только теплая его рука лежит на моей коленке.

– Ну вот, – говорит он, когда пластинка кончается, – пойдемте. Теперь вы купите то, что вам нужно.

И я иду, киты, и покупаю с ходу бутылку алжирского вина, украинскую рубашку и тюбик витаминных драже. Вот так!

– Где эти ваши Крафаиловы? Зовите! – высказались „киты".

– Я ведь не навязываю, мужики, – притворно затюрился В - С.– А просто мне кажется, что нам здесь вот такой торгаш нужен, потому что у него своя философия.

– Да где они? Вызывайте телеграммой и кончен разговор! – рассердились „киты".

Крафаиловы дважды звать себя не заставили и тут же явились со скромным своим миссионерским багажом, с теннисными ракетками, с крошечным благородным щенком.

Нечего и говорить, что Железка сразу об-ворожила Крафаиловых, обоих, можно сказать, пленила навсегда.

Вечерами, когда угасал богатый торговый день юного града, Крафаиловы поднимались на взгорье и сорок пять минут молча взирали на корпуса Железки, на движение в ее окнах, на вспышки сварочных огней, на мигание сигнальных ламп и общее шевеление. Должно быть, это созерцание облагораживало их и без того благородные, безмикробные души.

Надо сказать, что и сами Крафаиловы пришлись в Пихтах ко двору. „Китам" импонировало их надменное холодное величие, скрывающее глубокую душевность, немногословие и твердость в тех немногочисленных поступках, которые им приходилось совершать.

Так, в общем,и жили рядом с Железкой крупнопанельные Пихты, так и разрастались.

Ах, восклицает в этом месте автор, как много я оставляю за бортами своего кораблика! Как много я не отразил!

Вот здесь бы автору одолжить трудолюбия у кого-нибудь из коллег и начать отражать неотраженное в хронологическом порядке или по степени важности. Нст, я: не хочет отражать, рулит туда - сюда, крутится угрем в стремнине родной речи, выкидывает пестрые флажки, выстраивает неизвестно для чего команду, ныряет в трюмы якобы по срочному делу, а то и палит фейерверком с обоих бортов, чтобы задурить читателю голову, но только бы не отразить!

Почему бы, например, не сказать, что за истекший отрезок времени в научном центре Пихты сделано множество важных работ и почему бы не рассказать в неторопливой художественной форме о важнейших?

Нет, я: не делает этого, чтобы не обнаружилась некоторая авторская неполная компетентность в вопросах науки, я: размышляет примерно так: „пока что у меня в рОмане, как бы сказал мой любимый герой, с наукой полный порядочек, комар носа не подточит, а влезешь поглубже и вляпаешься чего доброго, дождешься, что в Академии Наук кто-нибудь буркнет – неуч!" /Для романиста хуже нет упрека, чем „неуч" или „дилетант"./

Слава Богу, уж ели мы науку и с солью и с маслом и немало тостов в ее честь приподняли, как реальных, так и фигуральных, отдали и мы с товарищами дань этой моде на ученых.

Да, в начале прошлого десятилетия, в шестидесятых, накатила и на Пихты великая мода, которую в те времена, как всегда, первым углядел поэт и озадачил публику:

Что-то физики в почете,
Что-то лирики в загоне.

Кто-то в драматургии нащупал тип современного интеллектуала: зубы, как у акулы, блестят крупнейшими остротами, плечи – сочленения тяжелых мускулов, мраморная в роденовском духе голова /там воспоминания о Хиросиме и фугах Баха, а между ними, конечно, / $e=mc^2$ /, ноги изогнуты в твисте /ничто молодежное нам не чуждо/, ладони открыты сексу, морю, Аэрофлоту.

Повалили журналисты, приехали киношники, модные писатели один за другим коптили потолок в „Дабль - фью", с опаской оглядывали небожителей, прислушивались к разговорам, помалкивали, как бы не сморозить глупость, не проявить невежество, давили на коньяк, на зарубежные впечатления.

Художники привозили в Пихты свои холсты, да там и оставались работать: кто в милиции, кто на почте, кто комендантом общежития.

Между прочим, тип, подмеченный и вы-ве-ден-ный драматургами, был все-таки похож на оригинал, как похожа, например, скульптура „Девушка с веслом" на настоящую девушку без весла. Надо сказать, что некоторые „киты" купились на этом сходстве, приняли предложенную обществом игру и стали активно формировать образ нового интеллектуала с всезнающей усмешечкой, с зубами, с твистом, с мучительными углубленными раздумьями по ночам, когда стюардесса уже спит.

Да пусть играют, думал Великий - Салазкин, пройдет и эта кадильня. Старик почуял запах моды еще задолго до начала паломничества униженных Эйнштейном гуманитариев. Первыми птичками моды были, конечно, романтики.

Молодых романтиков, да причем, не карикатурных, конечно, не из кафе „Романтика", не тех, у которых „сто дорог и попутный ветерок", а настоящих романтиков с задних скамеек институтских аудиторий, — вот таких Великий - Салазкин изрядно опасался. Возможно, начинали они с „морского боя", с „балды", но потом уже появились и томики Хемингуэя, и собственная записная книжечка, где разрабатывались разные варианты „моей девушки" и выковывался наконец тип современного романтика — эдакого мрачноватого паренька, стриженого ежиком, за плечами которого обязательно предполагаются разрушенные мосты и сожженные корабли, „который плюнул на все" и явился сюда, в глухомань, чтобы больше уже не вспоминать „их городов асфальтовые страны". Есть среди них вполне толковые ребята, но ведь кто поручится, что завтра романтик не „махнет на Тихий", не сменит лабораторный стол на палубу китобойца, дрейфующую льдину, заоблачный пик, чтобы сколотить себе в актив настоящую мужскую биографию.

Однажды в прозрачный августовский вечер Великий - Салазкин прогуливался за околицей городка, прыгал с кочки на кочку, собирал бруснику для варенья, размышлял о последней выходке старика Громсона, который заявил журналу „Плейбой", что его многолетняя охота за частицей „Дабль - фью" суть не что иное, как активное выраженье мужского начала. Тогда и появился первый из племени романтиков, наитипичнейший.

Он спрыгнул на развилке с леспромхозовского грузовика и пошел прямо в Пихты, а В - С, сидя на корточках, из-за куста можжевельника наблюдал его хорошее романтическое лицо, сигарету, приклеенную к нижней губе, толстый свитер, желтые сапоги гипопотамь-

ей кожи и летящий по ветру шарфик „либерте - эгалите - фратерните".
Когда он приблизился, В - С пошел вдоль дороги, как бы по своим ягодным делам, как бы посвистывая „Бродягу".

– Эй, добрый человек, далеко ли здесь Пихты? – спросил приезжий.

– Да тут они, за бугром, куды ж им деваться. – В - С раскорякой перелез через кювет и пошел рядом. – А нет ли у вас, молодой человек, сигареты с фильтром?

– Зачем тебе фильтр? – удивился приезжий.

– Для очищения от яду, – схитрил В - С, а на самом-то деле он хотел по сигарете определить, откуда явился „романтик".

– Я, брат, солдатские курю, русский „лаки страйк", – усмехнулся приезжий и протянул лесовичку пачку „Примы" фабрики „Дукат".

– Из столицы, значит? – спросил Великий - Салазкин, крутя в пальцах сигаретку словно какую-нибудь заморскую диковинку.

– Из столицы, – усмехнулся приезжий. – Точнее, с Полянки. А ты откуда?

– Мы тоже с полянки, – хихикнул В - С и даже как-то смутился, потому что этот хихик на лесной дороге да в ранних сумерках мог показаться и зловещим. Однако романтик был не из тех, что дрожат перед нечистой силой.

– Вижу, вижу, – сказал он. – По ягодному делу маскируешься, а сам небось в контакте с Вельзевулом?

– Мы в контакте, – кивнул В - С, – на столбах, энергослужба.

– Понятно, понятно, – еще раз усмехнулся „романтик" и видно стало, что бывалый. – Электрик, значит, у адских сковородок?

– Подрабатываем, – уточнил Великий - Салазкин. – Где проволочка, где брусничка, где лекарственные травы. На жизнь хватает. А вы, кажись, приехали длинный рублик катать?

– Эх, брат, где я только не катал этот твой рублик, – отвлеченно сказал романтик и тень атлантической тучки прошла по его лицу.

– А ныне?

– А ныне я физик.

– У, – сказал Великий - Салазкин. – Эти гребут!

– Плевать я хотел на денежные знаки, – вдруг, с некоторым ожесточением сказал приезжий.

„Во-во, – подумал В - С, – приехал с плеванием."

– А чего ж вы тогда к нам в пустыню? – спросил он.

– Эх, друг, – с горьким смехом улыбнулся неулыбчивый субъект. – Эх, кореш лесной, эх ты... если бы ты и вправду был чертом...

— Карточку имеете? — поинтересовался В - С.

— Что? Что? — приезжий даже остановился.

— Карточку любимой, которая непониманием толкнула к удалению, — прошепелявил Великий - Салазкин, а про себя еще добавил: — „И к плеванию."

— Да ты и вправду агент Мефистофеля!

Молодой человек остановился на гребне бугра и вынул из заднего кармана полукожаных штанов литовский бумажник и выщелкнул из него карточку, словно козырного туза.

Великий - Салазкин даже бороденку вытянул, чтобы разглядеть прекрасное лицо, но пришелец небрежно вертел карточку, потому что взгляд его уже упал на Железку.

— Так вот она какая... Железочка... — с неожиданной для „романтика" нежностью проговорил он.

— Что, глядится? — осторожно спросил В - С.

— Не то слово, друг, ... не то слово... — прошептал приезжий и вдруг резко швырнул карточку в струю налетевшего ветра, а сам, не оглядываясь, побежал вниз.

Академик, конечно, припустил за карточкой, долго гнал ее, отчаянно метался в багряных сумерках, пока не настиг и не повалился с добычей на мягкий дерн, на любимую бруснику.

В наши кибернетические дни воспоминанием об этой встрече с осенних небес на руки Великому - Салазкину слетел обрывок перфокарты. Стоит ли напоминать, что всякий грамотный человек может прочесть в этих тианственных дырочках стихи

№16

В брусниках, в лопухах,
В крапивном аромате,
В агавах и шипах
Шиповника и роз,
В тюльпанах, в табаке,
В матером молочае,
В метели метиол,
Как некогда поэт,
Как некогда в сирень,
И в желтом фиолете,
Желтофиолей вдрызг,
Как некогда дитя,
Расплакался старик,
Тугой как конский щавель

Кохана, витер, сон
Их либе, либе дих…

Позднее Великий - Салазкин выяснил, что имя первого „романтика" Вадим Китоусов. Несколько раз академик встречал новичка в кафе „Дабль - фью", но тот обычно сидел в углу, курил, пил портвейн „По рупь сорок", что-то иногда записывал у себя на руке и никогда его не узнавал.

В - С через подставное лицо спустил ему со своего Олимпа тему для диссертации и иногда интересовался, как идет дело. Дело шло недурно, без всякого плевания, видно, все-таки не зря пустил Китоусов по ветру волшебное самовлюбленное лицо. Нет, не собирался, видимо, романтик" подаваться „на Тихий", оказался нетипичным, крутил себе роман с Железкой и жил тихо, а тут как раз и Маргаритка появилась, тут уж и состоялось роковое знакомство.

Ах, это лицо, самовлюбленное лицо юной пигалицы из отряда туристов, что бродили весь день по Пихтам и вглядывались во всех встречных, стараясь угадать, кто делал атомную бомбу, кто болен лучевой болезнью, а кто зарабатывает „бешеные деньги". Туристы были из Одессы и, собственно, даже не туристы, а как бы шефы, как бы благодетели несчастных сибирских „шизиков - физиков", они привезли пластмассовые сувениры и концерт.

Великий - Салазкин, конечно, пошел на этот концерт, потому что пигалица в курточке из голубой лживой кожи поразила его воображение. Ведь если смыть с этого юного лица пленочку самолюбования, этого одесского чудо - кинда, то проявятся таинственные и милые черты, немного даже напоминающие нечто неуловимое… а вдруг? Во всяком случае, должна же быть в городе хоть одна галактическая красавица, так рассуждал старик.

Пигалица малоприятным голоском спела песенку „Чай вдвоем" и неверной ручкой взялась за смычок, ударилась в Сарасате. Присутствующие на концерте киты шумно восторгались ножками, а Великий - Салазкин с галерки подослал вундер - ребеночку треугольную записку насчет жизненных планов.

На удивление всем пигалица ничуть не смутилась. Она, должно быть, воображала себя звездой „Голубого огонька" и охотно делилась мыслями о личном футуруме.

– Что касается планоу то прежде всехо подхотоука у УУЗ. Много читаю классикоу и четвертохо поколения и конечно без музыки жизнь – уздор!

– Ура-а! – завопили киты, а В - С подумал, что южный прононсик интеллигентной кармонсите немного не к лицу. С этим делом придется поработать, решил он, и тут же подослал еще записочку:,,От имени и по поручению молодежи прихлашаю в объединение БУРО-ЛЯП, хде можно получить стаж и потхотоуку.'' Дарование прочло записку и лукаво улыбнулось, ну просто Эдита Пьеха.

– Товарищ прихлашает меня в БУРОЛЯП, а между прочим, товарищ сделал три храмматические ошибки.

Да, видно ничем не проймешь красавицу, читательницу четвертого поколения и представительницу пятого.

В - С пришел домой, в пустую продутую сквозняками пятикомнатную квартиру и ну страдать, ну метаться – останется, не останется? Итог этой ночи – десять страниц знаменитой книги ,,Оранжевый мезон''.

В дальнейшем ночи безумные, одинокие, восторг, ощущение всемирности стал ослабевать – 8 страниц, пять, одна и, наконец, лишь клочок обертки ,,Беломора'', головная боль, неясные угрызения совести. В таком состоянии В - С явился ночью в 62-ой тоннель БУРО-ЛЯПа и вдруг увидел: за сатуратором сидит чудо - ребенок, сверкающий редкими природными данными, и будто бы от подземного пребывания немного помилевший. Дева Ручья! Стакан, еще стакан, еще стакан... и вновь весна без конца и без края, и стеклярусный шорох космических лучей, и буйство платонического восторга, новые страницы. Весь мир удивлялся в те дни плодовитости ,,сибирского великана'', но никто не знал, что источник – рядом, и живая вода суть обыкновенная несладкая газировка.

Лишь Маргарита, пожалуй, догадывалась о чувствах академика, о близости лукавой нечистой силы, о возможности оперного варианта по мотивам Гуно: ,,душа – Маргарита – адские головешки.'' Женщина, даже несовершеннолетняя, конечно, обладает несвойственным другому полу нюхом на любовь. Женщина есмь...

РЕБРО

И вновь за столом в стиле ,,треугольная груша'' начал назревать афоризм.

ВАДИМ АПОЛЛИНАРИЕВИЧ КИТОУСОВ: Что есть женщина?

МАРГАРИТА: Вот это уже интересно. Прошу тишины. Китоус размышляет о женщинах. Мемозик, слушайте, не пожалеете – это большой знаток.

МЕМОЗОВ: А я уже вострю карандаш, мой одиннадцатый палец.

КИТОУСОВ: Книга гласит, что Ева сделана из ребра Адамова, но прежде еще была Лилит, рожденная из лунного света. Некоторые утверждают, что женщина суть сосуд богомерзкий. Другие поют, что женщина суть оболочка любви. Человек ли женщина, вот в чем вопрос. Человек или сопутствующее человеку существо? Отнюдь не унижаю, нет. Может быть, существо более сложное, чем человек? Женщина храбрее мужчины в любви. Может быть, это существо более важное, чем человек? Может быть, как раз человек сопутствует женщине? Не будем сравнивать. Главное – это разные существа. Не подходи к женщине с мерками мужчины.

Ошарашенное молчание за столом было взорвано вопросиком:

МЕМОЗОВ: А с чем же прикажете к ней подходить?

В глубине взрыва Китоусов сидел, положив на руки осмеянную голову.

МАРГАРИТА: Бедный Китоус, не злись на Мемозика. Он дитя. А, между прочим, на повестке дня – ШАШЛЫК НА РЕБРЫШКАХ!

В далекие дни Маргарита встречала Великого - Салазкина каждый день в своих разных качествах: то скучающая леди, то полнокровная спортсменка, то пылкая поэтесса, то шаловливая нимфа. Искала девушка свой образ и для этого бороздила литературу четвертого поколения – образ современницы!

Великий - Салазкин, спрятавшись за бетонной ногой четвертого тоннеля, следил, как шуруют вокруг сатуратора его „киты", как они хохмят с новым сотрудником и как она отвечает. Девушка охотно контактировала с мудрыми лбами, интересовалась мнениями по литературе, шлифовала свои „г" и „в", эту память о Привозе, где папочка заведовал киоском по производству Нефертити. Вскоре Маргарита уже была своей девушкой, своим пихтинским кадром и в одном только она вставала поперек голубым китам - первоборцам – в их любви к Железке.

– Ну что вы в ней нашли особенного? Допускаю, в ней есть какое-то очарование, но согласитесь – ведь это всего-навсего обыкновенная научная территория. Ведь не Клеопатра же, не Нефертити, и ничего в ней нет об-ворожительного, просто милый шарм. Не больше.

Иные киты ворчали:

– Ишь ты, шарм... тоже мне...

Другие смеялись:

– Ревнует Ритуля...

Великий - Салазкин, спрятавшись за бетонной ногой, следил, вздыхая. Увы, он знал, что в одну прекрасную ночь в тоннеле №6 появится какой нибудь „Романтик" и молил небеса, чтобы оказался тот без морского уклона, чтобы только не уволок куда-нибудь карменситку „на Тихий", в сельдяное царство, в бескрайний пьяный рассол. Пусть это будет какой-нибудь Вадим Китоусов, что ли…

ВНУТРЕННИЙ МОНОЛОГ ВЕЛИКОГО - САЛАЗКИНА

А то, что мне самому причиталось по романтической части, все обвисло в конечном счете на моей соединительной черточке, на злополучной этой дефиске, без которой, как уже было сказано, моя персона невозможна.

Когда-то было время, не скрою, расцветал дефис глициниями, резедой, кудрявился вечно - зеленой шелушней, как грудь эллинского лешего из аттических дубрав. Когда-то, помнишь, тетеря, – Студенточка - Заря - Вечерняя ждала тебя на фокстротном закате, но центрифуга была заряжена на пять часов и просто имелись в наличии значительные трудности с электроэнергией, и пачка нераспечатанной корреспонденции из Ленинграда да и Копенгагена лежала на столе, и ты вдруг в ужасе подумал о з а д е р ж к е , которая произойдет, если ты отправишься сейчас в закатные манящие края, подумал затем о своем любимом ярме, которое никому не отдашь и не обменяешь на фокстрот, на жаркую охоту в лунной Элладе, и дернул гирьку институтских ходиков, и гирька в соответствии с законом великого Исаака пять часов падала на пол и … упала!

Дефиска могла стать бархатным пуфиком, но не стала. Словно коленчатый вал, она крутила все мои годы, темнела и старела, но не ржавела однако.

Теперь иногда одинокость кажется мне одиночеством, и я минуту за минутой вспоминаю ту ночь и падение чугунной болвашки, и жалуюсь мирозданию, что меня обделили романтикой, и Оно, милосердное, шлет мне свою посланницу, и та глядит на меня сквозь форточку часами ночами очами вечной черноты и ободряет: старик, мол, не трусь – все впереди! С вами бывает такое, одинокие сверхпожилые мужчины?

. . . .

Вот так прошли годы, и все устоялось. Научный мир привык к Железке, привык прислушиваться к ее львиному рыку, принюхиваться к ее флюидам, вчитываться в ее труды и вместе с ней играть в тяжелую игру, доступную лишь титанам, передвигавшим горы в пустынные земные времена. Теперь на любой конференции в любой точке мира можно было услышать: ,,по последним данным Железки"... ,,как свидетельствует опыт Железки"... ,,опираясь на эксперименты, проведенные в Железке"... и так далее.

Что и говорить: Железка пульсировала, излучала свечение, пела свою серьезную тему, и местность вокруг на тысячи миль весьма облагораживалась. Что и говорить: в сфере практического применения высочайших достижений Железка наша любезнейшая тоже преуспела: – некоторые ее детища вгрызлись в недра, другие вспахали морские луга, третьи взбороздили околоземные пространства.

Что и говорить: в область будущего Железочкой был послан острый лазерный луч познания, и всякий, даже чем-то задавленный, чем-то угнетенный человек становился смелее в ее железных гудящих тоннелях и смело видел в будущем картины привлекательных изменений – парные острова - проплешины в вечной мерзлоте и на островах тех под ныне еще угрюмыми широтами вечно - веселую фауну и вечно - шумящую флору, согретую оком вскоре ожидаемой космической красавицы Дабль - фью.

Прошли, однако, годы, прошла и мода. Схлынули журналисты, киношники и драматурги. Образ Атомного Супермена, пережеванный в репертуарных отделах, пожух, завял, засквозил унылыми прорехами. Кой-какие романтики смывались ,,на Тихий", переживая различные разочарования.

РАЗОЧАРОВАНИЕ

Вот ты говоришь ,,разочарование" и сам понимаешь, как это смешно: ведь писал же ты в школе ,,образы лишних людей", а ты не из них, это тебе говорит Вадим.

Твое разочарование – это поиск новых очарований, это тебе говорит Вадим, он знает.

Вот ты говоришь: разочаровался в работе, а это значит – ты ищешь новую каторгу, где больше башлей, где на тебе меньше ездят, а главное – где ты можешь больше кипятить свой котелок с ушами, это тебе говорит Вадим, а у него опыт.

Вот ты говоришь: разочаровался в бабе. Значит, другую ищешь, или монашку, или потаскушку, или дуреха тебе нужна, или товарищ - баба, едкий критик и сверчок, а может просто тебе пышечку с кремом захотелось, или наоборот – птичку на пуантах, и это тебе говорит Вадим, по - дружески.

Вот ты говоришь: разочаровался в друзьях, а это значит, что тебе другие ребята нужны, какие-нибудь смельчаки, или наоборот смурные пьянчуги, джазмены, может быть, или гонщики по вертикальной стене, зануды – аналитики или заводные „ходоки" с пороховой начинкой, это тебе говорит Вадим – он видел разное.

А вот если ты говоришь, что разочаровался в жизни, ты не понимаешь своих слов, и это тебе говорит Вадим, а он это знает.

Разочарование в жизни – вот отказ от всех очарований, и для того, чтобы понять, поселилось ли оно в тебе, нужно лечь на спину и заснуть, а после проснуться и увидеть перед собой голубое небо. Все остальное, что входит в понятие „голубое небо" – кипящая европейская листва и дорога среди лапландских прозрачных озер, женщина Алиса, что машет тебе из кафе, руль автомобиля, стакан вина и жареное мясо, ветер вокруг флорентийского фонтана, темная улочка Суздаля, Пскова, Таллина, ночной Ленинград с гулкими шагами и с музыкой из подвала, где сидят твои кореша и жарят „Раунд миднайт", – все это подразумевается, мой маленький принц.

Над тобой голубое небо. Ты только очнулся и смотришь на голубое небо. И вот ты начинаешь видеть в голубом черные пятна. Сначала разрозненные, потом собранные в гроздья, в кристаллы, потом ты видишь черную сетку, и временами для тебя все голубое становится черным и пропадает все, что связано с голубым, а с черным для тебя ничего не связано. Вот когда ты видишь черную структуру голубого, это и есть разочарование в жизни, и это тебе говорит Вадим, а он понимает.

Итак, мы подводим черту под историческим опусом, без которого, увы, нам не удалось обойтись в силу приверженности к традиционным формам повествования. Итак, вы поняли: существует город Пихты и в нем живут наши герои, а рядом пыхтит, вырабатывая науку, наша любимая золотая наша Железочка.

Многие читатели, возможно, бывали в Пихтах, кто в командировке, кто из любопытства, а для воображения остальных мы предлагаем следующую лаконичную картину.

Трескучей январской ночью вы прилетели в огромный индустриальный и культурный Зимоярск. Здесь все как в Москве, только ртуть тяжелее градусов на тридцать. В двухстах километрах на северо - запад, то есть немного в обратную сторону, лежат знаменитые Пихты. Днем туда ходит поезд, летает маленький самолетик по кличке Жучок - абракадабра, но вы-то приехали ночью и до утра вам ждать не резон. Вы – человек ловкий, бывалый, с характером, вы пускаетесь в путь, вы – доберешься, старик!

Вдруг за спиной угасает полночное сияние и над вами, над шоссе нависают лишь огромные ветви, и тьма чернее ночи обрезает как нож свет ваших фар. Тридцать километров, сорок и сто вас сопровождает тьма и пустыня и лишь иногда, очень - очень редко, вы видите одинокие малые и сирые огоньки. Вот так вы едете и шутите с водителем, а сами порой думаете: „вдруг поршня сейчас сгорит или шатун сорвется" и в подошвах от этой мыслишки начинается ледяная щекотка.

И вдруг неожиданно, поверьте мне, всегда неожиданно, вы въезжаете в Пихты и восхищенно ахаете: ах! Перед вами пустынный спящий чудо - городок, с аккуратно прорезанными среди гигантских сугробов улицами, с ярко освещенными стеклянными плоскостями почты и торгового центра, с подсвеченными фасадами худсалона „Угрюм - река", кафушки „Дабль - фью", школы юных гениев „Гомункулюс" и всемирно известной гостинницы „Ерофеич" – все эти скромные, но запоминающиеся шедевры современной архитектуры. Ручаюсь, какой бы вы ни были выдержанный человек, этой ночью вы будете ахать. И ахайте, пожалуйста, не стесняйтесь. Учтите, дальше до самого Ледовитого океана таких городков уже /еще/ нет.

В заключение исторического дивертисмента мы преподносим читателям приз – святочную историю, за достоверность которой ручается ее автор – шофер единственного в городе такси Владимир Батькович Телескопов.

ТРОЙНОЙ ОДЕКОЛОН

Вот уж метель мела в ту ночь – клянусь, не вру! Иные углы замело – не проберешься, другие – так вылизала шершавым языком, хоть выпускай мастера фигурного катания, вот что страшно. И в морду, и в лицо, прямо в физиономию лепила не по-человечески.

– Сюда бы молодежь Симферополя и Ялты, это был бы им хороший урок.

Так думал Володя Телескопов, пробираясь глухой безлюдной ночью от таксопарка, где спала уже его красавица „Лебедь" – М24, к городской аптеке для срочного приобретения тройного одеколона у дежурного фармацевта, который ему приходился шуриным.

И, пробираясь, в глубине души Телескопов Владимир страстно завидовал экспонатам торговой витрины, вдоль которой пробирался.

Стоят настоящие крупные люди за стеклом – лыжник, фигурная фея, просто дамочка - хохотушка, могучий хоккеист – стоят настоящие среднего роста люди в приличной непродажной одежде, с улыбками смотрят на метель, и им не дует и не требуется одеколона, вот что страшно.

Так все нормально, ночное кино без билета, и вдруг до Володи доносится легкий шум, то ли кто мочится за углом, то ли погоня.

Оказалось второе: три огромных волка гонят зайчишку - кадришку, простоватого жителя леса, и настигают его для пожирания прямо возле витрин, вот что страшно.

И зайка - гаденыш, – всего и меху-то на перчатки, а тоже жить хочет – трепыханием говорит человечеству последнее прости, потому что серые гангстеры – им тоже по ночам жрать хочется, вот что страшно – даже не дают ему последнего слова.

Телескопов – человек не робкого эскадрона, все записано в трудовой книжке, однако в данном случае трезво рассуждает, что потеря водителя такси взамен нетоварного зайца в целом для общества вредна. Точнее, конец пришел губителю морковки.

И вдруг – легкий звон: как-будто кто-то флакон уронил или витрина посыпалась. Оказалось второе: из витрины спрыгнул на панель и поехал с легким свистом тяжелый хоккеист – ни дать ни взять Саня Рагулин, вот что страшно.

По мановением ОКА ледяной рыцарь расшугал клюшкой скрежещущих зубами матерых профессионалов леса, а одному из них так заехал сверкающей железякой в пузо, что тому пришлось уползать, догоняя товарищей, и оставлять в снегу дымящуюся кровушку, красную, как таврический портвейн, вот что страшно.

Закончив благородный поступок, хоккеист сопроводил пострадавшее от испуга животное в безопасное место, и на этом вся история закончилась, а шурина в аптеке не оказалось, хотя „тройной" был виден с улицы сквозь мороз, вот что страшно.

История, конечно, вздорная и рассказана она человеком ненадежным, когда он не за рулем, но вот что страшно: оказался еще один свидетель – Вадим Аполлинариевич Китоусов. Он видел спину удаляющегося по ледяной лунной дорожке хоккеиста и слышал, как тот насвистывает популярный мотив „You are my destiny", что по-русски означает „Ты моя судьба".

ЧАСТЬ ТРЕТЬЯ
ИЗНУТРИ БЫТА

„ О, если бы я только мог,
Хотя отчасти,
Я написал бы восемь строк
О свойствах страсти."
Борис Пастернак

Сон академика Морковникова был глубок по обыкновению и по обыкновению не имел никакого отношения к математике. Маленький герой его снов Эрик „Морковка" по обыкновению переживал увлекательные приключения в различных плоскостях, в распахнутых пространствах и тесных углах, проникал сквозь ярко окрашенные сферы, ловко, с еле заметным замиранием уворачивался от надвигающихся шаров для того, чтобы стремительно пронестись по внутреннему эллипсу и весело проснуться.

Академик уже предчувствовал этот не лишенный приятности миг возвращения к „объективизированному миру", как вдруг на стыке орбитальной реки и зеркальной стены внутреннего куба чей-то совершенно незнакомый голос отчетливо и гулко произнес фразу:

ЖИЗНЬ КОРОТКА, А МУЗЫКА ПРЕКРАСНА

и Эрнест Аполлинариевич проснулся с ощущением, что он давно уже ждал этой фразы, звал ее, но боялся и не хотел.

Он выждал несколько секунд, чтобы задвинулись все ящички комода, чтобы ЦНС окончательно переключилась на рабочее состояние, и все ящички, как обычно, плотно задвинулись, за исключением одного, из которого все-таки торчал уголок разлохмаченной ткани, в сущности, тряпочка с хвостиком.

– Хоп! – сказал себе Эрнест и повернул голову.

Все было как обычно: Эйнштейн на стене набивал свою трубочку, а его сосед, известный фильмовый трюкач Жиль Деламар прыгал в Сену с Нотр - Дам де Пари и замечательный лозунг смельчака „День начинается, пора жить!" косо пересекал фотографию...

– Хоп! – сказал себе Эрнест, вскочил с кровати и встал на голову.

Все было нормально: в глубине квартиры жена разговаривала с сыном, вздыхал и постукивал хвостом по полу любимый сенбернар Селиванов, за окном на ветке пихты уже ждал ворон Эрнест, тезка академика…

Все было нормально: сорокалетний Эрнест стоял на голове и ногами производил в воздухе вращательные движения, кровь наполняла опавшие за ночь капилляры, мышцы вырабатывали из молочной кислоты деятельные кинины, тихо крутилась в углу пластинка сопровождения… все было нормально, а между тем Морковников вдруг мгновенно и безошибочно почувствовал изменение – дикий разгон и безвозвратный вираж судьбы.

Он вдруг покрылся внеурочным потом и сел на ковер: бренчало пианино за тысячи миль и за шестьдесят восемь лет; апрельский рэг-тайм наигрывали коричневые пальцы, дымился сумрачный лесопарк… Потом он бежал по парку – свалявшиеся листья, короста старого льда, полуистлевшие косточки мелких животных… отчетливые, но неуловимые очертания гениальной формулы, формулы его жизни, витали между стволов, и он проникал это утреннее созвездие, туманность трескучих ягод и думал все тридцать пять минут новозеландского бега – что же произошло в его квартире? Осень сейчас или весна?

Тезка летел за плечом, а верный сенбернар бежал у ноги, фигуры таких же мужчин с собаками у ноги и с любимыми птицами за плечами мелькали в лесопарке, словом, и здесь все было как обычно, но счетчик пульса показывал сегодня тревожную цифру, и гемоглобин, подлец, не очень-то активно насыщался кислородом.

В квартире от северных окон к южным и обратно гуляла волна пахучей влаги, прелых воспоминаний – неужели все это еще живо?

– Эрка, ты опоздал сегодня на одну минуту сорок восемь секунд, – услышал он веселый голос жены.

Веселый голос жены. Вот чудеса. Таким тоном она говорила с ним много лет назад, в хвойной юности, когда каждый день был продолжением любовной игры, и каждая ее фраза, начинающаяся с „Эрка, ты…" означала лукавую западню, приглашение к фехтованию, нежную насмешку. Уже много лет она не говорила так, а „Эрик" в ее устах давно уже звучал как Эрнест Аполлинариевич.

Это какие-то флюиды, догадался академик. Где-то по соседству вываривают в цинковом тигле толченый мрамор с печенью вепря, и зеленый дух философского камня, соединяясь с кристаллами осени-весны, отравляет сердце. Другой бы на моем месте, менее толерантный человек, безусловно заявил бы в домоуправление.

Морковников понуро поплелся в ванную, на ходу стаскивая кеды, джинсы и свитер, и даже не полюбовался мелькнувшей в зеркале стройной своей фигурой. Странное чувство прощания вдруг охватило его на пороге ванной. Жена что-то говорила веселым голосом, кажется, что-то о сыне, которого сегодня удалось спровадить в школу, но он не слушал. Он обвел взглядом „огромность квартиры, наводящей грусть" и вдруг увидел в коридоре за телефонным столиком качающийся контур любви, легкий контур, похожий на „формулу жизни", созвездие винных ягод, просвеченных морозом и соединенных еле видимым пунктиром. Его квартиру посетила любовь!

Ему показалось даже, что протяни палец, он ткнется в упругое желе, он сделал было шаг, но в следующий миг – о эти следующие чередой миги! – конгломерат исчез, отнюдь не испарился, а проник в другую сферу, кажется, на кухню, ибо оттуда понесся веселый голос жены – „надежды ма-а-ленький оркестрик..." Поет!

Быть может, вся эта чертовщина есть легкий приступ малокровия, короткое пожатие авитаминоза? Морковников вонзил в икроножную мышцу иглу „меликануса" – автономного филиала своих знаменитых часов. Все стрелки колебались в пределах нормы.

Жена поет. Это вызов? Неужели что-нибудь проведала? Аделаида? Моник? Анастасия? Чиеко - сан? Присцилла фон Крузен? Эрнест Аполлинариевич никогда не влюблялся и много лет уже поддерживал с противоположным полом только дружеские, научные и спортивные связи. Главное, не терять самообладания. Во - первых, может быть, жена просто так финтит, прощупывает, а, во - вторых, возможно, все это липа, дешевый розыгрыш коллег или, на крайний случай – непредвиденный скачок взнузданного организма.

Жизнь коротка, а музыка прекрасна.

Академик, стоя, пил кофе, поглощал крекеры с яйцом, весь затянутый, международный, с фальшивой оптикой на глазах, и зорко посматривал на жену, а та не обращала на него ни малейшего внимания.

Вновь появился этот дурацкий фантом, студенистая масса, тревожная как „формула его жизни". Теперь она колыхалась за холодильником. Мизандерстендинг, хотелось крикнуть Эрнесту, чистейшее недоразумение, я ни в кого не влюблен, у меня все в порядке.

– Чай вдвоем, – вдруг запела жена песенку их молодости и заблестела глазами мечтательно и лукаво, как в то далекое влажное десятилетие.

Чай вдвоем,
Селедка,
Водка...

Мы с тобой вдвоем, красотка!
Чай вдвоем,
Сидим и пьем,
И жуем!

Как? – встрепенулся Морковников. – Что это такое? Да ведь эта песенка и блеск в глазах и веселый голос нынче не имеют к нему никакого отношения. И то, что пришло сегодня в его дом, любовь – не любовь, но ИЗМЕНЕНИЕ, касается его, хозяина, лишь косвенно. ОНО ПРИШЛО К НЕЙ – К ЖЕНЕ – вот так история!

Внимательный взгляд на жену потрясенного академика обнаружил пожухлость кожи вокруг глаз и еле заметное, но очевидное отвисание щеки, мешковатость брюк, рваность и заляпанность свитерка. Давно некрашенные волосы жены являли собой пегость, но ... вместе с тем пегий этот узел был тяжел и еле держался на трех шпильках, грозя развалиться на романтические пряди, и серую грязную джерсюшку трогательно поднимали маленькие груди, и плечико торчало в немом ожидании, а глаза были далекими и серыми: далекие и шалые глаза. Он ушел.

Так, значит, это она влюблена? Я чист, научен и строг, а у Луизки - гадины рыльце в пушку. Ай-я-яй, неужели слевачила? Неужели я рогат?

Морковников вновь покрылся внеурочным потом под всей своей европейской сбруей и тут после короткого мига глухой и пронзительной тоски понял: ничего она не слевачила, ничего он не рогат, все гораздо хуже, все это имеет к нему лишь КОСВЕННОЕ отношение.

В следующий миг – о эти миги, следующие чередой – еще более неприятная и тяжелая мысль посетила академика: быть может, в этой квартире главная жизнь не моя, а ЕЕ, а моя лишь подсобная, нужная лишь косвенно, лишь иллюстративно?

Да, фигу, фигу, право же, бред, я – мировой математик право же, что для меня все эти кухни и кресла и даже постель, все эти ваши запоздалые влюбленности и негритянские романсы, когда в фиолетовой стигме кью еще плавает в полном неведении косая лямда трехмерного евклидова пространства

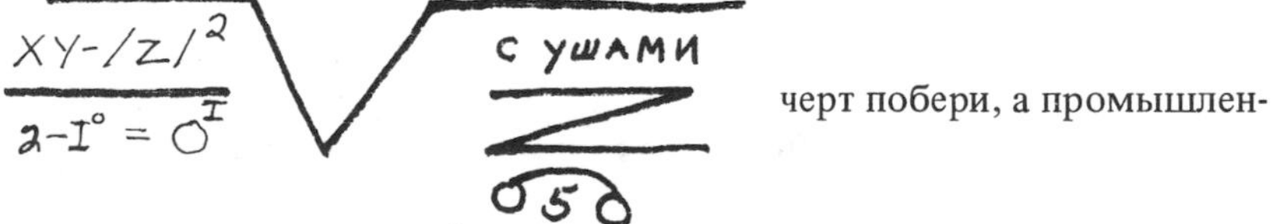

черт побери, а промышленные отходы технической революции продолжают развитие террацида, и, кстати, вы, мальчик, могли бы не швырять на панель обертку мороженого, есть специальные урны – для сбора нечистот и упаковочного материала, а вы, гражданин, моя ваше авто порошком „Кристалл", должны знать, что химические сливы загрязняют реки, нет - нет, я ничего, вы мойте, но только не забы… а вы, мадам, между прочим, прошу меня простить, вот эти ваши баночки, скляночки, флакончики, стаканчики, пластмассовые патрончики, обломки гребешков, шпильки, фольгу, тампончики и примочки…

– Вам чего, товарищ? Вы чего вяжетесь? – с удивлением, но не враждебно, а скорее с интересом спросила дама, размахнувшаяся на пустыре мусорным ведром.

–…вот эти ваши яичные скорлупки и сметанные, а также жировые сливы с комочками пищи, целлофановую кожицу колбас и надорванные парафинированные пакеты и, наконец, клочки коротких, явно не ваших волос, мадам…

– Чего-чего? – темнела дама лицом и оранжевыми волосами, потому что на нее набегала в этот момент злая тучка.

Она стояла повыше Морковникова на горке кирпича, и ветер трепал ее необъятные брюки маскировочного рисунка, лепя мгновениями из них могучие и не лишенные аттрактивности ноги.

– „О Прометей, вот она, Брунгильда, Неринга, мать - атаманша! Отдохнешь ли, кацо, в ее лоне после долгой кровавой дороги?" – подумал Эрнест.

– Я только лишь, мадам, имел в виду трудности концентрации личных отходов для дальнейшего уничтожения, – пролепетал он. – Не затруднит ли вас подвинуться на двадцать метров вон к тем мусорным контейнерам?

– А-а! Я думала, вы по делу, – разочарованно вздохнула, – а вы не по делу.

– Я, мадам, шестой вице - председатель комитета ЮНЕСКО по террациду, – сказал он.

– А-а, – зевнула и потянулась она. – Вы из ГОРЭСа, товарищ? Тараканщик? – она засмеялась и пошла к бакам, помахивая ведром, огромная и задастая, но какая-то легкомысленная.

Морковников смотрел ей вслед, и странные воспоминания одолевали его:„Никогда никому не скажу, что в пятом классе получил за контрольную по алгебре пару. Да, у меня есть тайны, но я не считаю себя преступником. Посмотри, Прометей, она зевает и потягивается, а в голове у меня возникают детские прелести гиревого спорта."

НОЧНАЯ ГОРЯЧАЯ КОЛБАСА
/второе письмо к Прометею/

Да, несколько лет назад в ночь со вторника на среду я ел горячий вурстль на Кертнер штрассе в ста метрах от правой ступни собора Сан - Стефана.

Я ел без всяких особенных причин, а просто потому, что есть хотел и мазал свой вурстль сладкой горчицей, а на немецкие шутки ночных девушек, собравшихся около палатки, я, клянусь Артемидой, не отвечал.

Да ты, Прометей, тогда проезжал мимо на велосипеде и долго на меня смотрел своими черными глазами, но я сделал вид, что тебя не заметил, душа лубэзный. Я знал, что ты скрываешься и выдаешь себя за уругвайца и что велосипед у тебя прокатный из Луна - парка, но я не окликнул тебя и не предложил тебе помощь. Напротив, я перевел взгляд на Собор Сан - Стефан, покрытый вековой плесенью, которая так чудесно серебрится под луной. Ты знал, что я тебя увидел и я знал, что ты знаешь, но что я мог поделать, Прометей, ведь в эту ночь мне нужна была помощь Олимпа.

Да, батоно, в ту ночь я ненавидел. Я вспоминал все раз за разом, с каждым кусочком вурстля в меня вливались горькие воспоминания.

Она была зубрилой и училась на факультете славянской филологии. Годдем, цум тойфель, рекутто рекутиссамо, обречь себя на прозябание в затхлом пакгаузе филологии, да еще не просто филологии, а какой-то отдельной, германской, славянской, романской!... И это вместо того, чтобы плыть в бескрайнем серебристом океане чистого Логоса, уповая на свою отвагу, на шест своего интеллекта.

Извините, говорила она, графин подслушивает, и вешала трубку. Она снимала комнату у графини Эштерхази. Ах, генацвале, это повторялось каждый вечер. Вот они, результаты филологического образования: не знать разницы между графином и графиней и обращаться на „вы" к желанному, ненаглядному „ты".

Я ненавидел графиню Эштерхази с ее папильотками, веерами, с ее родинками и декоративными собачками. Милый друг, вот моя страшная тайна – я ненавидел человеческое существо!

Позволь мне высказаться до конца, ведь я не Раскольников, а она не процентщица, однако... в голове моей теснились мысли о высылке „графина" из города под предлогом борьбы за окружающую среду или о сведении ее к нулю посредством простейшего рассечения

бинома Фостера через

ты меня понимаешь…

Эрнест Аполлинариевич огляделся. По главной улице к Железке торопились его товарищи, бывшие киты, а ныне доктора и член - коры, торопились и нынешние ребята, их ученики, смурной народец, вдали кто-то ехал на велосипеде, полыхая костром черной шевелюры. Увы, это был не Прометей, явно не он.

Вот так я и буду спешить, умиленно подумал академик, вот сейчас и я так же заспешу вместе с моими товарищами, моими соратниками, единомышленниками, рыцарями нашей родной Железочки, которая нам всем дает… Что она нам дает? Все!

Пойду сейчас и лекцию шарахну в „Гомункулюсе" по проблеме „Северо - западного склонения супергармонической функции". Вот обрадуются ребятишки, они ведь любят наши с тобой встречи, кацо. Пойду потом и сяду в кабинете и всю международную почту смахну в корзину, соберу семинар, почешем зубы по поводу более, чем странного шедевра мэтра Анри Руссо, о котором я тебе, Прометей, уже писал однажды. Ей - богу, неприятно наблюдать более, чем странное обнюхивание, быть может, наших тел, генацвале, ужасным львом французского воображения. Обнюхивание тел ЛЬВОМ, у которого хвост пружинист, словно японская антенна, а грива просвечена тихим лунным огнем, а глаз не менее загадочен, чем Атласские горы … Так, глядишь, до ночи и просидим, а там, глядишь, Великий - Салазкин придет с горшком плазмы или с твердым телом или Павлик притащится для расшифровки генокода какой-нибудь болотной цапли… Так, глядишь, до утра дотяну, а там гимнастика, прием пищи, разное… А домой я вообще не приду, пусть она там поет со своим облаком, пусть пьет с ним чай.

– Лабасритис Нгуенвуенчи, синьор Морковников, ю эс эс ар сейентист энд спoксмен, одним словом – доброе утро, старик!

Дивную эту фразу произнес велосипедист „не - Прометей", временно пропавший из нашего поля зрения, а сейчас стоящий перед академиком, словно огненный чорт, одной ногой на тротуаре.

– А, это вы, Мемозов, чао! – вяло поприветствовал авангардиста академик.

– Чао нам и чаю вам! – гоготнул Мемозов.

– Что вы имеете в виду? – насторожился Эрнест.

– Да просто так, случайное созвучие. Сейчас ехал мимо вашего дома и слышу, Лу поет „Чай вдвоем". Неумирающая тема, право! И представьте, ту же тему вчера весь вечер наигрывал в столовой этот самый... ну, вы знаете... этот ваш здешний кумир унылый саксофонист Самсик Саблер.

Эрнест Аполлинариевич снял очки, подышал на стекла и протер кончиком галстука, хотя никакой нужды ни в протирании, ни в дышании, ни в снимании, ни даже в ношении очков не было. Жест этот, протирание очков, типичный по кинематографу жест придурковатых академиков, когда-то всех смешил, а постепенно стал привычкой, даже своего рода нервным тиком. Что за черт, этот чужак, несимпатичный пришелец, уже называет мою жену „Лу", то есть так, как ее называют пять - шесть людей, не более – ну Пашка, ну Наташка, ну сын их Кучка, ну Вэ - Эс... Эрнест надел очки, настоящий, заметьте, „поляроид"! – и немного успокоился: сейчас осажу нахала.

Мемозов, левой рукой борясь с развевающейся гривой, правой держа велосипед, в оба глаза с удвоенной насмешкой всматривался в академика.

– Да знаете, уже мыли тарелки и стулья переворачивали, а он все ходит со своей дудкой и все импровизирует. Я задержался вчера в столовой, оформлял одну идею, писал, считал, проигрывал в уме и поневоле слышал игру этого Самсона. Знаете, манера покойного Клиффорда Хоккера, но что-то есть свое, физиологическое... я даже подумал, не рано ли списывать на помойку наш старенький джазик? Вы знаете этого Самсика? Такой весьма, весьма подержанный уже тип, но, должно быть, и не лишенный... вы знаете?

– Да кто ж здесь не знает Самсика? – грубовато буркнул Морковников.

– ... не лишенный, конечно, определенного секс - аппила для дамочек особого сорта. Не находите?

Академик салютнул ладошкой и пошел прочь, но велосипедист некоторое время еще ехал за ним вдоль тротуара, заканчивая рассказ.

– Ого, говорю я этому вашему Самсику, а ты сегодня в ударе, в свинге. Влюблен, что ли? Вы знаете, Морковников, многие толковые люди не отказывают мне в парапсихических способностях, но в данном случае я спросил вполне простодушно, а попал в точку.

Эрнест, до этого момента маршировавший „равнение направо"– то есть – прочь! – теперь сделал равнение налево, то есть на велосипедиста, и так теперь шел с повернутым к нему открытым и готовым к удару лицом, а Мемозов ехал, шаря по нему едкими гляделками и обводя его контур легким насвистыванием „Чай вдвоем".

– Ну, дальше, – сказал академик.

– Да ничего особенного. Саблер страшно смутился и тут же перешел на другую тему. Знаете, вот это .... every day I have blues... – Мемозов старательно вывел губами начало.

– Знаю, знаю, – торопливо прервал Морковников и немного продолжил тему. – А дальше?

– Потом произошло нечто странное, Морковников. На кухне упал поднос, плашмя на кафель, и звон его долго стоял в этой вашей кислой столовке, а когда он затих, Самсик сказал, глядя в темное и потное окно, в котором не было - ни - че - го ...

– Жизнь коротка, а музыка прекрасна, – неожиданно произнес Эрнест фразу из своего сна, и Мемозов гулко захохотал, как будто бы оттуда, со стыка орбитальной реки и внутреннего куба.

– Именно эту фразу, дорогой мэтр, именно эту. Я вижу, вы тоже обладаете кое-какими парапсихическими талантами... Кстати, мой бесценный иммортель, я не унижу вас, если приглашу к себе на небольшое действо под названием Банка - 72? Обещаю много интересного. Конечно, прихватите милую Лу. Самсик тоже будет. Значит, договорились. Дату сообщу дополнительно. Всего доброго. Искренне ваш. Мемозов.

С этими словами авангардист нажал на педали и сделал резкий разворот, подрезав нос городскому такси „Лебедь" и заслужив оглушительное „псих" из уст Телескопова и ответив находчиво „от психа слышу", после чего, наращивая скорость, воображая себя демоном воды с озера Чад, помчался по главной улице в прозрачную современную перспективу.

Что касается Эрнеста Аполлинариевича, то он взял такси и от полной сумятицы в голове попросил отвезти его на Цветной бульвар в „Литературную газету", где у него сидит дружок. Володя Телескопов, привычный ко всему, подвез академика к воротам Железки и получил по счетчику 17 копеек, потому что чаевых не брал. Таким образом, между двумя участниками утреннего диалога, между Мемозовым и Морковниковым, почти мгновенно образовалось огромное пространство, которое тут же пересекли два сиамских кота, а также благороднейший пудель Августин со свежей почтой для своих хозяев и дружелюб Агафон Ананьев на универсале „Сок и джем полезны всем", в кузове которого лежала его теща, возвращающаяся из окрестных сел после закупок яиц.

Стояла ранняя зима, вернее, осень на исходе, прозрачность некая была в архитектуре и в природе, а Ким Морзицер унывал, грустил как пес при непогоде и листья желтые считал как знаки на небесном своде, как знаки будущих похвал.

В отсутствие Кима в Пихтах случилось чудовищное. Древний враг, Трест Столовых, нанес неожиданный и сильный удар: „Дабль - фью" была переименована в „Волну". Произошло, по словам Великого - Салазкина, злое кОщунство.

Чудовищное кОщунство над ДетИщем! Обилие мерзких с детства ненавистных новатору „ща" наводило на мысль о близости щей и впрямь – чудовищное кощунство вершилось во имя тощих пищевых щей, ибо первых блюд в музыкально - разговорном кафе не водилось, и из-за этого тоже шла борьба, сыпались жалобы, коптили небо ревизоры; отбивались блистательными контратаками в отдел культуры.

И вот разлетелся. В сумерках, не разглядев новой вывески, размахался дверями, как хозяин, вбегаю в свой кабинет, в святая святых, уже блейзер чуть ли не скинул, вдруг вижу – сидит!

За столом Кима сидел Буряк Фасолевич Борщов, основательный господин с черной крашеной челкой и фальшивым полу - итозом, за которым скрывалось очень зоркое к молодежи / не исключая и зрелых дам/ око. Он был в белом халате и строго что-то писал. Со стола были удалены: коралл, бригантина в бутылке из-под кубинского рома, в с е ч е т ы р е парижских паяца, роза - ловушка, стакан с вечным непроливающимся пивом и прочие любимые меморусы. Со стен исчезли дискуссионные шпаги, банджо, гитара, портрет Тура Хейердала, портрет самого Мозицера работы художника Бонишевского в стиле Буше. Перед столом стояла кассирша Виктория Шпритц и что-то смущенно делала руками, а в глубине комнаты под какой-то дикой диаграммой с неясным названием „Выход блюд" сидело еще одно новое лицо – огромнейшая молчаливо - веселая дама с папиросой.

– Простите, – сказал Ким, уже чувствуя непоправимое, но все-таки в атакующем интеллигентном стиле. – Простите, с кем имею честь?

– Борщов, – ответил захватчик стола в своем стиле, не поднимая головы. – Директор кафе „Волна". Вы?

– Весьма удивлен. Причем здесь волна? – спросил Ким, опираясь на стол ладонями.

– Не надо. Наваливаться, – директор поднял голову, но не к Киму, а к Шпритц. – Кто? Это?

– Это… Это… – замялась Виктория, – это наш Кимчик… Ким Аполлинариевич…

– Точ-нее, – попросил директор, открывая ящик, из которого явно было уже удалено все милое, а подчас и интимное содержимое и заменено сетчатой бумагой.

– Это наш … – Шпритц смущенно хихикнула. – Наш Командор и Хранитель Очага.

– Слышал, – директор углубился в бумаги и наступило полнейшее молчание. Ким чувствовал жгучий стыд, дичь, нелепость, чувствовал свои большие неуместные руки.

Дама в углу улыбнулась приятными, как карамели, пунцовыми губами.

– Да что же вы, Ким Аполлинарьич, стоите как неродной? Присаживайтесь.

– „Вот, черт возьми, живой человек", – с неожиданной благодарностью подумал Ким и бухнулся на стул рядом с крутым ее бедром, похожим на томную подводную лодку. Ткань маскировочного рисунка лишь усиливала интригующее сходство.

– Серафима Игнатьевна – наш новый буфетчик, – вполне по - человечески и даже с двумя - тремя калориями произнес директор.

– Очень приятно…

Самым нелепейшим образом Кимчик потянулся к ее руке, но неожиданно получилось вполне естественно и даже мило – простой поцелуй в руку.

– Вы … вы умеете, конечно, Серафима Игнатьевна, делать коктейль „Бегущая по нулям"?

Кимчик опять же неожиданно для себя уже зажурчал и уже посмотрел исподлобья – фавном.

– Серафима! Игнатьевна! Не бармен! Буфетчик! – вдруг закричал директор Борщов и отвернулся к окну, чуть - чуть дрожа.

– Я все умею, Ким Аполлинарьич, – мягко сказал буфетчик и затянулась из папироски дымом, на минуту удлинив свое лукавое лицо.

– Я подчеркиваю, Серафима Игнатьевна не бармен и коктейлей у нас на выходе не будет, – с мимолетным и далеким, как верхневолжская зарница, отчаянием проговорил Борщов.

Вновь воцарилось престранное молчание, которое продолжалось по часам три - четыре минуты.

– Как отпуск провели, Кимчик? – произнесла Шпритц. Она все волновалась.

– Гладил тигрят! – рявкнул Ким и вызывающе склонился к

столу Борщова, бывшему своему столу.

ОСОБЕННЫЙ ВЕЧЕР

Временами, когда совсем невмоготу, вспоминаешь и такое – да, гладил тигрят в их обычном жилище! Не всякому доводилось гладить хищных крошек, не у каждого ходит в друзьях дрессировщик тигров Баранов!

Вспоминая свое уходящее время, я стараюсь найти в нем светящиеся ядра, чтобы соединить их в молекулу пусть еле видимым, но все же существующим пунктиром, иначе и время само пропадает. Как спасти мне свое время – десятилетие, год, хотя бы свой отпуск?

Вот вы – ходи, пожалуйста, на пляж с двумя бутылками кефира и с горстью слив. Вот вы – плыви, пожалуйста, бабочкой, сгоняй жир, формуй изящную скульптуру. Все твое время превращается в один день, в приобретение скульптуры, в расплывчатое знойное марево, в облачко мошкары, в неясное воспоминание о покое, о сладкой потуге мышц. Кому незнакомо тревожное ускользание дней?

Пьянство и донжуанство – это погоня за временем, установка вех. Вечером под кипарисами Чеховского парка плавает вопросительная звезда, по всей вероятности, населенная. Тут и там со смытыми очертаньями лиц мелькают ловцы минут.

– Пойдем, дядя Коля, в ресторан. Потанцуем!

– В жизни я не ходил в эту обираловку.

– А в книгах написано, дядя Коля, – переживи любовь, войну и тюрьму.

– Пойдем!

Денег не жалко, свободы не жалко, не жалко даже мужской чести, лишь бы „было, что вспомнить" – такая суета!

Ах, черт возьми, такая ли уж суета, ведь отпуск не заполнишь „большими делами", „летний вечер все-таки хорош".

В знойный вечер под кипарисами выбираешь вариант: 1/мгновенно улететь в Архангельск,потратить все деньги и возвращаться пешком. 2/позвонить в „Интурист" немецкой виолончелистке Беатриссе Шауб, пригласить на шпацирен в тропический дендрарий, 3/отправиться к старику Баранову, проведать его котят.

И вот я: входишь в вольвер, их гладишь – младенцев, детей, подростков по шелковым спинам, заглядываешь в их глаза, где не созрела еще застойная тигриная ярость. Коричневые полосы под твоей рукой чередуются желтыми – таковы тигры. Клычонки подростков щелкают возле твоих рук: неверная, грубая ласка может обернуться трагедией. А по краю вольера кругами бродят взрослые самки, тоже страдают от утечки времени. Конечно, поблизости верный Баранов с пушечкой в кармане, с ласковым словом, с кнутом, но кто поручится – вдруг самка захочет поставить себе в биографии галочку ударом лапы по твоему загривку? Остро пахнет Уссурийской тайгой.

Словом, этот вечер особенный, от него можно считать свое жидкое время, свой отпуск, в обе стороны: это было до того, как я „гладил тигрят'', а то было уже после. А потому он особенный, этот вечер, что далеко не каждому дано гладить тигрят, а я их гладил!

Вернее,почти гладил. Фактически я мог бы их погладить, если бы не карантин. Неужели друг Баранов не позволил бы наперснику детских забав погладить своих питомцев, конечно, если бы он оказался в тот вечер в цирке? Словом, я их гладил!

В глухом таежном сентябре
летели птицы в серебре,
их вновь к себе звала природа,
а Ким Морзицер унывал,
он дни прошедшие считал,
такая у него порода –
глухой сырой лесоповал...

– Ну что, Мокрицер, все сочиняешь себе биографию?

Запущенная, но просторная однокомнатная квартира Морзицера, в которой он сейчас лежал себя на продавленной тахте, наполнилась гулкими шагами последней трети Ха - Ха. Паутинку провинциального сплина прервал огнедышащий Мемозов с легким, как стрекоза, гоночным велосипедом за спиной. Лайковое, замшевое, джинсовое великолепие, грозные пики нафабренных усов, кипень шевелюры Гуляй - поле, лаконичные жесткие стрелы в глазах, на груди, на запястьях поражали воображение. Киму захотелось спрятать в подушку свое траченое сплином лицо, спрятать заодно и подушку.

– Ну как, мимоза не чахнет с мороза? – со скрипом отпарировал он приветствие авангардиста, и тут же получил ежа за пазуху.

– Мимоза видит – ваша поза – какая гибельная проза: спиной вы для клопов угроза, но в то же время ваше пузо клопу приятная обуза.

С этими словами гость плюхнулся в кресло и положил ноги на телевизор.

– Морзицер, я забираю вашу квартиру! – таковы были его следующие слова, после которых хозяин перебросил на пол свои полные нагие ноги и беспомощно рявкнул:

– Этому не бывать!

Мемозов поморщился.

– Ах, вы, мокрицын хвост, вы все понимаете в буквальном, безнадежном смысле. И этот человек еще недавно вел за собой авангард? На свалку вам пора, собирайтесь на свалочку, бывший Командор и Хранитель Очага! Не нужна мне ваша нора, успокойтесь. У меня, между прочим, кооператив в столице на Авеню Парвеню – слыхали? – ну где вам! Увы, а может быть, „ура" – здесь, в вашей пресловутой научной фортеции Мемозов стоит в номере - люкс отеля „Ерофеич", которым вы все здесь так гордитесь, а на самом деле он ничем не лучше дома приезжих в райцентре Чердаки. Я заметил, что вы все здесь очень гордитесь своими сооружениями, вот идиотизм периферийной жизни! Скоро прибудет мое имущество, мои животные и черная бумага. Трепещите! Мемозов откроет кое-кому глаза на истинные ценности трехмерного пространства. Перестаньте хлюпать сапогом, Ким Аполлинариевич! Я имею в виду ваш нос. Принимаю извинения. Как? Предложить Мемозову жезл президента в каком-то фехтовально - танцевальном клубе? Это ваша идея, помесь Митрофанушки с Грушницким? Может быть, вы тоже в курсе моего так называемого бегства из ОДИ? Нет? Ваше счастье! Однако, моему патрону, этому винегретному старперу, кто-то уже напел в уши. Милый Букашкин, с такой внешностью выходить на международную арену! Говорят, что его признает Эразм Громсон – сомневаюсь! Громсон – лидер мыслящей молодежи, а ваша кочерыга... Кстати, вы знаете, что у вас со стариком общий предмет – Ритатулька Китоусова ? Ах, знаете– это уже мило. Вы, вообще, таракаша, пользуетесь успехом у определенного пола. При упоминании вашего благозвучного имени кое-кто начинает вибрировать. Кстати, знаете, новый способ объяснения в любви? Же ву зем, ай лав ю – давно на свалке. Ай фил ер вайбриэйшн! Чувствую вашу вибрацию! Каково? Рекомендую попробовать. Ах, вы хотите знать, кто вибрирует? Зайдите в салон „Угрюм - река" и будьте внимательны не только к экспонатам. Ух, жук - сердцеед, я слышал, здесь давно уже за вами укрепилась слава невообразимого монстра. Ну что вы, сразу за брюки ? Не стесняйтесь! Запомните, Морзицер, вы мне во враги не годитесь. Все ваши „инфернальные" идеи я знаю наперед. Все эти спальные мешки, фальшивые клады, лотереи со сколопендрами, трехгрошовые билеты – все это заканчивается хоровым пением под гитарку. Знаем мы ваши жалкие игры, престарелое молодящееся поколение! На свалочку, на свалочку! Дело не в этом. Мне нужна ваша квартира – вот в чем дело. Здесь я собираюсь после прибытия моего багажа устроить вечер Банка - 72, да такой, чтобы до Якутска качнуло, баллов на десять, по восьмибальной шкале, и чтобы повесть эта поползла по швам!

– Что ж, – сказал Ким, все-таки натягивая штаны. – Здесь может получиться своеобразная камера обскура.

– Браво! А вы все-таки не лишены! – воскликнул Мемозов.

Как мало было нужно потерянному Кимчику. Небрежный комплимент из уст нынешнего авангарда преобразил его. Вдруг появилась суетливая живость, трепетание пальцев над ренессансным пузом, былые огоньки в глазах и даже волосы взлохматились наподобие рожек.

– А что, в самом деле, старик, давай устроим нечто в своем роде инфернальное! Встряхнем китов! Ведь мы с тобой, старик, если объединимся...

Он осекся и неуверенно взглянул на Мемозова – готов ли тот к объединению? Мемозов стоял у окна, прямой и важный, непроницаемый и серьезный. На левой его ладони лежал миниатюрный стерилизатор.

– Вскипятите! – скомандовал он и протянул стерилизатор Киму.

– Колешься, старик? – со сладким ознобом выдохнул Ким.

– Не pro, а contra галлюцинаций, – с великолепной холодностью протянул авангардист и прикрыл глаза.

Кимчик бежал себе на кухню со стерилизатором и восторженно бормотал:

– Нет-нет, не халтурщик! Вот теперь мы скорешимся, вот пойдет скорешовочка. Саксаулом колется! Подумать страшно!

К полудню тучи похудели, как кошельки к концу недели, их звал в дорогу океан, к полудню сливки убежали, котлеты прогорели в сале и гарь заволокла диван, где ноги женские ласкали...

Теперь дым валил с кухни, сгоревшие сливки жареными пузырями летели в комнату, а потрясенная Маргарита цепочкой, одну за другой смоля сигареты, дымом отвечала на дым, в пятый раз перечитывала странные клочки перфокарт. Тоже изучила девочка за десятилетие алфавит современной науки.

ЕВРОПЕЙСКИЕ ПОДСТРОЧНИКИ

№37
Ты подбегаешь ко мне
по осенним сумеркам после дождя
на пустынной улочке готического града
ты подбегаешь
а за спиной твоей
башня и холодное небо
а между ними лужа
с этой башней и этим холодным небом
ты подбегаешь
и вот уже рядом со мной
твой золотой мех и бриллиантовые волосы
и встревоженные глаза
и мягкие губы
ты моя девочка
моя мать
моя проститутка
моя Дама
и ты уже вся разбросалась во мне
и шепот, и кожа и мех
и запекшиеся оболочки губ
и влажный язык
и никотиновый перегар
все уже на мне
все успокаивает меня
и засасывает в воронку твоего чувства
в холодной Центральной Европе
в ночной и не ждущей рассвета
в пустынной просвистанной ветром
нас только двое
и автомобиль за углом
теперь мы поедем по сливовым аллеям
и будем ехать всю ночь
и голова твоя будет спать у меня на коленях
под рулевым колесом
всю ночь под тихое рекламное радио
вдвоем под шепот печальной Европы
сквозь сливовую глухомань

вдвоем
но ты все подбегаешь
и подбегаешь
и между нами все лежит
лужа
с башней и куском холодного неба

„Тианственная" несравненная Марго задохнулась от совершенно „не - тианственной" ревности, смяла все эти лужи с башнями и судорожно схватила следующее:

№14
Да нелегко должно быть разыграть Гайдна
в этом безумном городе в разнузданном
Средиземноморье. Собраться втроем и
зажечь над пюпитрами свечи, сесть и
заиграть с завидным спокойствием и
даже мужеством
„Трио соль минор", то есть сообразить на троих.
В безумном городе,
где „стрейнджеры в ночи"
расквасят морду
в кровь о кирпичи,
приплыл на уголочек
с фонарем
кудрявый ангелочек
с финкарем.
В порту была получка...
Гулял? Не плачь!
Спрошу при случае
Хау мач?
Ты видишь случку
Луны и мачт?
Мы машинисты, а мы фетишисты, мы с перегона, а мы с перепоя, прокурились, пропились, голоса потеряли, теперь и голоса не продашь за христианских демократов.

Между тем они собрались: Альберт Саксонский — виолончель, Билли Квант — скрипка и Давид Шустер — фортепиано, и начали играть.
И их любимый Гайдн был сух и светел в своем настойчивом смирении.
Как чист, должно быть, был камень вдоль реки, все эти не-

мецкие плиты, вылизанные дождями, как кость языком старательного пса, и подсушенные альпийским ветром как чист, должно быть, был этот камень, когда по нему прошел Гайдн, стуча чистыми поношенными, но очень крепкими башмаками и медленно мелькая белыми шерстяными чулками

А я работала
по молодежи,
на „беркли" ботала
всю ночь до дрожи.
Агент полиции,
Служанка НАТО!
дрожа в прострации
крыл хиппи матом.
Опять вы, факкеры,
вопите – Дэвис!
А в мире фыркают
микробы флюис!
Агента по миру
пустили босым,
от смеху померли
моло - кососы.
Искали стычки
Мари с Хуаном,
в носы затычки
с марихуаной...
Толкнул гидальго
Герреро в спину
торговца падалью
и героином
потом кусочники
на кадиллаке
меня запсочили
в свои клоаки.

И нагулявшись до посинения носа он, Гайдн, входил в кондитерскую Сан - Суси, чтобы съесть солидный валик торта, запив его жарким глинтвейном, что пахнет корицей и ванилью.

Затем хозяйка, пышная Гертруда, в лиловой кофте прятавшая дыни и в черной юбке кремовую арку ворот немецкого сладчайшего Эдема, за ширмой покровительствовала Гайдну.

А вслед за тем помолодевший Гайдн просил свечу и прямо там за ширмой записывал остатками глинтвейна финал концерта в четырех частях.

И старческий здоровый желтый палец, так гармонично чувствуя природу, уже предвидел нынешнее трио в безумном пьяном горе-городке.

Альберт Саксонский, Билли Квант и Шустер Давид Михайлович играли с вдохновеньем и с уважением выслушивали поочередные соло и вновь самозабвенно выпиливали и выстукивали концовки печальных, но жизнеутверждающих кварт.

Все четверо были очень пристойны и специально для этого вечера одеты в рыжие от старости фраки и ортопедические ботинки. Никто из четверки не носил модной в то пятилетие растительности за исключением Шустера с его ассирийской пересыпанной нафталином бородой.

Мы говорим „четверо", потому что трио едва не перерастало в квартет, к свече просилась флейта и временами незримый коллега, тоже вполне приличный и печальный, подсвистывал на флейте. По вольности переводчика вокруг мансарды бродил Вадим, да-да – Вадим Китоусов.

Они ни к кому не обращались своей музыкой, но втайне надеялись, что не звуки, а хотя бы энергия звуков проникнет сквозь бит и пьяный гогот обобранных матросов тралового флота в подземный полусортир - полубар под железным цветком МАГНОЛИЯ, и там одна из девок в лиловой кофте и черной юбке почувствует своими высохшими ноздрями запах Гайдна, глинтвейна с корицей и ванилью, и во дворе притона прополощет рот и примет аспирину и выйдет в слякоть, в тот водоворот, где пьяные испанцы, негры, греки, шестого флота дылды - недоноски, шахтеры, жертвы дикой „дольче виты", растратчики в последних кутежах –

все носятся от столба к столбу, от автомата к автомату, торопясь влить в себя что-нибудь и конвульсивно сократиться… и каждый встречный гадок, но каждого можно умыть Гайдном и пожалеть собой.

О нет, она не будет их жалеть – хватит, нажалелась!– а жалости женской достойны лишь самые храбрые, те

трое – Альберт Саксонский, Билли Квант и Шустер – и
четвертый невидимый.
Для кого-то они храбреют
с каждым тактом
с каждой квартой
с каждым вечером на чердаке
и наливаются отвагой,
как груши
дунайским соком,
вот уж третий век
для жалости
Ищи мансарду нашу,
ведет тебя Вадим,
Там трое варят кашу,
Четвертый – невидим.
Задами ресторации,
скользя по потрохам,
пройди стену акаций,
тебя не тронет хам.
А тронет грязный циник –
пером пощекочи
и в занавес глициний
скользни в ночи.
Откинь последний шустик
пахучих мнемосерд...
...В окне малютка Шустер
и крошечный Альберт,
миниатюрный Билли,
игрушечный рояль...
Ах, как мы вас любили,
И как вам нас не жаль?!

Так им хотелось, а на самом деле она давно уже спала на драном канапе, которое много - много лет назад ее дедушка, учитель сольфеджио из Тироля, изысканный и печальный бастард - туберкулезник, привез сюда, в субтропики, называя его семейной / у бастарда-то!/ реликвией.

Она спала всем своим блаженным телом, блаженная лоснящаяся выдра, просвечивая острыми сосками и гладкими ключицами сквозь лиловую сетчатую шаль и завернув вывернутые балеринские бедра в черное и лоснящееся подобие бархата. Она спала крепко, потому что очень устала в связи с днем получки в порту.

Может быть — пожалеем все-таки музыкантов — может быть в этом глубоком сне ей казалось, что на краешек канапе присел ее прапрадедушка Гайдн и тихо гладит ее лицо своей большой губой, похожей на средневековый гриб - груздь из Шварцвальда.

Во всяком случае, она спала,
а Альберт Саксонский, Билли Квант и Дод Шустер заканчивали концерт
с редким мужеством,
с вдохновением,
с уважением и благоговением,
с высокой культурой, без всякого пижонства
и лишь с самым легким привкусом
ожесточения в последних тактах
....

Вадим Аполлинариевич Китоусов тем временем, не подозревая ничего особенного, то есть нехорошего, сидел за пультом установки „Выхухоль'', курил и, изредка поглядывая на приборы, следил за хитрыми перестроениями мю - мезонов.

Загнанные силой человеческого гения во внутренний дворик „Выхухоли'', мю - мезоны теперь хитрили, делали вид, что никто их сюда не загонял, а вроде они сами сюда зашли... ну, предположим, для репетиции парада. Они торжественно маршировали колонной по - восемь, расходились на две колонны по - четыре, перестраивались, перебегали, формировали каре, расходились веером, концентрировались в овал и все это движение было направлено к одной цели — скрыть, утаить от пытливого ума наблюдателей нечто единственное в своем роде, неповторимое, загнанное в „Выхухоль'' через полые черные шары вместе с ними, но к о т о р о е не отдадим никогда, ни за что.

По предположениям Великого - Салазкина, Ухары и Бутан - ага, а также по выкладкам Эрнеста Морковникова, маршировка мю - мезонов должна была иссякнуть через некоторое время, то ли через полчаса, то ли через полгода, и тогда с вероятностью -1^{72000} в глубине кадра мелькнет неуловимая Дабль - фью или хотя бы туфельку свою оставит. Велковески в своей Австралии выражал сомнение в успехе. Кроллинг почему-то надулся и ушел в себя, могучий Громсон со скандинавской седловины напутствовал исследователей добродушным, но неприятным смехом.

Контрольный эксперимент проводился на дочерней установке „Барракуда" за много тысяч миль в неприсоединившемся государстве, и потому Великий - Салазкин из своего кабинета держал связь с коллегами, как говорится, „сидел на телефоне". Нетрудно было убедиться в этом, подойдя к его дверям с латунными застежками - пуговицами.

– Ну - ну, – слышался из-за дверей голосок В - С, – а крючок-то какой номер? Кончай - кончай, Велковески, заливать, мы не маленькие... Так... так.... Ну, хорошо... гуд, Велковески – верю... медаль, говоришь, за рЕкорд?...конгретьюлейшенз тебе от всего сердца... я-то?... а я на прошлый вторник судачка взял полста на мормышку... на мормышку - на мормышку... не веришь? Обижаешь!

Вот так порой великие умы нашего времени борются со своим постоянным спутником – волнением. Автору не раз приходилось беседовать с великими умами о литературе, но рыбное дело помогает им больше.

Ну хорошо... Вадим Аполлинариевич, как уже было сказано, спокойно дежурил за пультом, не ожидая ничего нового, то есть, дурного. Рядом с ним сидел подопечный аспирант Уфуа - Буали, уроженец города Форт - Ломи, что в Экваториальной Африке. Китоусов добродушно шутил:

– Что же, Борис, получается? На дворе всего минус пять, а у тебя нос обморожен. Что же дальше-то будет?

Уфуа - Буали пылко парировал:

– Что вы ко мне берете с этим вашим моим носом? Что мне этот ваш мой нос, когда я-таки уже сижу перед этой чудненькой машинкой?

Аспирант говорил с дерибасовским акцентом, ибо окончил Одесский университет, и это было приятно Китоусову, потому что с Одессой его через Маргариту связывали родственные узы.

И вот задергались узы, зазвонило, загудело, замелькало на табло, в контрольный отсек всунулось сразу несколько физиономий:

– Китоусова к телефону! Вадим Аполлинариевич, на выход! Вадик, тебе Ритка звонит!

Такого за десять лет супружества еще не бывало – любимая звонит в разгар рабочего дня. Неужто соскучилась?

Аспиранты и техники следили за летящим доктором и теплые улыбки освещали суровые лица. Все знали о слабости Китоусова, о его безумной и вдохновенной моногамии.

Ну вот она, трубочка, нежная мембраночка, телефончик мой,

милый паучок, передай мне ласковую нотку.

– Оказывается, Китоус, у тебя есть своя собственная внутренняя жизнь?

Вот по таким, безусловно, по таким натянутым и острым нитям шел когда-то на казнь молодой Каварадосси.

– О чем ты, Рита?

– А вот об этом!

С еле сдержанной яростью она показала ему„это", но он не увидел „этого", хоть и старался, даже шею вытянул.

– Что там у тебя, Рита?

– А вот это! Не хитри и не финти! Я тебя, слава Богу, знаю, Китоус! Все твои комплексочки у меня на ладони, а теперь и новые вылезли.

– Да о чем ты, Рита?

– Об этих твоих... не вздумай врать, будто я словечек твоих не знаю!... Эти твои подстроч - ники... гениальные графоманские опусы... Я давно подозревала!

Уличенный в графомании стоял, опустив голову, в телефонном застенке. Теперь главное – вовремя спиной повернуться к проходящим коллегам, чтобы не видели багровой ряшки.

– И еще, понимаете ли, ев-ро-пей-ские! Это почему же они европейские, маэстро?

– А это я в Австрию ездил в прошлом году. Разве забыла?

– Уп-п-п!

Да она там просто взрывается, взрывается от ярости. Она только делает вид, что насмехается, а сама прямо клокочет, бедная девочка.

– Съездил один раз в Австрию и уже у него вся Центральная Европа! Графоман! И Средиземноморье и все такое...

– Риток, да это просто так, от нечего делать...

– Когда это тебе было нечего делать? ... И... и... Китоус, не хитри, давай покончим с этим... Кто это к тебе там бежит по лужам... Что за баба?

Да ведь она же ревнует! Маргарита просто ревнует! Она меня ревнует! Боже! Она от ревности бесится! О счастье! О слезы! О милая нагая красавица с разбуженным ревностью лицом! Ты стоишь на каменной лестнице, и волосы твои рассыпались по голым плечам, и груди торчат от ярости, все в тебе вздыбилось, все полыхает... всем страшно ходить мимо твоего крыльца, даже легионерам с копьями, а ты и не замечаешь своей наготы, потому что ревнуешь любимого, а там на горизонте уже все почернело, и дикой ревностью до краев полон вулкан, и так сейчас расколется – все статуи полетят! Лишь лист один кружит, летит к тебе на грудь, пожухлый лист каштана, один лишь просит о смирении...

– Да это, Рита, ты бежишь ко мне. Это воображение.

– Неправда! Я себя не узнаю! Это другая бежит!

– Да ладно тебе, Ритка! – ликующий голос Китоусова кружил вокруг трубки отнюдь не как пожухлый лист, а как вооруженный сладострастный жук - кусачка. – Да ладно тебе! Ну, лирическая героиня бежит. Да ну ее совсем! Ну, выброси куда-нибудь, ну хоть в форточку! Где нашла-то?

– Мемозов принес!

Недолго длилось торжество Вадима Аполлинариевича и прервалось оно так же внезапно, как и возникло – щелчок и кончено – майский полдень, жужжание и медосбор мгновенно испарились, и тут же заработали привычные системы. Как? Мемозов? Значит, она встречается с Мемозовым, а я даже не знаю? Что же я знаю?

Она лишь курит, курит и курит на своей тахте, а цвет лица между тем не портится. Да она нарочно разыграла здесь ревность, чтобы прикрыть свой адюльтерчик... свой романчик с этим ужасным сатанинским приезжим, с этим... Да-да, все ясно... какая искусная игра, вот тебе и тианственная Марго! Низость!

Но откуда у проклятого авангардиста мои „Подстрочники"? Да и как вообще все эти годы пропадали со стола мои перфокарты и почему они летали по воздуху там и сям?

Она проговорилась! Она, конечно, дала ему их сама, – но где она их поймала? – чтобы потом уже он дал их ей или наоборот он дал ей их, чтобы она, дав ему их, позвонила мне и сказала, что он их дал ей, но не говоря, что взял у нее, чтобы потом уже ей подсунуть для гадкой мистификации.

О ревность с гладкой кожей, преследующая меня как тень! О если бы ты была плоской как тень и могла бы сокращаться к полудню и вытягиваться на закате. О нет, ты ложишься рядом со мной в постель и кладешь мне ладонь на живот, как жена. Ты – малярия и продираешь меня ознобом средь шумного бала и в автобусе и в кино. Ты ядовитый закат над столицей, ты – целое озеро, отражающее закат и блестящие катышки автомобилей, ты однажды зажала меня в колодец и едва не сомкнула свои тридцатые этажи, ты, облепившая мое тело как мокрое шерстяное белье, ты – улетай!

Потрясенный, шаткий, бормочущий жалкие заклинания Китоусов спускался вниз, уровень за уровнем, в утробу Железки.

Надо сказать, что все институты и лаборатории Железки под землей были связаны друг с другом системой лифтов, тоннелей и переходов. Таким образом, можно было, не выходя на поверхность, попасть из тихого кабинета, где скромный географ меланхолически крутил глобус, выискивая на нем вмятины от плечей Атласа, в шумную залу, где нанизывали на нитки бусинки хромосом, а оттуда в лабиринты библиотеки, где гулко звучало слово „сапог”, умноженное на двенадцать языков, а еще дальше в микробную флору, в дебри агар - агара и выйти к подножию „Выхухоли” или к гигантскому треку, где шли адские гонки частиц, а дальше – оказаться в стерильном святилище, где с тихими, но многозначительными улыбками удаляют добровольцам червеобразные отростки... и так далее.

Такова была основополагающая мысль китов – наука едина!

Вадим Аполлинариевич с застывшей любезностью на лице входил в лифты, опускался по лестницам, вихлялся в тоннелях и сам не знал, куда идет. Коллеги, старые его товарищи, попадавшиеся навстречу, понимали все по его лицу и знали, куда он идет – в ИГЕН Вадюха плетется, к своему корешу Слону, плакаться в жилетку, на Ритку стучать.

Великолепная десятиборческая фигура Павла Аполлинариевича стояла в углу кабинета, упираясь правой ногой в батарею отопления, левой ногой в пол, правой рукой в книжную полку, левой рукой себе в бок. Поза была, короче говоря, грустная, и взгляд, устремленный в окно на башенки обсерватории, торчащие из тайги, наподобие семейки боровиков, взгляд тоже был невеселый. Что ж, немудрено загрустить после спектрального анализа яйцеклетки австралийского зверька „ленивца” или внедрения в ганглии прусского таракана.

В кабинете профессора Слона было много неожиданных и, казалось бы, не относящихся к генетике предметов: барабанная установка для институтского джаза, вратарская маска, вымпел лейб - гвардии гусарского полка... – но центральное место занимал огромный фотопортрет странной птицы цапли, которая стояла, поджав ногу, среди болотистой Европы, со смущенным и милым выражением своего дурацкого лица.

– Здравствуй, Павел, – вздохнув, сказал Китоусов.

– Садись, Дим, – не оборачиваясь, ответил Слон, все еще витая в разреженном пространстве уныния.

– Что это у тебя? Цапля? – спросил Вадим, лихорадочно соображая – как же подойти к теме, как же поведать обо всем, расколоться ли, поймет ли Пашка? – как будто уже сотни раз не раскалывался он в этом кабинете, не подходил к теме, как будто не находил дружеской поддержки в трубных репликах Слона.

– Да, цапля! – вдруг сильно и твердо ответил Павел, снял ногу с батареи и повернулся к гостю, уже живой и наполненный чувством.

– Красивая птица, – промямлил Вадим, глядя на тускло серебристый отлив оперенья, на длинную ногу и виновато опущенный клюв болотной примадонны.

– Ага! Я знал, что тебе она понравится! – вскричал Павел и швырнул на стол кипу фотографий: прогулка цапли просто так, прогулка цапли кое-зачем, разглядывание кое-чего, охота и поедание кое-кого и, наконец, цапля в полете – крупный план, средний и общий – над низким туманом, из которого поднимаются круглые кроны дерев сытой и влажной Восточной Европы.

– Она изящна! – с горечью сказал Вадим.

– Мало того! – опять же на высокой ноте, на крике подхватил Павел. – Она романтична никак не менее чайки, она, если хочешь, тианственна, как твоя Маргошка и бабственна, как моя Наталья, но как она, бедная, робка и не уверена в себе, как она стыдится своих ног и клюва, своих лягушек, танцующих данс - макабр в ее тесном элегантном желудке.

ЦАПЛЯ

Однажды я жил в Прибалтике, на песчаной косе. Получил койку в так называемом пансионате швейников. Пансионат был крошечный – на 15 мест – и плохой – простыни сырые, вода ржавая – да к тому же еще и фальшивый – ни одного швейника в нем, конечно, не было. Весь первый этаж с относительным комфортом заняло шумное кустистое семейство какого-то короля бытовой химии, и лишь в мансарде, сырой и ржавой, жили посторонние: Леша – сторож, Леша – слесарь и я.

Леша-слесарь отдыхал своеобразно. Открыл окно, сел возле него в трусах и в майке и стал играть на гармонии. Играет и курит сигареты, а спросишь о чем-нибудь – улыбается.

Леша-сторож ваньку валял, почти ничего не говорил, а мыча, притворялся слабоумным, таскал из леса огромные корзины грибов, обрабатывал их прямо в комнате и развешивал на сушку. Потом осенью я его встретил на Терентьевском рынке, в джинсах „Леви Страус" и в замшевой куртке, он там эти грибочки толкал по трешке за вязку. Все верно рассчитал чувак: год-то был негрибной, мирный год сосуществования.

Не знаю уж, как я оказался в этом пансионате, то ли диссертацию собирался закончить, то ли от наташкиного бабизма сбежал в очередной раз, дело не в этом, а в том, почему я там оставался. Я тогда на подъем был легок и гроши уже водились, мог в один момент перелететь куда-нибудь в Коктебель, в пещеру, к своим ребятам в Сердоликовую бухту.

Пансионат этот стоял на отшибе на плоском лугу, окаймленном большими деревьями, а за ними сквозил туман и гниль какая-то. Казалось бы, полная и удушающая глухомань, но, странное дело, по ночам меня охватывало волшебное, может быть, даже поэтическое ощущение „всего мира".

По ночам, изнемогая от запаха прелых грибов, я выходил на терраску и слышал крики какой-то птицы, глухие, тревожные и как будто стыдливые, а потом доносился шум больших крыльев, и совсем рядом, в темноте, я чувствовал чей-то тяжелый, неуклюжий, но неудержимый полет. Это была цапля, старик. По ночам она зачем-то летала в Польшу.

Это я узнал позже, а в первые ночи я просто слушал ее крики, ее полет и чувствовал какое-то восторженное волнение, прелесть и сырость жизни, природы, кипень листвы во всей Европе, от Урала до Гибралтара, и все ее спящие города, гулкие ночные улицы и невыразимую – тианственную, – старик, женственность ночи. Мне хотелось куда-то сорваться, помчаться, покатить, чтобы поймать очарование, но я был уже зрелым и битым и знал, что при малейшем движении все исчезнет и потому стоял и прислушивался к угасающим крикам.

– Цапля - уука уукае, уадла, – однажды прогундосил в комнате Леша - сторож. Он ведь был художником, непризнанным гением, и цапля ему тоже не давала спать.

Рано утром, в тумане, она возвращалась из Польши в наш заливчик, и однажды я вышел ее встречать. Вначале в густом и грязноватом молоке слышался только нарастающий шум крыльев, потом солнце посеребрило водяные капли, туман рассеялся, обозначилась некая даль, и прямо на меня вылетела большущая дурацкая птица. Она увидела меня и попыталась резко свернуть, но это у нее не получилось, она неуклюже ухнулась на нижний этаж и полетела вдоль берега, таща за собой ноги с выпирающими коленками, оттянутые назад с претензией на стремительность.

Она пролетела совсем близко и даже глянула на меня своим круглым глазом, который располагается у нее прямо над клювом, а клюв, то есть рот, сложен у нее в глуповатую и застенчивую улыбку, а взгляд ее говорит – ах, я знаю, как ужасны мои ноги, что так нелепо, как тяжелые сучья, тащатся за мной в полете, ах, я несчастна!

С тех пор я встречал ее не раз, может быть, каждый день. Скажу больше, старик, я искал встреч. Я выходил на гребешок дюны над мелкой, поросшей травой заводью, садился и ждал цаплю, и она появлялась из-за мыса и застывала с поднятой ногой при виде загорелого мужчины, то есть меня, останавливалась, как дурнушка - переросток, скованная смущением.

А ночью я ее, к сожалению, не видел, а слышал лишь крики, тревожные, глухие и страстные, и шум крыльев. Может быть, в Польше у нее был друг, и она летала на рандеву? Вообрази себе любовный акт цапли, старик. Разве не продирает тебя по коже озноб жалости, восторга?

Однажды, ближе уже к осени, я встретил ее на автобусной остановке. Успокойся, мой друг, это шутка, гипербола, художественное преувеличение.

Была ночь, и лил дождь, и я зашел под навес остановки перекурить. Чиркнул зажигалкой и увидел в углу понурое существо, девочку - цаплю. Вода стекала с ее слипшихся волос и с коротенькой болоньи и под голенастыми ногами натекла лужица, а в глазах вот все это и было – там жила цапля с ее стыдом, мольбой и надеждой на встречу. Сначала я опешил, а потом заговорил с ней, но она отвечала непонятными междометиями и короткими фразами на местном языке.

Что же получалось? Да ничего, как обычно, ничего не получалось. Она уехала, а вскоре и я уехал. На несколько лет я забыл про эту птицу, а вот сейчас, старик, скоро мне уже сорок, и я все чаще думаю о ней. Мне хотелось бы внедриться в ее гено-код, старик, отыскать ту хромосому, которая не давала спать мне и Леше - сторожу и вызывала ощущение „всего мира”, этого летучего, мгновенно испаряющегося аромата, который могут поймать только юные ноздри, да и то не всякие...

Павел Слон выглядел несколько смущенным, хотя и похохатывал временами и слегка нажимал ногой педаль барабанной установки. Вадим курил уже третью сигарету и молчал. Вот и поговорили „на тему”, и ничего не скажешь, чуткий Пашка мигом уловил „мое” и соединил его со „своим”, вот и получилось, что теперь вроде бы и нелепо говорить о каком-то Мемозове.

– Смешно сказать, – тихо проговорил он, – но это вроде бы похоже на нашу Дабль - фью. Надо бы с Вэсом поделиться. Не находишь? Знаешь, Паша, я хотел бы тебе дать почитать кое-какие подстрочники... ты бы...

– Конечно, – весело сказал Слон, – обязательно дай или еще лучше вслух почитай. Я люблю, когда ты читаешь. Купим пива, заберемся куда-нибудь и почитаем. Идет?

– Но этого сейчас нет у меня, – с досадой поморщился Китоусов, и тяжесть подозрений, связанных с „этим", тяжесть предстоящего разговора с женой снова омрачила его дух.

Тут зазвонил телефон. Павел снял трубку.

– Это зоопарк? – услышал со своего места Вадим комариный злодейски - настырный голос.

– Да, Слон у телефона, – спокойно ответил Павел Аполлинариевич. Уж к чему, а к этим шуточкам можно привыкнуть за сорок лет с такой фамилией.

– Мемозов звонит, – сказал Павел Вадиму, прикрыв трубку. – Ищет меня и тебя.

– Мемозов! – вскричал Вадим Аполлинариевич, вскакивая и непроизвольно хватая барабанные палочки.

– Е-е-е, – насмешливо зудел рядом комарик. – Вадик-то вскочил с барабанными палочками! Прямо „Мститель из Эльдорадо"! Е-е-е, каков интеллектуал! А где самоконтроль, Вадим Аполлинариевич?

Китоусов выхватил у Слона трубку.

– Вы! Мемозов! Это вы? Да чао, чао, черт вас побери! Молчите! Где вы взяли мои подстрочники, мои перфокарты для передачи моей жене или почему вы отдали их ей после того, как она их вам передала, сама не зная, откуда они у нее взялись, скорее всего от вас, а затем изображаете? Почему вы не отвечаете?

– Молчу, – гмыкнул Мемозов. – По вашему приказу.

– Отвечайте!

– Пожалуйста. Это вы насчет тех листочков, что ли, Вадим, которые выпорхнули из вашей форточки, когда я ночью колдовал на пустыре возле вашего дома и будировал ваше воображение обыкновенным магнитофоном с записью криков цапли, насчет этого, что ли? Да я их тут же подхватил и отдал, не читая, вашей лучшей половинке, а она спать хотела и тоже не стала читать. Это что-то ваше интимное в манере раннего Вознесенского, не так ли? Между прочим, огорчу вас, устарел ваш любимый поэт, на свалочку пора!

– Да вы... да вы... – давно уже продирался Вадим сквозь трескотню авангардиста со своим „да вы". – Да вы, Мемозов, кто такой? Чем вы у нас тут в Пихтах занимаетесь?

– Кто я такой и чем занимаюсь, это выяснится позднее, а вот вы – нытик, Аполлинарьич. Свалка по вам тоже тоскует. Не знаю уж почему это женщины из-за вас с ума сходят.

Китоусов задохнулся от оглушительной ураганной новости.

– Это кто же сходит?

– Да вот подруга вашего друга, который сейчас не иначе как на подоконнике сидит во вратарской маске, прямо, между прочим, задохнулась вчера в „Угрюм - реке", когда речь зашла о вас. Кстати, у мадам Натали сегодня день рождения, вы не забыли? Бальзаковским дамам лучше не напоминать об этих сладостных датах, они никогда не испытывают свойственных мужчинам эмоций гордости своим стажем, пройденным путем, но все-таки мне кажется, многодетная мать - слониха будет рада, если предмет ее грез, – о грезы сибирских интеллектуалочек! – явится к ней с букетиком бельгийских скоростных гвоздик без запаха, но с намеком.

– Вы думаете? – опять же неожиданно для себя задумчиво - деловым тоном спросил Вадим. Он чувствовал поразительную новизну жизни, как будто комнату наполнили вместо воздуха каким-то другим живительным газом. В него влюблены?! Некто влюблен в него? Некая женщина влюблена в Китоусова и даже чуть не задохнулась от волнения в салоне „Угрюм - река"? Наташка, жена моего ближайшего кореша, да что же это такое? Фантастика!

Услужливая романтическая память тут же включила палубу черноморского теплохода, бакланов за кормой, далекий серый горизонт, музыку из динамика, а если, мол, узнаю, что друг влюблен, а я на его пути... О как распахнуты дали земли, от Констанцы и до Батуми!...

– Чего он там? – с добродушной улыбкой сквозь прорези вратарской маски спросил Слон.

– Да так, трепология... – снова неожиданно для себя скрыл, утаил, припрятал от друга подарочек Вадим.

– Ну и типичка вывез В - С на этот раз из столицы, – вздохнул Слон. – Далеко не самый шикарный экземпляр!

– Передайте трубку Слону! – тут же скомандовал Мемозов и закричал уже Павлу в ухо: – Я, собственно, вам звоню по вопросам культурного роста. Намечаю одно спиритуальное действо под названием Банка - 72, но, заметьте, без капли алкоголя. Постараюсь доказать, что я именно тот самый шикарный экземпляр и лучшего в столице не найти. Короче, продырявлю слоновью шкуру. Эх, горе - олимпийцы! На свалочку! На свалочку! Придете? Не струсите? Кстати, чтоб вас заинтриговать, сообщаю, что известная вам тианственная красавица тоже будет...

– А причем тут... – Павел хотел сказать: „причем тут Ритка", но поперхнулся и, глянув на друга, добурчал, – это? Причем тут это?

— Да так, — лукаво замялся Мемозов, — так, между прочим, может быть, и нет ничего, может быть, только показалось.

— А что вам показалось? — железным голосом спросил Слон. Он стоял теперь, отвернувшись от Вадима, выпрямившись и расставив ноги, рыцарская фигура в дурацкой маске. Он видел себя краем глаза в зеркале и не узнавал, казался себе каким-то совершенно новым, несгибаемым и ужасным существом, каким-то нибелунгом.

— Да так, знаете, может, у Ритатульки просто запоздалые романтические толчки, — гнусавил Мемозов в трубку. Знаете, красавицы сейчас редкие птички... ну мы беседовали с ней о любви как о творческом акте... ну и она сказала, но не мне, а как бы на ветер, как бы в форточку... уж, если, говорит, любить, то только слона. Может, она и не вас имела в виду...

Мемозов выскочил из телефонной будки, прыгнул в седло своей алюминиевой стрекозочки и покатил вдоль бульвара Резерфорда, всем на удивление крутя педали кривоватыми ногами, управляя мощным торсом, звеня руками, ртом напевая жестокую импровизацию, горя глазами, полыхая шевелюрой, то ли артист, то ли хиппи, то ли беглый ассириец из Ирана. Милиция города Пихты его не задерживала, думая, что это новый тип научного человека.

Между тем, кто же такой Мемозов и распространенный ли, действительный ли это тип? Читатель вправе развести руками и сказать с резоном, что среди его знакомых таких или похожих персонажей нет. И в самом деле редкость. Вот автор, собиратель разных типов, делился с друзьями сомнениями, спрашивал — не встречался ли им, а они тоже собиратели типов, какой-нибудь второй Мемозов, ведь там, где пара, там уже явление. Нет, отвечали друзья, вторые нам не встречались, а Мемозова кто ж не знает — не далее как вчера он нам /мне/ звонил, приходил со своим орлом, звал пить вытяжку из коренных зубов каспийского морзверя, его мы /я/ знаем.

Что ж добавить? По слухам, когда-то был мальчик не из последних дюжин, но и не выделился в процессе высшего образования во что-то совсем уж необыкновенное. Потом куда-то исчез, что-то передумал, для чего-то созрел и вот, появился неузнаваемым, победительным, отрицателем шестидесятых и неким альбатросом нарождающихся семидесятых, молодым человеком в зоне первого старения, то есть в самом сочку - с, да к тому же обогащенный парапсихическими талантами, ну, то есть сгусток нечеловеческих энергий: телепатия, телекинезис, звуковые волны, йога, хиромантия, иглоукалывание, черный юмор, древняя магия, лиловое колдовство, а где зарплату получает – никому не известно.

Одно время в ресторане и во всех трех буфетах ОДИ целую неделю только и разговоров было о Мемозове. Звали в гости на Мемозова, соревновались в услугах. Мемозов был окончательным судьей в оценке вещи, пьесы, лица, фигуры. И вдруг, говорят, все у него полетело. Говорят, какие-то козни, говорят, паутина неудач, будто бы кто-то салфетками по носу отхлестал и назвал „оценки" – „сплетнями". И вот – канул, ушел на дно. Без всякого сомнения – вынырнет, но кем? Мельмотом? Аквалангистом? Кашалотом? Иль фигою мелькнет иной? Пока что – канул.

Но куда ж он канул? Это для вас, изысканные комильфоты с Разгуляя, может быть, Мемозов и канул в тартарары, а для нас – вот он катит, бренча бубенчиками, звеня бубнами, подвывая импровизацией, не велосипедист, а биокинетическая скульптура, катит к торговому центру „Ледовитый океан".x/

В торговом центре тем временем проходила аудиенция директора Крафаилова и главного дружелюба Агафона Ананьева.

– Где партия итальянского джерси? – с мучением, тоской, с невидимыми миру слезами спрашивал директор. Боже ты мой, здесь, рядом с величественной Железкой, рядом с сокровенной тайной существует древнее затхлое псевдоискусство воровства, мышиные катышки?

– Это остров такой есть Джерси, – Агафон Ананьев затуманился, как капитан дальнего плавания.

– Что? Что? Что? – стальные обручи криминального абсурда давили чело Крафаилова.

– Вы же мне сами говорили, Ипполит Аполлинариевич, чтоб я книжки читал, – обиженно заныл Ананьев. – Вот я прочел про остров Джерси в Иракском море.

– В Ирландском! – вскричал Крафаилов и тут же схватил себя левой кистью за правое запястье и толчками пальцев отогнал кровь из опасного органа – кулака, которому порой не свойственна то-лерант-ность.

– Где джерси? – тихо, душевно, глубинно повторил он свой вопрос и глазами миссионера заглянул в ананьевские квасные бочаги. – Отвечайте мне, Агафон, по - человечески. Сплавили в Чердаки?

---

x/ Автор вновь выражает свое недоумение и опаску – для чего приехал Мемозов в Пихты и не посягает ли он на главное – на саму повесть, на Железку?

Вот злой „Карфаген" у Ипполита Аполлинариевича под боком — проклятые Чердаки: некогда было большое разбойное село, сейчас обычный райцентр, с обычным, отнюдь неплохим, ничуть не хуже пихтинского, снабжением. Так нет, почему-то карфагеняне, то бишь чердаковцы, свято верили в то, что „физикам подбрасывают", и каждое утро от автобусной станции двигалась процессия с мешками — за дефицитом. Хватали пластмассовых коней, по пять - по шесть штук — в чем дело? Зачем? — лукавили: для деток, — а сами точно и не знали, зачем им лошади; может, гены жиганские пошаливали?

— Ипполит Аполлинариевич, вы меня знаете, — плакал уксусными слезами Агафон Ананьев и подбрасывал из портфеля на стол начальнику бумагу за бумагой, крупные листья с резолюциями, четвертушки коротких указаний, дактилоскопические шедевры накладных. — Вот вся документация перед вами, и душа моя, как этот портфель, чистая перед вами, за исключением умывальных принадлежностей. Вы, Ипполит Аполлинариевич, помните, как польское мыло у нас пошло? Помните! А за истекший квартал подвоз был по части канцпринадлежностей ниже среднего. Я ему говорю: что же, Бескардонный, вы нас опять на лимит с полотенцами взяли, а он мне анекдот про дирижабль рассказывает, как будто я не знаю, живя в научном центре. Вот получается, Ипполит Аполлинариевич, просишь гвозди, дают мыло, просишь доски — дают чай, но все-таки, врать не буду, автомобильные сиденья у нас не затоварились, и дружелюбием, Ипполит Аполлинариевич, покупатель доволен. Часто выходит со слезьми.

Таким образом Агафон Ананьев полностью исчерпал вопрос об итальянском джерси и сразу успокоился.

— Эх, Агафон - Агафон, Агафон - Агафон - Агафон, —горько прошептал Крафаилов, растрепал предложенные бумаги и отвернулся в окно. За окном на ветке хвойного растения покачивался ворон Эрнест одна тысяча четыреста семьдесят второго года рождения. Значит, и Августин где-то здесь рыщет, милый друг, все его любят, да и как не любить разумное существо?

Агафон Ананьев снова заплакал.

— Вы меня, Ипполит Аполлинариевич подняли со дна жизни, вовек не забуду, обучили английскому языку. Да я ради „Ледовитого океана" ни жены, ни тещи не пожалею, а ради вас, Ипполит Аполлинариевич, что хотите... даже вот свой „сок и джем" не пожалею!

— Позвольте, Агафон, но фургончик — не ваша собственность! Он принадлежит „Ледовитому", а, следовательно, Министерству торговли, а далее — государству, народу!

Крафаилов даже встал и застыл со своей загипсованной рукой.

Застыла и правая его рука в середине кругового объясняющего жеста.

Ананьев тоже встал и вытер слезы рукавом, все сразу. Обиженно поджав губы, он удалился в угол, рванул из кармана беломорину, смял в зубах. Не любил дружелюб, когда кололи ему глаза фургончиком, даже друзьям не прощал.

Неизвестно, сколько бы времени бы продолжалось бы молчанье, если вдруг бы не открылась дверь и в кабинет не въехал бы заморский бы путешественник на жужжащем бы велосипеде.

– Навилатронгвакарапхеу, – приветствовал иностранец присутствующих на незнакомом языке „лихи". – Время убегает, господа негоцианты, а человечество ждет наших усилий, как сказал Марко Поло на приеме в Гуан - чжоу.

Агафон Ананьев при виде иностранцев преобразился, весь задрожал – May I help you? и разлетелся с мокрыми вихрами и беломориной на манер дружелюба - полового из трактира „Тестофф", что на Рю де Риволи в самом конце направо или налево. – Иностранец же сел прямо на директорский стол и жестом показал, что в помощи не нуждается.

– Ну как, Мемозов, вы у нас здесь акклиматизируетесь? – с профессиональным дружелюбием, но без чувства спросил Крафаилов.

– Вполне, – ответил гость, полируя ногти директорским пресс - папье, – вчера, например, по соседству в Чердаках купил себе джерси.

– Так, – твердо сказал Крафаилов и всю ненужную документацию смахнул в ящик, а ящик задвинул – с треском.

– В Чердаках? – растерянно прищурился на Мемозова Агафон.

– В Чердаках!

– Джерси?

– Джерси!

– И почем же?

– По рублю!

– Ха - ха, – Ананьев ожил и очень запрезирал фальшивого иностранца. – Вы слышите, Ипполит Аполлинариевич, джерси купил по рублю!

– Чучело музейное, веник! – мягко обратился Мемозов к старшему дружелюбу и обращением этим просто ошеломил Крафаилова: какое неожиданное и ослепляющее оскорбление незнакомого человека – веник!

Войти и прямо с порога так метко оскорбить старшего дружелюба! Крафаилов даже замер, ожидая развития событий, но развития не последовало. Агафон усмехнулся на оскорбление и снова зауважал „иностранца".

– Скоро все будет стоить рубль, – сказал Мемозов Ананьеву. – Готовится реформа. Как так? А вот так – в экспериментальном порядке на месяц вводится система „один рубль". Дача с мансардой – один рубль, спичек коробок – тоже рубль. Понял, веник? Путевку заграницу рубль, стакан воды – рубль. Дошло?

– Это точно? – Агафон даже рот открыл от недостатка воздуха: весь кислород в организме мгновенно закружился в ослепительной мозговой работе, превращая рубли в дачи и путевки, презрительно отметая спички и газировку.

– Такой проект, – уклончиво ответил Мемозов. – Новый компьютор вычислил для развития торговой инициативы.

– Так - так - так, – в глазах Ананьева запрыгали цыфири, как на нью - йоркской фондовой бирже. – Значит, если у гражданина есть рубль, то он может и поллитра скушать, и дачу купить?

– И дачу, – кивнул Мемозов.

– И с обстановкой?

– Можно и с обстановкой.

– Да ведь все же купят! – вскричал обеспокоенный новой мыслью дружелюб. – Что ж получится?

„Если все купят дачи с мансардами, какая в них будет радость? Да и хватит ли на всех?"

– Нет, ты не все усек, Агафоша, – сказал Мемозов, мощно спрыгнул со стола, загнал дружелюба в угол, прижал, подтянул ему черный галстук - регат со зловещей серебряной канителью, плюнув на ладонь, пригладил космы, вырвал из зубов беломорину. – Придется мне тебе объяснить принцип новых товарных отношений. У тебя один рубль, ты покупаешь дачу и ночуешь в ней, но утром тебе хочется съесть батон, а он тоже стоит один рубль. Тогда что ты делаешь? Отламываешь от дачи дверь и продаешь кому-нибудь за рубль, и теперь у тебя уже есть рубль для батона. Понял?

Да ведь я за рубль всю булочную могу купить!? – в ужасе завопил прижатый в углу Агафон. Поистине адские бесконечные перспективы распахнулись вдруг перед ним.

– Можешь, – согласился Мемозов, – и покупай на здоровье, но если вечером тебе нужна бутылка пива или билет в кино, ты продаешь кому-нибудь или всю булочную или один пряник. Понял?

Ананьев, сверкнув глазами, закричал дико и оглушительно:
– Думаю!

Мемозов отпустил Ананьева, вновь прыгнул на стол, миниатюрным задком прямо на книги – Гете, Писарев, Дон Кихот – причесался агафоновской расческой и дружески подмигнул Крафаилову – мы-то, мол, с вами понимаем законы черного юмора.

– Зачем вы так? – мягко спросил Крафаилов и кашлянул, чтобы заглушить щелчок магнитофона. Музыка, одна только музыка своими гармониями вернет Агафона Ананьева к алтарю нормальной прогрессивной торговли, усмирит ретивый и неприятный пыл экзотического пришельца. Бах, Гендель, Скарлатти, на вас надежда.

Вот полилось, поплыло, закачалась ладья, взошел под медовой луной старинный парус с контурами креста – в спокойном величественном бездумии трогайся по медовой дорожке, и тебя обнимет воздух лагуны, и тяжесть, тревога за близких, за свое дело, и весь утиль неясных отношений останутся за кормой.

„ СЕЛЯВИ "

Порой хочется стать птицей или птицеловом, что по сути дела одно и то же. Есть летние края птичьей свободы и летучие люди с маленьким, но крепким кодексом чести. Да, есть такие люди, которым и музыка не нужна – они и без музыки покачиваются в уплывающей лодочке. Казалось бы, они – эгоисты и ни о ком постороннем не думают. Может быть, оно и так, но себя они держат в чистоте.

Однажды я помню: душа моя ныла как ссадина, ей было колко и липко, как ссадине под грубой и грязной тканью. Я миновал кольцо 23-го маршрута, прошел под стенами лесопилки, сквозь облако мелкой стружки и вышел на полотно железной дороги. Здесь вдоль забора стояли кучками мужчины, а на штабелях шпал лежало их имущество – алкоголь с луком. Ох, как заныла ссадина у меня внутри, и органы мгновенной судорогой шкрябнули друг о друга, когда я увидел эти фигуры темносиних, темночерных и темнокоричневых колеров, смазанные недавним дождем. Когда-нибудь на пустом этом зеленом заборе повесят веночек и выбьют надпись неокисляющейся латунью: „Здесь была добровольно расстреляна алкоголем группа лиц прошедшего времени."

Я поставил себя к зеленому забору в одну из слипшихся кучек, над которыми безусловно витал крохотный ангелочек похмельного мужского братства, и, содрогаясь, запрыгал через полотно к другому полюсу жизни – к лесопарку, в глубине коего женский голос пел итальянский романс из окон инфекционного отделения соседней больницы.

Недавно еще прошел мощный теплый ливень и лесопарк дымился парными лужами, серебрился листвой, шутил мини - радугами. Я пошел по тропинке как посторонний и нелепый предмет в этой игре.

Затем я увидел малого, который сидел рядом с большой лужей, похожей очертаниями на Аппенинский полуостров. Он привалился спиной к стволу лиственницы и спал, храня свой чуть покалеченный подбородок на обнаженной и крепкой, еще не заросшей колючей про волокой груди, украшенной к тому же цепочкой с простым пятаком.

Малый похрапывал, вытянув к дымящейся луже длинные ноги в хлипких джинсиках „мильтон", он был в лоскуты пьян, но пьян сладко, свободно и весело, и сон его был свободным и сладким, наипрекраснейший сон, позавидуешь. К тому же он был румян, лохмат и, несмотря на пьяный сон, весь на полном взводе.

Я постоял и посмотрел на него немного, а потом, борясь с легким стыдом, сел на другой стороне лужи и привалился спиной к другому дереву, кажется, клену. Кажется, это на клене вырастают в се редине лета эдакие прозрачные зеленоватые пропеллерочки, вот надо мной они висели и с них на меня падали капли.

Существо, которое спит блаженным сном, не знает ссадин, уже покарябанное существо, которому ниспосылается такой сон, просыпается здоровым.

– Вот сука, – весело сказал парень. Он проснулся и ощупывал теперь свою челюсть.

– Закурить есть? – спросил он меня.

Я бросил ему через лужу пачку, и он совсем повеселел, увидев верблюда и минареты, зачерпнул ладонью из лужи, умылся и закурил с полнейшим наслаждением.

– Селяви, – сказал он и пояснил мне: – Существует такая ослиная колбаса.

– После этого он резко спружинил от сосны и встал на ноги как акробат.

– Пока, – помахал он мне рукой и взялся удаляться среди мокрых дерев и луж, где прыгая, а где хлюпая прямо по воде.

– Ты куда сейчас? – крикнул я ему вслед.

– К бабе! – крикнул он, не оборачиваясь.

– А потом куда? – крикнул я.

Он гулко захохотал, прибавил шагу, замелькал разноцветными огурцами своей рубашки, но все-таки ответил:

– А потом в лопухи! В лопухи уйду. В лопухах ищи мой кудрявый, как у римлянина, затылок, в цитадели лопушиного лопушизма, где листья словно шляпы, а репейник в середочке лилов, а по пе-рифе-ри-и зеленые колючки, не всякий и пройдет туда ко мне, а я там лежу, на щите тепловой ямы закатными вечерами, и птиц ловлю, которые не прилетают, а если соберешься, без банки не приходи, иначе не услышишь урбанистической симфонии родного града!

В последний раз под размочаленной кединой вдрызг разлетелось зеркало души, и искры ослепили меня и долго падали как салют, а потом, то ли я заснул, то ли вылетел у меня из памяти промежуток жизни, но сразу же перед глазами возник жесткий белый снег сумасшедшего склона, и мастер горнолыжного спорта Валерий Серебро, трюкач беспутной киногруппы ,,Отсюда – в пропасть''.

У Валеры лицо жесткого красного цвета, и с этого лица за долгие спортивные годы встречным ветром удалено все лишнее, подрезаны скулы и щеки, стянуты в узелок корни мимических мышц, а глаза Валерины кажутся просто дырками в жесткое синее небо Третьего Чегета.

– Я так рассуждаю, – думал он в перерывах между дублями, – я рассуждаю так: если у тебя боязнь высоты – сиди внизу с девочками, и пусть тебя дублирует тот, у кого боязнь равнины. Правильно я рассуждаю? Вот я расписываюсь в ведомости и получаю все башли, по полста за съемочный день с шестью паденьями. Всего выходит бешеная сумма. Жены нет, о детях ничего неизвестно – все внизу; есть много плюсов и много минусов в тридцатипятилетнем возрасте. Я правильно рассуждаю? Есть тяга к литературе и воспоминания о туберкулезном плеврите, немало было и сердечных неудач, что даже облагораживает, я так рассуждаю. Теперь вопрос о постоянном местожительстве практически решен, когда на Третий Чегет наладили бугельный подъемник, а в Итколе есть койка на втором ярусе, и даже точки милого времяпрепровождения в окрестностях горы. Мы помним время, когда пехом карячились наверх, да еще с канистрами компота для метеослужбы. Временами кажется, что поговорка ,,не место красит человека, а наоборот'' немного устарела, молодые люди. Я так рассуждаю. Вот я заметил на личном примере, как я сам практически меняюсь в разных местах глобуса. Сейчас вот я закончу съемки и, если не попаду в гипсовый скафандр, катану со своей бешеной суммой в город Нитер, который бока повытер, а зачем – это ни для кого не секрет, и там я буду одним человеком, потому что вокруг изумительная архитектура. Затем у меня останется последняя трешка, и я нанимаюсь бобиком на Таймыр, и там я уже совсем другой человек, потому что вместо изумительной архитектуры вокруг плоская тундра с клюквой. Осенью, в дождях, в читальном зале Центральной библиотеки я уже снова другой человек, но вот покрепче, посуше стало в небе, и опять на последние рубли я добираюсь до Минвод и начинаю подниматься через Пятигорск, Тырнауз, Иткол, начинаю подъем к себе самому – на Третий Чегет.

Сейчас они скомандуют ,,мотор'' и я поеду вниз от себя и дай мне Бог вернуться к себе через энное количество времени. Впрочем, это зависит от силы воли и игры случая, я так рассуждаю.

И вот, закончив свою мысль и получив команду, Валера скользит вниз мимо двух съемочных камер, легчайшими как пух христианиями меняет направление и уносится на дно Баксана, где ждут его два других аппарата.

– Вы куда летите, летучий лыжник, словно падучая звезда? – спрашивает автор сценария.

А он молчит.

– Вы куда, черт бы вас побрал, Серебро, катитесь, словно гонец заоблачного Марафона? – спрашивает его режиссер.

А он молчит.

– Пардон, месье, но вы куда несетесь на австрийских лыжах с крыльями снежными, как небесный шалун? – спрашивает старуха - уборщица из международной турбазы Коллит.

А он молчит, потому что занят трассой.

Старуха спускается вслед за ним и несется, выставив из-под очков свеколку носа, шепча французские и итальянские добродушные проклятия, ибо кончилась трехдневная лыжная лафа и надо заступать на дежурство.

Я вспоминаю старуху - уборщицу в коридоре турбазы. Она идет вслед за утробно жужжащим пылесосом и читает томик Фолкнера или какую-нибудь машинопись.

Однажды, когда турбаза угомонилась, и немцы уже спели мощным хором свою ,,Лорелею'', и все ночные перебежки закончились, старуха в ту ночь однажды сидела у дежурного стола, прикрыв веки, словно смазанные парафином, и шептала, почти неслышно, но так, что по увядшей коже все-таки пробегали ручейки печали и стародавнего восторга:

О тень! Прости меня, но ясная погода,
Флобер, бессонница и поздняя
сирень
Тебя – красавицу тринадцатого
года –
И твой безоблачный и равнодушный
день

Напомнили, а мне такого рода
Воспоминанье не к лицу. О тень!

Я в это время был в тени скульптурной формы, стоял и баюкал свою ссадину бесконечным курением. Лицо старухи было освещено, как в театре, и я поневоле его видел, хоть и не подсматривал, да и что мне было подсматривать за старухой - лыжницей?

Сейчас однако я смотрел на ее лицо, не отрываясь. Черты комической старухи разгладились, и сквозь весь парафин я вдруг увидел даму белых ночей тринадцатого года.

Однако длился этот мираж мгновение, и вот уборщица уже скривилась в привычной гримасе пройдохи - старушенции, чудачки и вольного казака и уже загудела себе под нос польский шлягер, вскочила и вытянула ногу в гимнастическом упражнении.

Перемена была мгновенной вовсе не потому, что она увидела меня, соглядатая. Нет, она вдруг испугалась, что отпустила узду, на минуту расслабилась, и дама белых ночей всплыла со дна и глянула на нее, нынешнюю. Вот чей взгляд ее испугал.

Она боялась не из-за горечи, просто с той ей было неудобно, она уже давно привыкла быть смешной старухой - путешественницей. Месяц она работает в Сочи, потом нанимается на пароход и еще месяц работает на пароходе, плавает в пароходном бассейне, потом начинается Эльбрус, лыжи, потом какой-нибудь литфондовский дом, беседы с литераторами, теннисный корт. Швабра и пылесос спокойно и надежно ведут ее в странствиях и открывают все двери. Вот так она и борется за свою лодочку, за чистый и бездумный путь по медовой дорожке и плывет и плывет все дальше от беспокойного стихотворения.

В конце концов, гаси к черту свет, захлопывай окна и открывай двери – огромная ночь чистого и смелого одиночества ждет тебя.

Увы – мы другие люди, у нас у каждого свой „Ледовитый океан", свои пудель и странная жена, докучливые визитеры и тягостные сослуживцы, но есть у нас у каждого своя Железка, которой мы служим и не жалуемся.

– Комплектом! – вдруг дико вскричал Агафон Ананьев и подскочил к Мемозову, вздымая руки, с которых, казалось, летела вода волшебной ванны Архимеда. – Комплектом надо покупать, вот как! Эврика, товарищи, эврика!

– Поясните, – с развязной благожелательностью предложил Мемозов и принял совсем уже непринужденную позу, облокотился на плечо Крафаилова, откинулся, толчком пальца усилил божественную кантину Моцарта – для комфорта.

Глаза Ананьева пылали мрачным вдохновеньем.

– Если я комплектом беру, все равно ведь рубль, – верно? Значит, я прихожу и беру себе на рубль комплект – дачу и шпульку ниток, а когда мне надо пожрать, продаю шпульку ниток и покупаю себе комплект – банку икры плюс рожок для обуви. Понятно?

– А знаете, он у вас не лишен витаминчика, – сказал Мемозов в близкое ухо Крафаилова.

– Зачем вы так? – с горечью проговорил тот.

– Молодец, веник, – поаплодировал Мемозов и прищурился, – но вот кому же ты продашь свою шпульку, если покупателю тоже нужен комплект?

– А я… а я…. – беспомощно забарахтался Агафон, чувствуя уже близость новой пучины. – А я никому не скажу. Я один знаю про комплект.

– Ошибаетесь, Меркурий, – холодно процедил Мемозов. – Знают уже трое – вы, ваш директор и между прочим… я!

– А-а-а! – закричал дружелюб, схватил себя за вихры и вылетел из кабинета.

– Выпал в осадок, – самодовольно констатировал Мемозов.

– Зачем вы так? – Крафаилов осторожно ладонями старался отодвинуть от себя спину авангардиста и чувствовал под ладонями метал.

– Да к чему вам этот веник? – Мемозов вновь спрыгнул со стола и взлетел задиком на подоконник. – На свалку ему пора!

– Он мне дорог, – сухо возразил Крафаилов. – Я за него борюсь.

– Сожрут тебя, Крафаилов, – сказал Мемозов. – До свалки не дотянешь.

– Извольте не тыкать! – вскричал розовощекий и огромный мальчик - мускул, забыв навыки современного дружелюбия и видя в Мемозове уже не покупателя, а непрошенного гостя, врага всего человеческого коллектива. – Извольте не тыкать и объясниться!

– Напрасно разорался, старик, – Мемозов надел на переносицу черепаховое пенснэ с далеким огоньком, похожим на высоковольтное предупреждение. – Из всех пихтинских замшелых гениев вы самый более - менее любопытный и при соответствующей психоделической обработке вы можете получиться медиумом.

– Да вы! Да я! Да ты кто такой! Да я таких, как ты на каждом углу!… – все интеллектуальное, современное, вся суровая высота и высокая суровость Крафаилова кубарем укатилась в глубину десятилетий в картофельный пище - блок, к столу раздачи, вокруг которого в темноте поблескивали фиксы. – Ты меня трансформаторной будкой не пугай! Мы пуганые!

Мемозов вдруг извлек из подвздошной области миниатюрную дудочку и, прибавив к переливам кантины пронзительный клич острова Бали, мгновенно усмирил директора.

– Спасибо и извините, – сказал директор, стыдясь.

– В качестве медиума вы будете служить прогрессу вневременных связей, – улыбнулся Мемозов и похлопал его по плечу. – Завидная доля даже для таких, как вы, пожирателей сердец.

– Что, простите? Как вы назвали мою категорию? – совершенно растерялся Крафаилов.

– Пожиратели сердец, иначе и не назовешь! – весело крикнул Мемозов. – Вот такие, как вы, молочно - розовые гладиолусы, внешне инертные к призывам пола, на деле воплощают в себе все идеалы донжуанизма. Пресловутый сатир Морзицер, конечно, все воображает, что пленил вашу благоверную... вздор, нонсенс! – этим псевдочувством она спасается от отчаяния, ибо видит, что и Лу Морковникова, внешне крутя шашни с Самсиком Саблером, лелеет мечту – она сама мне не раз намекала... и тианственная Маргаритка и даже мадам Натали... вы знаете тип этих ярких дам на грани пропасти, они ищут свой последний шанс, и этот шанс – вы, вы, Аполлинарьич, посмотрите на себя в профиль и поймите!

Потрясенный Крафаилов смотрел на свой профиль в специальное боковое зеркало, извлеченное Мемозовым из велосипедного кармана. Что же это – Натали... псевдочувство...гладиолус... последний шанс?

Тут появилась на пороге внушительная дама в костюме, похожем на маскировочный комбинезон. Пышные волосы ее струились по плечам, она была весела и спокойна и отнюдь не смущена своим диким костюмом, а, напротив, чувствовалв себя в нем уютно и мило, как чувствовал себя, должно быть, Диор в своем доме. А в сильной руке незнакомка несла болгарскую сигарету „Фемина".

– Я извиняюсь, мне бы товарища Крафаилова побеспокоить.

– Видишь? – жарко шепнул Мемозов Крафаилову через зеркало в ухо. – Еще одна жертва. Итак, вы медиум. Договорились?

– Мне бы, товарищ Крафаилов, приобрести бы у вас десяток - полтора пластмассовых вазочек и пару - тройку художественных картин для буфета. Не возражаете? – пропела дама и прошла к столу, играя кудрями.

– „О сладостная!" – в ужасе подумал Крафаилов, впервые так подумал о женщине и умоляюще взглянул на недостойного Мемозова, – „друг, не уходи!"

– Ну, не буду вам мешать! Ищите общий язык. Адью! – жутко подмигивая обоими глазами, кашляя, хмыкая, намекая на что-то и головой и руками, Мемозов сел на велосипед и уехал из кабинета.

Все было тихо, выезжал два раза Феб в своей коляске, но вдруг возник девятый вал зловещей масляной окраски, как Айвазовский написал, а он при всей своей закваске из масла воду выжимал весьма умело, без опаски, вообще был славный адмирал.

И вдруг уже в прозе, не в сибирских небесах, а в кабинете шефа - вдохновителя зазвонил междугородний телефон.

– Пихты? Поговорите с Копенгагеном.

– „Ага, – подумал В - С. – Нервничаешь, старая кочерыга?"

– Гутен абенд, Эразм Теофилович, – благоговейно по привычке ответил В - С, хотя кашель ему не понравился.

– Кашляю, – пояснил Громсон.

– Слышу, Эразм Теофилыч.

– Несколько вчера перебрал. Тигли распаялись.

– Чувствую, Эразм Теофилыч.

– Как вэттер? Морозы, снег, жуть? – поинтересовался Громсон.

– Пока нежуть, Эразм Теофилович, но на горизонте жуть.

– Напоминаю, Великий - Салазкин, вы меня на морозы приглашали.

– Ждем, гросс - профессор, и вас, и морозы. ПрОгноз страшный.

Вслед за этим последовало молчание, долгое и смущенное, в котором без всяких помех со стороны магнитных сфер, слышалось копенгагенское покашливание, шепот „цуум тоойфеель, Мари, пошель к шорту.", бульканье копенгагенской воды, шорох теплого скагерракского ветра вокруг позеленевшей от каттегатской сырости статуи на круглой площаденке перед окнами Громсона.

„Да ну, хватит уже жилы тянуть и себе и мне, – думал, волнуясь, В.С., – спрашивай, Теофилыч, не чинись. Ну обскакали мы тебя, ну ничего, у нас ведь могучая красавица Железка, а у тебя чего – кухня ведьмЫ. Ну ничего, Теофилыч, ведь не для себя же живем, для блага же общего гумануса, – думал он, – спрашивай же, Теофилыч, же."

– Тут мне Кроллинг говорил, вы там чего-то затеяли, какую-то работенку, хе-хе, – небрежно, как бы что-то прихлебывая, заговорил Громсон, – я сейчас вспомнил вот по странной ассоциации: вошел мой кот с крысой в зубах – брысь, Барбаросса! – и я как раз вспомнил. Плазмы, что ли, заварили горшок или твердое тело катаете?

– Да нет, Эразм Теофилович, кой-чего похлеще, – глуша торжествующие нотки, проговорил Великий - Салазкин, – мы тут диких мЕзонов тАбун загнали в „Выхухоль".

– Ага! – захохотал Громсон. – А знаете, кто такие эти мезоны?

– Не знаю, гросс - профессор. Кто ж знает?

– Это черти, милый друг! Самые обыкновенные чертенята, с рожками и хвостиками! Недаром, недаром мудрые схоласты спорили о кончике иглы. Вот так, В - С, чертей вы загнали в „Выхухоль", серой там у вас пахнуть должно, адским мышьяком! – он вдруг захлебнулся никотиновым кашлем, а потом, после короткой, но полной значения межконтинентальной паузы, тихо спросил: – Маршируют?

– Маршируют, Эразм Теофилович, – сухо ответил Великий - Салазкин, задетый, конечно, за живое бестактным напоминанием о сере и мышьяке.

– Так я и думал, – проговорил Громсон. – Потом плясать начнут. Есть надежда на встречу с известной особой?

– Надеемся, – хмуро ответил Великий - Салазкин.

– Значит, звоните, если запляшут, а я сейчас гороскоп составлю на долгожданную персону. Как морозы стукнут, звоните! Брысь, Барбаросса! Пошел к шорту, Мари! О, Агнесс, майн либе медьхен, вы пришли наконец, я вызвал вас вот этими кореньями! Бай - бай, Великий - Салазкин!

Великий - Салазкин повесил трубку с мрачным жеванием губ, с дерганьем бороденки, пошел себя к окну для того, чтобы загрустить.

В окне застывший на полнеба висел над Пихтами девятый вал: в сумраке, созданном им, тихо светились оранжевые трубочки фонарей; вдоль улицы Гей - Люссака к Железке ехал велосипедист с автомобильной фарой; а ближе всего к БУРОЛЯПу стояло огромное хвойное растение, у подножья которого сидели две пихтинские собаки – друзья пудель Августин и сенбернар Селиванов, а над ними на ветке покачивалась их птица - друг ворон Эрнест, а еще ближе, возле самого окна покачивалась на ветке безымянная белочка, по - английски сквиррел...

Вот, стал думать Великий - Салазкин, мы надеемся на встречу, а старая кочерыга уже встретился, хоть и не с Дабль - фью, а с какой-то там Агнесс. У него поиски идут в другом направлении, применяет испытанное лекарство против очередного приступа смерти. В столетнем возрасте сколько же накопилось геройства! По крайней мере вот уже лет двадцать ежедневного геройства, столько силы воли, чтобы не прислушиваться к шороху атеросклероза. Впрочем, так ли? Быть может, юноше - легкоатлету бывает иногда и хуже, чем старцу или больному, ведь его вдруг среди ночи может оглушить мысль, что и он умрет, и время вдруг сплющится так страшно и так сильно, как бывает только в юности. Ты вспомни, как ты умирал и много ли было геройства.

СКВИРРЕЛ

… Я умирал от полного расстройства как гладкой, так и поперечно - полосатой мускулатуры, а в небе в овальном окне среди хвойной пушнины покачивалась белочка, по - английски сквиррел.

Сквиррел, сквир-р, скви-и… – очень точный звуковой эквивалент, словно древнего происхождения. Белка, белочка – это ласкательное скольжение снаружи по нежному пуху. Сквиррел – внутренний звук, заявка на жизнь беззащитной маленькой твари.

Я умирал ежедневно и все время смотрел на свою сквиррел и однажды увидел любопытную, иначе и не назовешь, картину. Сквиррел сидела у меня на груди и ела мое горло. Боли я не ощущал, но отлично видел происходящее как бы со стороны. Тогда из-за долгого лежания в больнице со своим умиранием я уже неплохо стал знать анатомию и видел, как сквиррел мелкими укусами снимает кожу и апоневрозисы, как оголяется гортанный хрящ, а рядом пульсирует толстая артерия.

Вот она, милая моя, ласковая пушистая сквиррел, думал я, сейчас она куснет артерию, и тогда я весь выльюсь на простыню и отпаду. Я думал об этом спокойно и даже с некоторым лукавством – выльюсь и отпаду. Было ли это геройством?

Я даже перестал обращать внимание на тихо копошащегося грызуна, и другое размышление овладело мной.

Я отпаду, а другие уйдут дальше. Это ведь выглядит так, а не иначе?

Я вспомнил, как однажды в потоке машин поворачивал с улицы Горького на бульвар и проехал мимо дома, где ранее жил умерший товарищ. Именно это чувство всегда присутствовало во мне: он отпал, бедный мой друг, а мы ушли вперед. Не так ли? И вдруг при виде дома с широкими окнами, с толстым стеклом, витой решеткой балкона и кафельной плиткой меня пронзило совершенно новое ощущение – а вдруг это он нас всех опередил, он ушел вперед, а мы – на месте?

Вот это ощущение и страх перед рывком вперед в одиночестве, без товарищей, как ни странно, заставили меня стряхнуть с груди малышку сквиррел и сильным жестом ладони привести в порядок свою гортань.

Великий - Салазкин ерзал взглядом по неподвижному небу, по веткам пихт, по окнам лабораторий, вглядывался в таинственное излучение корпуса „Выхухоли", похожего на гигантскую радиолампу.

Если всерьез, думал он, то никакие мы не герои из-за того, что живем, хлеб жуем и преодолеваем, как танки, переползаем наш страх, а может быть, мы герои, когда что-нибудь очень остро, стремительно и слепяще чувствуем или тогда, когда мы служим своей Железке, и верно любим ее, если всерьез...

Если всерьез, то я за себя нынче почти уже не боюсь, продолжал думать Великий - Салазкин. Теперь, когда позади уже все мое молодое, я за себя почти уже не боюсь. Есть ребята, которые дрожат за свое старое, я почти не дрожу.

Я боюсь за свою руку, которая пишет, берет телефонную трубку и делает в воздухе жест, поясняющий мысль.

Так продолжал свое мышление профессор Великий - Салазкин.

Боюсь также за свой котелок с ушами, как выражаются киты. Боюсь — почему? А потому, что это солидное подспорье для современной электроники, если всерьез. Кроме того, эта штука помогает мне коротать одинокость — она занятна. А если уж совсем всерьез, то сам перед собой я могу признаться: церебус мой служит ИМ, то есть в первую очередь населению небольшой планеты, включая прежде всего, конечно, моих китов. А самое главное — служба нашей золотой Железке, если всерьез.

Я боюсь немного и за свою соединительно - разъединительную черточку, за свой любимый дефис, который мне помогает быть самим собой, но он-то никуда не денется, покуда у меня есть руки и голова.

А за свое кучерявое „эго" я почти уже не боюсь, но это вовсе не геройство. Вот, старичок, живи разумно и честно, говорит мне моя голова, а рука дополняет эту простую мысль жестом, который означает „небоязнь". Это — если всерьез.

Вдруг телефонный звонок, на этот раз внутренний, прервал размышления академика.

— Бон суар, покровитель, доктор Перикл? Говорит Мемозов! Прохожу через вахту, встречая слабое сопротивление заслуженного артиста Петролобова. Эй, осторожнее, Карузо!

И сразу же после этих слов распахнулись двери, и в святая святых въехал автор звонка из проходной. Непостижимая проходная способность у этих москвичей!

– Чао! Чао, Цезарь, прошедшие сквозь проходную приветствуют тебя! Ну что, корифей, все о своих белочках думаете, о форме существования белковых тел? Плюньте! Поздравляю! Над городом висит девятый вал! Да, вот еще новость – ваша возлюбленная влюбилась в двух, а то и в трех мужчин, но об этом после. Сейчас я хотел бы выразить вам свою признательность, давно собирался, мне кажется, что здесь, в вашем заповеднике, я обрету наконец душевный покой. Вот видите, академик, я не с пустыми руками явился на командный мостик...

Мемозов чиркнул молнией на заднице, извлек и торжественно поставил на конференц - стол четвертинку перцовой водки, чиркнул второй и извлек слегка расплющенный сырок. – Ну вот, прошу!

Великий - Салазкин при виде четвертинки и сырка умилился и похлопал в ладони: фортель был не нов, но выполнен изящно.

Академика с Мемозовым столкнул случай, иначе не скажешь. Однажды выскочил В - С, из подземного перехода на Беговой и вдруг на него из проходящего троллейбуса вывалился человек – Мемозов. В другой раз ночью В - С гулял себя от товарища по Третьей Мещанской, вдруг видит – в высоте покручивается как бы человек вроде паука и мгновенье спустя начинает падать; опять Мемозов. В третий раз В - С, напевая себе под нос настроение, утром направляя себя просто так по Усиевичу, услышал выстрел и, мигом придя на помощь на восьмой этаж, увидел на тахте плачущий лицом в подушку труп, а на стене висящую еще с дымком из обоих стволов двустволку „Тула". Опять Мемозов!

Тут заметил академик незаурядность персоны и деликатное внес предложение о переселении в таежную крепость для создания внутреннего климата – ну, юмор, шутка, интеллектуальная игра, ну вроде душа после работы. Приглашение было благосклонно принято. Но увы – злополучная реплика Мемозова по адресу Железки – в утиль! – китам не понравилась, и Великий - Салазкин стал уже сомневаться в успехе своего протеже: киты обычно хулителей своей Железочки клеймили раз и навсегда – „серяк, духовно неразвитый тип". Нельзя так резко, увещевал их Великий - Салазкин, иные люди могут заблуждать себя, чтобы потом просветляться втрое.

– Вот скажите, дорогой Мемозов, – мягко и осторожно спросил он, катая перцовку по столу зеркального дуба, – вот сейчас вы шли по нашей Железочке и... и как? Ничего себе, а? Прониклись?

– Тьфу! Зола! Причем тут Железка! – воскликнул Мемозов. – Стоит, скрипит, чего ей сделается? Главное, Конфуций, создать среди населения особый, насыщенный флюидами беды, пересеченный страшными импульсами разлада климат. Все уже готово, атмосфера сгущается, теперь нужен только режиссер. Эге, мы попробуем разбудить ваше болото!

– Да что готово? Какая атмосфера? – поморщился Великий - Салазкин. Нет, не проникся протеже, киты правы – фигура заурядная.

– Вы ничего не знаете? – зашептал Мемозов, оглядываясь, хотя прекрасно было видно, что в огромном куполе никого не было, но так уж полагалось, шепчешь – оглядывайся. – Формируется прелюбопытнейшая молекула, мой Аристотель. Лу Морковникова пьет „чай вдвоем" и Самсик Саблер играет эту же тему. Усекаете? Эрик ходит смурной, а по нему грустит хозяйка янтарного ларца. Сечешь? В нее по самые рожки вляпался ваш местный сатир, а к нему неравнодушна многодетная Афродита, но все-таки оставляет уголочек и для вдохновенного Китоусика, а тот – сечете? – готов забыть свою тианственную, но не знает, что та пульсирует интересом к венцу природы Слону и тот готов – усекаете? – ответить взаимностью, но не знает, что и наш Меркурий – Крафаильчик не оставлен без внимания и, кроме того, в городе появилась некая новая дама – само совершенство!

„Фу", – подумал Великий - Салазкин и вслух сказал:

– Фу! Да что вы плетете, Мемозов? Я вас держал за интересный страдающий индИвид, а вы... И спрячьте вашу чекушку-то, ей-ей, не смешно...

– Смешно, смешно, Периклус, очень смешно. Хотя бы потому, что и вы не остались за бортом. Терентий Аполлинариевич, предмет ваших платонических – ну-ну, не удивляйтесь, такие загадки для Мемозова семечки – предмет ваш настроен более серьезно, чем вы. Надоели мне эти сорокалетние мальчики, сказала она мне однажды вчера, в них нет ничего мужского. Вот наш шеф – настоящая фигура, несмотря на свою неброскую внешность. Я еще когда разливала газированную воду...

– Ни слова дальше! – В - С воскликнул вдруг с интонацией гвардейского офицера и побежал к окну. – Неужели, неужели? – обратно сел к столу. – Плесни-ка перцовой, Мемозов! – обратно к окну. – Вдруг она явится? – и остановился у окна. О Дабль - фью в сосцах у Матери Железки!

– Не могу молчать, великий Ларошфуко, потому что вы мне дороги, но не как покровитель, а как медиум, – забормотал еще жарче и быстрее Мемозов. – Вы – медиум, понимаете?

Девятый вал за окном уже налился как гигантский волдырь и розовым отсвечивал в расширенных глазах авангардиста.

– Я медиум? – без особого удивления спросил академик и прикрыл глаза.

Он во-время прикрыл, ибо именно в этот момент гигантский дубовый стол словно под действием эффекта Пантеи сделал полный оборот, и в углу, за спиной Мемозова возникли неясные очертания чего-то одушевленного.

– Куда пропал мой консервный ножик? – услышал или вернее почувствовал Великий - Салазкин добродушную мысль какой-то близкой ему и приятной структуры.

Открыл глаза. Пусто. Темно. Мемозов слинял, прихватив недопитую четвертинку. О сентябрь! О слезы!

Так надвигалась непогода, а академик ликовал, ведь без воды не сыщешь брода, нет совершенства без урода, изжога просит ложку соды, но сну не нужен люминал, бессонниц мрачный идеал, бессменный часовой восхода.

Вот налетело, закружилось, потом обрушилось – снежная лавина, снежный пепел, снежный вулкан, но таежная Помпея лишь крякала, ухала, хлопала себя по заду, приседала, драпала и снова вылезала из-за горы с ироническим комплиментом – вот дает погода свежести!

Все шло своим чередом, все службы функционировали нормально и лишь повествование наше съехало с накатанных рельс и в вихрях затянувшегося циклона понеслось по ухабам, по снеговоротам, то улетая в слепые дали, то возвращаясь на круги своя аки гигантское перекати - поле.

В тот вечер, еще осенний, за час до падения девятого вала, друзья вышли из Железки и в странном молчании, отягощенные свеженькими секретами, пошли по Ломоносовскому Лучу к Треугольнику Пифагора, на запах которого, чуть-чуть нахально заезжая на гипотенузу, стоял буфет - времяночка „Мертвый якорь" с необходимым для мужского разговора атрибутом – бочками, стоячками, шваброй, ползающей по ногам, с плакатами против пьянства и курения, которых, правда, хвала Аллаху, из-за дыма не видать.

– Я знаю, почему тебя волнует цапля. Ты ищешь то, что до сих пор не нашел, – сказал Вадим.

– Да ведь и ты тоже ищешь неуловимое, – сказал Павел.

– У нас много общего, но есть и различия, иначе бы...

– Что иначе?

– Да ничего.

– Я с тобой согласен, есть много разного, но поиск нас сближает.

– Что ж, нас тут сотни, и каждый ищет свое. Для этого и Железку построили, слава Ей!

– Э, нет, Железку ты не трогай. Это наша мать.

– Но мы же все-таки сами ее сделали.

– Мы сделали ее так же, как дети делают матерей. Разве плод, зарождаясь, не делает из женщины мать?

С порога на друзей смотрела, улыбаясь, милая внушительная дама.

– А вы как считаете, мадам? Вы с ним согласны?

– Эх, мальчики, я бездетная.

На седьмые сутки бурана Серафима Игнатьевна заперла буфет и решила отправиться на поиски шофера Телескопова. Таков, она полагала, ее долг, дефицитный баланс на всю жизнь.

– Хотите, я с вами пойду, Серафимочка? – предложил помощь столовский саксофонист Самсик Саблер.

Он сидел, свесив юнкерские ноги, у бывшей стойки бывшего бара, ныне буфетного прилавка, и ей-ей, его унылому петербургскому носу в „Волне" было уютнее, чем в интеллектуальном кафе, потому, что хоть и представлял Самсик иноземный вид искусства, отечественные формы в лице Серафимочки были ему милее.

– Да ну, сидите уж, Самсон Аполлинариевич. Что с вас толку? Одна дудка.

Он вздохнул.

Когда-то, во второй половине пятидесятых, он был кумиром Фонтанки от Летнего сада до Чернышева моста и даже с улицы Рубинштейна прибегали послушать, когда он играл свой излюбленный минорный боп.

Славой своей он совсем не пользовался, с утра съедал полпачки пельменей, вторую половину носил с собой в футляре сакса, чтобы при случае где-нибудь заварить или съесть живьем. Вдруг его „открыла" компания Слона. Да ведь Самс гениален, ребята! Гений! Гений! Играет джаз с русским акцентом! Прислушайтесь, набат гудит, град Китеж всплывает! Душа Раскольникова рвется пополам!

Самсик гениальность свою принял запросто – ну гений, так гений, почему же нет? Гулял по Невскому, особенно от бронзовых лошадок не удалялся, выглядывал свою яркорыжую подружку Соню, ругал ее встречным знакомым, говорил про нее все, что знает, потом бежал на вечер секции моржей Технологического института и там через дудку самовыражался, публично страдал. Денег гениальность не прибавляла ни на йоту.

Однажды приехал американский тенорист Феликс Коровин, профессор бопа. Его повели на Самсика, чтобы потрясти. Удалось. Потрясенный Коровин обещал прислать фонтанскому чудо - дую со своим другом - моряком запасной сакс, на котором когда-то, будучи у него на выпивоне, шутки ради играла несравненная „Птица" – Чарли Паркер, отец бопа.

Долго ждал Самсик моряка, год или два, не дождался. Отправился тогда в Новороссийск, стал там ждать, играл в ресторации „Бесса ми мучо", потом через пару лет с кем-то поссорился, уехал в Мурманск, ждал там, не дождался и не разбогател, заметьте, совсем - совсем не разбогател, и уехал в итоге на Дальний Восток, стал там ждать в каком-то маленьком портике, куда и пароходы-то заходили только в четверг, к ночи. Там Самсик играл „Глухарей", подрабатывал на ударнике, пел „В березку был тот клен влюблен". Там Самсик совсем уже не разбогател, а напротив, получил год за какой-то необоснованный поступок.

Этот свой год Самсик имел проживание, работая в недалеком отдалении от синего моря и бухты, в которую как раз имел прибытие для спасения от бури грязный либерийский угольщик, где в твиндеке бесшумно отдыхал тот самый моряк, друг Феликса Коровина.

Еще через несколько лет уже с панамского керосиновоза Самсик получил долгожданный паркеровский сакс, поцеловал его и играл в буфете в память „Птицы", был уволен и начал миграцию на Запад, в родные края.

Постепенно он приближался. Пару лет играл в Хабаровске, в кинотеатре попурри и короткие сюиты, годик еще в Иркутске, а оттуда закатился в Зимоярск, где уж совсем-совсем не разбогател и был найден другом фонтанной юности доктором наук Павлом Аполлинариевичем Слоном.

ВЫСОКАЯ ЛУНА

Эх, милая, девочка моя, да ведь это же для тебя, для тебя, для тебя так высоко, высоко, высоко забралась луна!

Вот ты сейчас сидишь передо мной за пиршественным столом, такая спокойная, такая уверенная в себе… такая научная леди, спокойная и холодная, немного усталая, усталая красавица, ничем тебя не проймешь, но вдруг какой-то поворот головы — и мгновенный ветер скользнул по зеркалу, и сквозь мгновенную рябь проглянула та девочка с шалыми и неуверенными глазами, та, что бежала когда-то, засунув кулаки в карманы курточки, мелькала вдоль садовых решеток и застывала в тени колонны, стены, ниши, подворотни, развесив рыжие патлы словно Марина Влади.

Ты помнишь, как в нашей бухте сонной спала зеленая вода? Помнишь, как по Фонтанке, под этими горбатыми мостами проплыла колдунья с шестом? Да, это для нее и для тебя сейчас так высоко, высоко, высоко забралась луна!

А помнишь, милая, все эти побеги с лекций над огромной тяжелой водой… ты помнишь, там вдалеке за мостом лейтенанта Шмидта стоял необычный визитер – английский авианосец, а мы бежали, не помня себя, со свистом по Литейному на неореализм… ведь мы смотрели с тобой раз пять, не меньше, „Рим в одиннадцать" и долго после делили наши сигареты, как Раф Валлоне и Лючия Бозе.

Что? Это было не с тобой, ты говоришь? Ты говоришь, я тебя с кем-то путаю? Я поднабрался, ты говоришь? Все равно это для тебя так высоко, высоко, высоко стоит нынче луна!

Когда ударил девятый вал, двое по-летнему раскованных людей встретили его стойко, проще сказать – даже и не заметили. Академик Морковников и шофер таксомотора „Лебедь" Телескопов стояли перед багровой катастрофической, как вечный город Рим, витриной художественного салона и увлеченно беседовали.

– Я тебе, Эрик, так скажу: жизнь моя в тот момент катилась словно сплошное шикарное карузо.

– Вова, ты любил тогда? Тебя обманывали? Кто-нибудь терял из-за тебя голову?

Горящие витрины в этот момент олицетворяли гибель далекой цивилизации, а в воздухе словно кленовый листик порхала перфокарта с очередным опусом

№ 105
Волшебный Крым! Там в стары годы
Как нынче впрочем, как всегда,
Сквозь миндали неслись удоды,
Сквозь пальцы уплывали годы,
И Поженян, как друг природы,
Взывал – гори, моя звезда!
И провожали пароходы
Совсем не так, как поезда.
……………………………………

В разгаре пиршества /традиционное в Пихтах пиршество „Под ураган"/ Наталью вдруг разрезала поперек почечная колика. Вторая! Первая случилась полгода назад и при самых неподходящих обстоятельствах. Она так была пронзительна, так требовала себе все тело, что можно было возненавидеть соперника боли с его шершавыми руками и сухим ртом, горячечным шепотом и острыми локтями, так нелепо прищемившими ее волосы, волосы боли.

Теперь налетела вторая и заставила вспомнить первую, которая так до странности легко забылась. Вторая звенела по линии разреза, и обе половинки разрезанного тела были уже чужими и причиняли муку, когда пытались соединиться. Верхняя часть тела мучила нижнюю, и та не оставалась в долгу.

Дурачье, что вы так смотрите друг на дружку и на меня в том числе с романтической грустью? Повлюблялись все на старости лет, разнежились, дебилы, нетронутые болью…

Она уже и думать забыла, как за минуту до боли ей было грустно и тревожно, словно в молодости, как забавлял и тревожил ее Китоус, меланхолично, словно в молодости, наигрывающий на пианино. Как волновал ее Слон, курящий трубку и синим глазом поглядывающий поверх стакана, как жалко ей было Кимчика Морзицера, прямо хоть рубашку ему стирай, такой милый и странный, и все наши мальчики сегодня такие милые и странные, седина в бороду, бес в голову, какое милое и грустное пиршество… – все это она сразу же забыла, ушла в темную комнату и повалилась на тахту, и боль стала раскатывать обе половинки ее тела, а потом от сверкающего раскаленного среза полетели молнии, пересеклись, и боль захватила уже все, всем овладела, кроме какого-то неведомого периферийного уголка, где жертва еще держала оборону, а потому не стонала.

Поют:

… На позицию девушка провожала бойца, темной ночью простилися на ступеньках крыльца…

… Ночь темна, в небесах светит луна, как усталый солдат дремлет война…

… Был озабочен очень воздушный наш народ, к нам не вернулся ночью с бомбежки самолет…

… Ночь коротка, спят облака, и лежит у меня на погоне незнакомая ваша рука…

… Темная ночь, только пули свистят по степи…

… Ночь над Белградом тихая встала на смену дня… Помнишь, как ярко вспыхивал яростный шквал огня?…

Ночь, фронт, напряженные аккумуляторы, юноши в ночи, ночные песни фронта, ночь – сестра милосердия, единственная любовница, возьми мой штык в свою прохладную ладонь. Помните, ребята, ночные песни старших братьев летели к нам в тыловую периферию, в пеклеванные будни иждивенческого пайка?

В разгаре снежной бури, среди свиста, ледового ветра, шороха ужаснейших змей, неродных неядовитых, нетропических, но извивающихся на полкилометра по насту, среди треска многострадальных пихт одессит - африканец Уфуа - Буали услышал далекий рокот там-тама.

Он приподнялся в кресле и вперился карими шоколадками в экран. Так и застыл он в недоступной европейцу позе. Неужели, неужели?

Мезоны на внутренней площади „Выхухоли" по-прежнему с неослабевающей ретивостью маршировали по разноцветной мозаике, старались казаться неунывающими бравыми ребятами, которые и понятия не имеют ни о какой „Выхухоли", ни о какой там еще „Барракуде", а просто вот маршируют по своему неотложному военному делу, но...

Но на задах площади глухо - глухо, словно спросонья, заговорил там-там... Какое счастье для всей мировой науки, что за дежурным пультом оказался африканец! Только он смог во-время включить СООТВЕТСТВУЮЩУЮ аппаратуру и зафиксировать редчайшее явление „Пляски диких мезонов", известную теперь под названием эффекта Уфуа - Буали.

Да что там слава, что там эффект?! Об этом ли юный аспирант думал. Восторг перед очередным чудом микрокосмоса, восхищение гением старших товарищей по науке, расчетами и находками Великого - Салазкина, предсказаниями живой легенды Эразма Громсона, восторг и восхищение охватили Уфуа, а те, кто скажет, что это тавтология, глубоко неправы: восторг и восхищение совершенно разные чувства.

Удары там-тама становились отчетливыми и ритм стремительно учащался. Мезоны вначале как бы не обращали внимания на посторонний звук, надутые и важные словно гвардейцы Фридриха Великого они продолжали свою шагистику, но вдруг – о чье же сердце устоит перед любовным биением ладони по там-таму!... любовная песня озера Чад, до берегов заполненного жизнью – но вдруг центральное каре распалось и закружилось в безумном танце! Вскоре и весь уже экран плясал, подпрыгивал, кружился, забыв о прусской дисциплине, словно ее и не было никогда.

Уфуа танцевал вместе с мезонами — весь танец этот предвещал с вероятностью $N - 1^{1090000}$ явление божественной Дабль - фью.

О знойная любимая родина, сколько нежной прохлады, сколько сочности, свежести, мирности, вольности сулит тебе Дабль - фью, эта черная, конечно же, черная, как Иисус, красавица с налитыми и торчащими маммариями, с девичьим перехватом над гладким, как крыша ситроена, животом, с долгими щедротами бедер!

Уфуа побежал, побежал, побежал по подземным тоннелям родной и ему, африканцу, Железки, стремительно, как Абеба Бикила, устремился в сектор отдыха.

Там слышались короткие стуки, хохот: ученые гоняли твердое тело — биллиард.

— Эй, мальчики! — вскричал он с порога. — Топайте все за мной и вы будете иметь чего-нибудь интересненького!

Первый заряд урагана, снежная спираль ударила по тротуару в окрестностях худсалона „Угрюм - река" и закружила двух увлеченных беседою мужчин, Эрнеста Морковникова и Володю Телескопова. Ни тот, ни другой беседы, конечно, не прервали, и только удивлялись порой, куда же уплывает собеседник и куда, собственно говоря, улетела шляпа „Олл Бонд стрит", и куда, между нами говоря, сквозанул кепарик „Восход"?

— Вова, Вова, жизнь коротка, а музыка прекрасна!

— Согласен, Эрик!

— Вова, обратите внимание, вот почтовая открытка, выпущенная секцией по террациду. Вы видите, в центре — я. Идет коктейль, посвященный борьбе с ДДТ.

— Карузо!

— Открытка обнаружена мной в сегодняшней почте, Вова. Текст гласит: „Забудь, все забудь! Я никому тебя не отдам. Домой не возвращайся." Подписи нет.

— Почерк бабий.

— Что вы скажете, Вова?

— Слушай, Эрик, я сам на геликоне лабал и получал ректификат для инструмента, но в Крыму было лучше. Знаешь, Эрик, мне таджик один говорил — что проел, что прогулял, не жалей, а то на пользу не пойдет, а в Крыму тем временем жизнь катилась как карузо, с брызгами...

— Эх, Вова!

В тот час за минуту до урагана, накануне урагана Серафима Игнатьевна, завитая, напудренная и с бисером на груди и, конечно же в джерси, шла вдоль главной улицы Пихт под огненными витринами. Вот чудо: витрины нового града горели перед девятым валом словно закат Европы, словно далекий привет катастрофного стиля Сицезиенн.

– Да вот, чего же искать, – сказал Вадим Павлуше, – посмотри, какая идет восхитительная мадам в тропическом огне зеленого джерси!

– В трагическом огне зеленого джерси, – подхватил Слон, притормаживая. – Послушай, далеко у озера Чад изысканный бродит джерси.

– Ах, мальчики, уважаемые профессора, – сказала с улыбкой Серафима Игнатьевна. – Долгие годы я провела в глуши и потому мне все сейчас интересно.

Борщов щипал щупальцами щемящие щиколотки, умоляюще щепотью нашептывал в телефонище.

– Зачем вы, Ким Аполлинариевич, вышли из актива? У нас в столовой и культурный дОсуг будет – и потанцевать мОлодежь сможет и в шашки поиграть, и о романтике, и о романтике, и о романтике, бля, о нехоженых тропах…

Вдруг прибежали.

– Буряк Фасолевич! В зале ЧП!

ЧП, ЧП, закружилось в голове у Борщова – Чрезвычайная Проституция? Чрезвычайная Промышленность? Чрезвычайная Полиция? Полностью будучи уверенным в чрезвычайности первого слова, директор столовой „Волна" почему-то беспомощно тыкался во второе слово аббревиатуры, пока не подвели его к кассовому окошечку, не ткнули пальцем- пальцем в угол под колонну, не повторили горячим шепотом – ЧЭ ПЭ! –„Чрезвычайное происшествие!" – озарило вдруг щавелевые мозги. – „Вижу, вижу, вон оно – щука, и сразу ясненько, что ЧП, во что ни рядись!"

Между тем под колонной, на которой сквозь слой водянистой краски еще просвечивали следы вольнолюбивых математических дискуссий, сидел обыкновенный гражданинчик: шапочка хлорвинилового каракуля, перчаточки, ботики, личико закрыто газеткой „Комсомольская правдочка". Быть может, и не подозревая о произведенном переполохе, гражданинчик ждал заказанный комплексный обедик. Оцепеневшее от ужаса руководство „Волны" смотрело, как приближается к столику подавальщица Шурка. Не было у Шурки, дикой сибирячки, никакого идейного опыта. Не понимая ситуации, она с обыкновенным своим грубым и оскорбительным выражением тащила заказанный комплекс: капусту по-артиллерийски, борщ по-флотски, битки полевые под бывшим тверским, ныне и навеки калининским соусом.

Гордостью нового руководителя мОлодежи был этот комплексный обед и всеми посетителями употреблялся в охотку, и никто никогда не догадывался об утечке жиров и никогда бы не догадался, если б…

И вот едва лишь Шурка шмякнула комплекс на стол, как гражданинчик ЧП отложил газетку, встал и проскрипел протокольным голосом:

– Санитарная инспекция! Прошу пригласить руководство!

Борщову послышался гневный Зевесов рык с карающего Олимпа. Холодея членами, наблюдал он вынимание государственных принадлежностей и запечатывание под сургуч любимого детища, комплексного обедища с тощущими жирищами – в санитарные судки.

Конечно, можно было Борщову и не так уж сильно пужаться – ведь имелся же у него мощный тыл, где всегда можно было укрыться, как и в минувшую войну безопасно геройствовали под армейскими трехнакатными блиндажами. Однако и в тылу ведь могут в конце концов разозлиться на утечку жиров. Чего, дескать, тебе, Борщов, ибенать, нехватает? До патриотов, измученных в отдалении, приветы не все довез – кобылище своей на мохеры выкроил. К металлургам тебя, полтора глаза, послали, ты и там умудрился штуку проката к себе на дачу откатить. А теперь на важнейшем участке, на идейной работе мухлюешь с жирами. Смотри, батька, звездочки сымем, спишем на свалочку, в архив, ибенать, в историю.

Так что к тылу своему Борщов относился двояко: с одной стороны дюже гарно опираться на огромную массу могущественного тыла, а с другой стороны яйца печет, ни действий, ни соображений не предугадаешь. Иной раз хотелось Борщову думать, что вроде и никакого тыла у него нет, что он вроде простой человек, обыкновенный пищевой жулик, но… но тыл у него был, был всегда с незапамятных нежных лет, когда кострами еще взвивались синие ночи, и если уж честно говорить, не представлял себя Борщов без этого тыла, немедленно бы опрокинулся, лиши его оного. Как никак, а давал ему его тыл нужный запас в отношениях с санитарно - эпидемиологической, противопожарной, финансовой и прочими инспекциями.

Так и сейчас помогло ощущение тыла и, привычно потряхивая крашеной под воронье крыло косой челкой, лукаво поблескивая левым глазом из-под фальшивого протеза и раскрывая якобы-второго-белорусского псевдо-фронтовые объятья, Б.Ф.Борщов двинулся к человечку - инспектору.

– Узнаю, узнаю поколение! Где сражался, землячок? Пойдем-пойдем... да подожди ты с бумагами-то... пойдем посидим, вспомним дороги Смоленщины...

И увлекая гостя в глубины „Волны" ярко жестикулировал подчиненным насчет обеда (да уж, конечно, не комплексного!) , насчет коньячку (да уж, конечно, марочного!) , да и по делу, конечно, насчет всяких там тоскливых калькуляций, хуяций, документаций (что поделаешь – жизнь!) и очаровывал мужским своим солдатским обаянием.

... С лейкой и с блокнотом,
А то и с пулеметом
Первыми врывались в города...

Тормозя иной раз в коридорчиках, пропуская инспектора вперед, траншейным шепотом отдавал приказания челяди:

– Симка где? Немедленно отыскать Серафиму Игнатьевну! Маринке и Зинке помыться! Кремовый шприц с топленым маслом в хлеборезочную!

Ну наконец на бархате со стола президиума сервируется обед, переходящий в ужин с завтраком: горка жареных цыплят, пирамида помидоров (вот вам и Сибирь!), развалец рыбного ассорти вперемешку с икрицей (закон – тайга!), закавказское созвездие коньяков – прошу, не обессудьте, чрезвычайная периферия.

Нежданный инспектор, что хуже не только чучмека, но и еврея мохнатого, к счастью, оказался хиловат, простоват, сразу потек при виде переходящего бархата, только глазенки бегают, а ручки сами к бутылочкам тянутся. Даже не заметил переноса засургученного в санитарных судках комплексного обеда из кабинета в хлеборезку. Не заметил и перемигивания челяди и даже идиотского шепота завскладом Залихановой – „Буряк Фасолевич, шприц принесли." – не расслышал.

Ну конечно, по первой прошлись с кряканьем, с боржомным клокотаньем, и теплая волнища первой полной вкусной рюмищи прошла по борщовским суспензориям, обольщая отощавшую в гнусноте житейской душу и даже глуша на миг и фальшь фальшивейшего обеда – и будто бы не ЧП-санитарное-рыло рядом сидит, а друг-костя-с-лейкой-и-блокнотом и с ленд-лизовским сидором у хромового сапога.

– Тушенки мы у них много забрали, а обратно не отдадим! Оплачено кровью! – повторил Борщов великие слова.

В глазенках санитарного гражданинчика мелькнуло замешательство: не понял идеи лапоть - калоша.

А тут как раз привалили подмывшиеся девчата, переброшенные пару недель назад из актива на замену интеллектуальным проституткам с тлетворным душком. Борщов глазами и бесшумно шевелящимися губами отдавал приказания.

– Ты, Маринка, садись поближе и лапу ему на коленку клади, а ежели пуговки где надо проверить, никто тебя не осудит. Ты, Зинаида, больше грудями приваливайся. Действуйте, девчата!

– „Эх-вот-Серафимы-то жалко-нету-одним-дыханьем-лишь-взяла-бы-опенка-нимфа-моя-русская-полевая" – подумал на волне лиризма Борщов, представив своего старшего буфетчика рядом с санитарным инспектором и как тот от одного лишь духа нимфиного тут же кончает и подписывает документацию.

– Ты, друг, пока тут с девчатами, с активом погужуйся, а я на пяток минут испарюсь, проверить надо, как дела на кондитерском фронте.

Он двинул в хлеборезку и лично возглавил операцию, то есть взял в руки кондитерский шприц, которым обычно выводят на тортах различные дарственные и патриотические надписи. В этом деле был уже у Борщова накоплен боевой опыт. Не раз приходилось идеологу молодежи вгонять кривой иглой жиры из кондитерского шприца в опечатанные для анализа обеды.

Так и сейчас,без труда найдя малую щель в судке,он засунул туда кривую иглу и не без удовольствия стал „вгонять" и не без удовольствия воображал удивление научных сволочей в пищевой лаборатории, когда обнаружат евреи паршивые супер-высокий процент жирности.

– В Гражданскую войну как на Восточном, так и на Западном фронтах за такие дела ставили к стенке, – услышал вдруг Борщов спокойный неторопливый голос. – Впрочем, ни Южный, ни Северный фронты не были исключением.

Санитарный гражданинчик, будто и не пил, будто и не ласкали его женские руки, стоял в дверях хлеборезки. Пальто внакидочку, шапочка на затылочке – ни дать ни взять профессор мат-философии в изгнании.

Борщов метнулся – куда же? – конечно же, к телефону. Как Эдип, должно быть, в минуты тревоги бросался к мамане, так и Борщов в такие минуты инстиктивно бросался к телефону, чтобы ощутить под ухом, под рукой, под животом ровное рокочущее дыхание могучего тыла. Однако что-то в этот раз не сразу заладилось: гнулся палец, подлый грешный указательный палец, залезал не в те дырки, путались каббалистические цифири – старею, маразмирую, на свалочку пора…

– Это вы сказали? – в ужасе Борщов потек ручьми.

Санитарный гражданинчик сидел теперь через стол напротив – санитарный ли? не мат ли философский – он расплывался, странновато видоизменялся, как на экране паршивого телевизора, и только улыбочка, издевательская всезнающая не менялась перед Борщовым, да взгляд стальной с прищуром, идеологический держал Борщова за зрачки – этично все, что полезно.

– На свалочку пора!

– Это вы сказали?

– Я? А может, это вы сами сказали, Буряк Фасолевич? А может быть… – небрежный кивок в сторону телефона – … может, это товарищи сказали?

– Да вы… да вы, милейший, знаете, на что замахиваетесь? Отдаете себе отчет?

Тыл престраннейшим образом не соединялся, палец - поганец гнулся и смердил. Пришелец рассмеялся.

– Обед с блядями, кривой шприц – какая наивность! На дворе семидесятые годы, Буряк Фасолевич, справка на вас давно готова.

С хрустом, словно новенькая ассигнация, вывернутая из кармана закачалась перед носом Борщова отменнейшая справка. По ней пробегали маленькие, но отчетливые светящиеся буковки:„… вардии …овник …ставке заочно осужденный по материалам ОБХС… сто восемнадцать лет лишения …оды лауреат …венной премии УПРХ СТФРОУ трижды кавалер Ордена Богдана Хмельницкого под грифом совер… секр… значка „Отличный Пищевик" Борщов Буряк Фасолевич ЖИРНОСТЬ 99,99 ПРОЦЕНТА."

Хлеборезочный пункт со всеми его пауками и тараканами, наличием и отсутствием санитарии и гигиены закачался вокруг Борщова. Вся глубинная тыловая суть обозначена была в справке, казалось бы– выше голову, вот они этапы большого пути, но как? откуда? что за ужас? как посмели? Газы отчаянной тревоги вспучили Борщова и даже любимые знаки 99,99 вместо того, чтобы наполнять законной гордостью, теперь плавали в воздухе кошмарными пузырями. И тут как раз включился тыл.

– Что там у вас, Борщов? – спросили чудесным голосом.

– Здесь… здесь, товарищи… – радостно заверещал Борщов. – … провокацией попахивает… некомпетентные органы… вмешательство в святая святых… прошу приема… может, придете лично… мой стаж... процентовка... СЭС нос сует куда...

Радостное кудахтанье захлебнулось в молчании тыла. Санитарный гражданинчик сидел, посмеиваясь. Да неужто уже внешние органы переплелись с внутренними, а я и не заметил?

– Ты, Борщов, рыбалку любишь? – спросили в тылу.

Несчастье, когда становится очевидным, дает человеку некую кристальность.

– Понимаю, -- просто и ясно сказал наконец-то Борщов. – Решение принято? Заслуженный отдых? Отдаете на растерзание?

Как там все-таки чудесно красиво смеются. Нет-нет, они своих так просто не отдадут.

– Работай, товарищ Борщов, только не размягчайся на молодежных хлебах. Во-первых, комплексный обед перекалькулируешь, ворюга, по-человечески, а во-вторых, проведешь дискуссию, чтоб не болтали, будто у нас дискуссии зачахли.

– Дискуссию? – Борщов снова опупел. – Какую дискуссию?

– Инициатива от молодежи пойдет, а тебя сейчас ознакомят.

– Кто ознакомит?

– Не догадываешься? – тыл отключился.

Перед Борщовым по-прежнему сидел хихикающий санитарный гражданинчик, но теперь он уже размывался, видоизменялся очень активно и превращался на глазах – генералиссимус милосердный! – в идейно подозрительного чрезвычайно-мало-советского чужака Мемозова, о питании которого в „Волне" уже отослано было в тыл несколько сигналов.

– Тема дискуссии такова – „Перспективность однопартийной политической системы в свете трудов князя Кропоткина."

Нанеся этот последний удар под дыхало, Мемозов встал и удалился, и вконец уже задроченному Борщову послышался в его поступи звон далеких революционных шпор.

– Серафима! Лада моя! Где ты? – возопил Борщов в пустоте хлеборезки.

Кошмарный эмиссар вдруг на миг вернулся в щель двери ухмыляющейся кошачьей рожей.

А об этом, Бурячок, можешь узнать в Научном Центре, особенно в ядерных проблемах и в генетике. Там кое-кто кое-что знает о твоей Ладе.

Вот уж подлинно отечественные формы! Взгляни, Вадюха, как все это перед нами лежит – не напоминает ли все это тебе холмы Валдая? Конечно же, ты прав, Павлуша, перед нами истинный символ Родины! Мне даже кажется, что наше нынешнее дело и греховным не назовешь. Грех, Вадюха? И тебе в такой момент приходит в голову это дешевое слово? Да разве можно назвать грехом пусть временное, пусть мимолетное, но возвращение к истокам, к почве, к России?

– Вы так находите, мальчики, что я слишком отсталая– все время с Россией сравниваете?

– О нет, дорогая, мы сравниваем вас не с той отсталой царской Россией, а с нынешним днем нашей космической родины. Иначе и нельзя думать, глядя как медленно величественно вздымаются эти атомные субмарины, какой мощной энергией дышат эти шахты, чувствуя, как проходит по этим рощам аромат сорокарублевых французских духов „Клима"! Мы с вами вместе на самой высокой орбите Давайте подготовимся к следующему витку. Беритесь за рубильники, благословенная, включайтесь! Вы чувствуете себя надежно?

– Ах, до чрезвычайности! Даже не предполагала такого взаимопонимания в кругах интеллигенции!

Между тем первые кочующие орды многодневного бурана уже влетали в замершие улицы города Пихты.

В гостинице „Ерофеич", невзирая на пургу, скольжение лифтов в стеклянных пеналах шло своим чередом. Здесь жили очень богатые иностранцы и очень бедные иностранцы. Богатые из-за старости жевали сухие брекфесты, бедные по молодости лет ярили зубы на все наше национальное и все получали. Но нет правил без исключения, которые подтверждают все правила без исключения. Один иностранец, самый богатый, Адольфус Селестина Сиракузерс завтракал жирно и сладко и увеличивал сладость жизни к вечеру под вьюжным небом до апогея, так что и родину забывал, далекую мясную державу.

В тот момент, когда Ким Морзицер явился к новому другу на творческое совещание, Мемозов как раз угощал собой этого иностранца, похожего на гигантскую плохо упакованную клубнику, и сам угощался этой клубникой, то есть наслаждался фыркающим вниманием.

Авангардист разглагольствовал, гуляя по своему номеру в самурайском шлеме с крылышками, в вязаной майке из шерсти лемура, в шотландском килте. Погибло все мое, с неожиданной тоской подумал Кимчик, все мои задумки и планы: новогодний пир в землянке, дискуссия „горизонт", античное шествие в годовщину падения Трои – все погибло, все он пожрет, ну и пусть, как все это глупо и старомодно, все это „мое" – неловко, потно, колко как-то, все это на порядок ниже „его" – современного...

Авангардист разглагольствовал:

– Моя задача, кир Сиракузерс, скромна. Всюду, где я имею себя быть, я произвожу раскачку, железным пальцем психоделического эксперимента бережу застойные мозги, по-вашему, брейны. Гомо не должен торжествовать себя на крепком стуле, а должен суисидально барахтаться в водовороте парапсихологии, это его естество, а себе я глории не ищу, не надо. Понятно?

– Натюрлих, – фыркнул Сиракузерс. В глубине его, по клубничным капиллярам цугом тащились обрывки мемозовского монолога „пери-мента-брейно-гомо-сих", и все заволокло дымом.

– Это цель, – возгласил авангардист. – Таск! Каковы средства? Их у меня тысячи, сотни, десятки! Начну с древнейшего, благороднейшего, с так называемой сплетни. Уот даз ит мин – „сплетня?" Ваш обычный иностранный госсип? Нет!

– Сплетня, – запел Мемозов вдохновенно, держась на всякий случай за батарею отопления, – это птица Феникс, возрождающаяся из золы бургеазных устоев. Сплетня – это неопознанный летающий объект, мохнатый выкидыш грозовой ночи.

Возьмем пример. Унылая фамилия за супом. Суп макаронный, капли жира мгновенно застывают, обращаясь в статичные вечные пятна, эти ордена за целомудренную скуку. Вдруг отключается электричество, иссякает газ, ледяным мхом зарастает батарея, в распахнувшееся окно, как призрак антимира, как шар, пирамидка, голубь, карандаш, наконец, – влетает сплетня.

Посмотрите, жировые пятна превратились в волшебные свечи, а квартира в пещеру Аладина. Зеркала безумия, светящиеся пунктиры разлада, сполохи униженных самолюбий, жертвенные факелы сатисфакций превратили мир стареющего интеллектуала - нюхателя в трепетный, таинственный, обратный и потому истинный мир - спектакль; с жизни содрана слоновая шкура, в складках которой гнездится столько мельчайших паразитов, не мне вам говорить. Ю си?

– Бардзо, – фыркнул Сиракузерс и брякнул кулачищем по столу, почему-то вспомнив юность, бои за индепенденцию, аукцион крупного рогатого скота в Мар-дель-Плата.

– Все уже отброшено, все наносное! – вскричал в возбуждении Мемозов. – Забыты трудовые книжки и премии, и все ваши жалкие мезоны, хромосомы, кванты, кварки, гипотенузы и ваша ржавая Железяка – все брошено на свалку! Вы поняли меня, синьор? А теперь – убирайтесь!

– Квита фа? – фыркнул Сиракузерс и вынул для расчета толстый бумажник, набитый чеками серии „Д".

— Ах так? — выкрикнул Мемозов. — Он вдруг увидел в госте заклятого врага, плутократическую маммону. В руках у него появилось тяжелое ожерелье — онежские вериги вперемешку с гантелями. — Гет аут, грязный шарк! На бойню! На свалку!

Адольфус Селестина, уже не клубникой, а малиной выкатился в коридор и спросил себе литовского квасу.

Без-условно соло нового друга - торнадо / именно так — торнадо - друг/ произвело огромное впечатление на Кимчика. Это же такая сила! Такой экспресс! И лишь в одном месте сквозь мертвую зыбь восторга прошел ручеек тусклого негодования. Да как же это так, подумал в этом месте Кимчик, ржавой Железякой дразнить нашу несравненную? Ему даже показалось „в этом месте”, что за темными окнами люкса всплеснулась какая-то березонька, некий беззащитный стебелек. Какая-то ошибка, должно быть.

— Это ты, старичок, ошибочно, конечно, пошутил насчет нашей Железочки? — осторожно спросил он.

Непонимание, вечное непонимание угнетало порой Мемозова. Смотришь Брейгеля, он тебя не понимает. Слушаешь Рахманинова, чувствуешь — музило тебя не понимает, не потянул. Читаешь Пушкина, Вольтера, Маяковского… — не понимают Мемозова монументы!

Глянешь иной раз на географическую карту, она тебя не понимает! Ни Азия, ни Европа, ни остальные материки со всей островной мелочью не понимают тебя, больше того, даже не пытаются вникнуть, понять.

Вечная оскомина, изжога, отрыжка непонимания…

— Какая досада, — сморщился Мемозов, — какая горечь в ухе, под языком, вот здесь, когда тебя не понимают.

Ким малость себя похолодел. Лишаться мощной дружбы не хотелось.

— Принесли? — сквозь зубы спросил друг - торнадо.

— Вот оно! — Ким извлек из подвздошья первое выполненное задание — одолженную в музее банку с глубоководным спрутом, отнюдь не красавцем для инертного земного глаза.

— Изрядно, — процедил Мемозов, сумрачно созерцая небольшое чудовище. — Вот она, Банка - 72, глубоководный, немой, слепой, жуткий брат.

....

Ураган ураганом, а жить надо. Нужно варить суп своему чудовищу, нужно облагораживать полуфабрикаты, нести свою скорбную женскую вахту у плиты и это, несмотря на бессовестные его подстрочники, на эти тетеревиные токования в адрес какой-то шлюхи: ах, видите ли – лирическая героиня, а я уже только в кухарки гожусь.

Так думала удивительная красавица, двигаясь в самом центре бурана среди ярчайших огней под крышей торгового центра. И капли бурана слетали с пушистых ресниц! Она, казалось, была создана для гибкого оленьего скольжения в хрустальных каналах супермаркетов, она облагораживалва собой лабиринт прогрессивной торговли, придавала ему кинематографическую таинственность и своей собственной уже „тианственностью", неопределенной смутной улыбкой она придавала и всему обществу потребления из села Чердаки некий романтический, дерзкий „чуть-чуть"... и ей, такой! – отказано в праве быть лирической героиней!

Но все-таки она была довольна своим скольжением и отражением в многочисленных зеркалах, которые, лишь она появлялась, становились как бы страницами „ВОГа". И так она в сладком терзании проскользила мимо секции овощных консервов и не заметила даже, как оказалась в галерее сухофруктов, где и содрогнулась.

Урюк! Сморщенный вяленый вкусненький предатель абрикос с лакомой еще к тому же косточкой. О, эти урюки, страшно вспомнить бесконечное неотвязное жевание, лежание с жеванием и чтением на продавленной тахте, фиктивное переворачивание страниц, жаркая вялая дрема, липкие пальцы, чуть-чуть похрустывающая в надоевших, но неутомимых зубах урючная грязинка и жевание, жевание, жевание...

Отрочество и золотая пора ранней юности были под угрозой. Сухофруктов в доме жреца Нефертити было изобилие, и все любили жевать, якобы читая, якобы наслаждаясь музыкой и лишь неискушенное дитя – сестренка откровенно жевала урюк, лежа на боку и укрывшись с головой одеялом. Урюк, сколько погубил ты тианственных магнитных красавиц, блистательных интеллектуалок, сколько округлил талий, сколько книг ты сжевал, и сколько дивных мыслей растеклось в твоей сладкой жижице!

Так и сейчас, как в отрочестве, ей скулы свело от желания урючной оскомины, и она сделала немалое усилие, чтобы пронзить галерею сухофруктов и на выходе резко, киношно купить в лотке бутылку шампанского. Шампанского! Зачем? В противовес – урюку! Танго „Брызги шампанского"! Как-то в полуархивной плюшевой липкой одури, в урючной истоме попался в руки журнал красивой жизни „Столица и усадьба", 1915 год. С пожелтелой малость страницы улыбалась графиня Нада Торби, супруга принца Джорджа Баттенбергского, правнучка Пушкина, сестра милосердия в лазарете памяти В.Ф.Комиссаржевской. Высокая красавица в косынке с крестиком улыбалась тианственно и, хоть несла она корзину с корпией и бинтами, а на задворках памяти плясало шампанское! Брызги! Вальс! Комильфоты в масках!

Открыв без стука дверь „директор", красавица скользнула внутрь.

– Не возражаете, Крафаилов? Бутылку шампанского?

Крафаилов вскочил со стуком и вытянулся. Молоко ушло в ноги, а кровь забушевала в щеках, в ушах, в грудной клетке. Вот оно – испытание! Пришла какая-то любимая, несравненная, с бутылкой шампанского!

– Шампанское? Любопытно! – в углу в кресле сидела Таисия с букетиком бельгийских скоростных гвоздик. – Это в честь чего же?

– Буран!

....

№7

Когда ты болеешь, город становится отвратительным.
Весь ренессансный город от врат его до укромных фонтанов,
от куполов до мраморных плит,
И даже парк, где шумит лигурийская ель,
и даже харчевни, где пьют ароматнейший эль,
и даже сладкий кондитерский дым
становится отвратитель-ным.
Когда ты болеешь, день становится тошнотворным.
Небо, как прокисший творог, не превратившийся в сыр,
ветер, как жирный лоснящийся вор,
птицы и провода, как клочки бессмысленных нот бездарной
додекафонии,
и пляж вдоль реки, как ошметки погасших жаровен,
и звук лирический, полдневный блюз
суть дым химический, бензинный флюс.
Когда ты болеешь, когда ты лежишь перепиленная болью под
мостом Бонапарта Луи,
течение реки кажется мне преступным...

– Черт! Перфокарта оборвана, а наизусть не помню, – замялся Вадим.

– Достаточно. Насколько я понимаю, этот подстрочник посвящен моей жене? – Павел был очень спокоен.

Что? Китоусов споткнулся на твердой снежной тропе и дико глянул назад на Павла, как будто тот шарахнул ему вопросительным знаком по загривку. Равновесие было потеряно, и фигура Вадима нелепо закачалась на тропинке, грозя рухнуть в полутораметровый снежный пуховик.

Семидневный буран был на исходе. Отдельные партизанствующие вихри еще врывались в город, но в небе уже там и сям мелькали размытые намеки антициклона. За семь дней город опустился в снег по самые форточки первых этажей, но были уже утоптаны первые тропинки, движение по которым наполняло прогулки прельстительным риском – оступишься и утонешь, если ты дитя, лилипут или даже гигант, но нетрезвый.

И вот Вадим Аполлинариевич уже качался, а Павел Аполлинариевич медленно поднимал руку для поддержки, борясь с естественным инстинктом – толкнуть.

– Да почему же твоей жене?

– Ну вот „перепиленная пополам" – это ведь моя жена, не так ли?

– Вздор! Это лирическая героиня. Да разве лежала Наташа когда-нибудь под мостом Бонапарта Луи?

– Где этот мост?

– А черт его знает, стихи не мои... Прислал коллега из ПЕРНа, у них там компьютор сочиняет... Ой, падаю!

Молодой ген человеческой солидарности нокаутировал древний ген вожака и дал команду руке, и та немедленно схватила друга за плечо. Теперь закачались оба Аполлинариевича, а ведь были совершенно трезвые.

– А вот помнишь, на той вечеринке, когда мы пели фронтовые песни? Ты тогда очень часто на Наталью оборачивался, даже наш главный сын Кучка заметил и мне сказал.

– А ведь я тебе ничего не припоминаю, Павлуша, а ведь мог бы...

– Подожди, Вадим, не думай, что я ревную, я ведь знаю, что ты не предатель и я не предатель. Просто, может быть, мы помним о какой-нибудь немыслимой встрече за пределами нашей жизни, вернее, за пределами этого мгновения, когда мы с тобой качаемся на бревне, за пределами во все стороны – ты понимаешь – не может быть, чтобы не было в нашей памяти кнопочки этой встречи, а? Где это было, где это будет, в каких слоях времени, на берегу каких озер, пресных или соленых, горных или подземных, мы не знаем, но вот включается кнопочка, и мы смотрим вокруг тем далеким глазом и оборачиваемся, как ты вот оборачиваешься, Вадик, на мою Наташку, к примеру, или на Лу Морковникову, или, к примеру, старик, на твою тианствснную Марго... ты понимаешь? Абстрактно? Да хотя бы и на Серафиму Игнатьевну ты оборачиваешься, к примеру... ведь это же настоящий чарльстон, золотые двадцатые годы!

– Пить хочу, – пробормотал Вадим и рухнул с тропинки в снег, погрузился едва ли не по горло.

Естественно, вслед за ним повалился и Павел. Они поползли сквозь снег к снежному холмику, где рядом с засыпанным киоском торчала шляпа водоразборной колонки. Павел взялся за рычаг – качать, а Вадим припал жадными устами к ржавому крану. Много лет уже колонка не действовала, но тут дала порцию подземной газированной чертями воды.

– Ах, Вадюша, – прошептал Слон.

– Ах, Павлуша, – прошептал Китоусов, лежа на спине и переполненный водой. – Посмотри, в небе колодец какой открылся, с искоркой. Быть может, Дабль - фью к нам летит, а? Мезоны-то уже неделю пляшут.

– Ах, Вадюша, я в Москву хочу слетать за живыми цветами, – вздохнул Павел.

– Возьми меня с собой, – попросил Вадим.

Вдруг близкий и неприятный клекот раздался над друзьями. На дорожке в алеутской шубе с гималайским орлом на левом плече стоял Мемозов. В пальцах его трепетал небольшой листочек.

– Я прошу прощенья, монсиньоры, за неделикатное вторжение, но мне показалось, что столь интимный дуэт вам трудно будет завершить без последнего кусочка седьмого подстрочника.

Мемозов дал обрывок перфокарты в клюв своему орлу, и тот двумя взмахами крыльев перенес его Китоусову, даже не взглянув на текст.

– Где взяли? – хмуро спросил Вадим.

– На вашем письменном столе под портретом Наталии Слон. Должно быть, Ритатуля поставила портрет вам по рассеянности. Портрет удачный, забудешь и о доблести, и о подвигах, я вас понимаю. О славе – молчу.

– Вас Маргарита впустила или дверь взломали?

– Эх, Вадим Аполлинариевич, – притворно вздохнул Мемозов, – есть сотни способов проникновения в закрытые квартиры, а у вас в голове только два. Вот, например, один из способов, – и он показал друзьям английский ключ.

– Отдайте ключ, – попросил вконец зашельмованный физик.

– Отдам, но не вам. Павел Аполлинариевич, держите! Натали потеряла этот ключ в „Ледовитом океане". Я нашел и мне показалось, что он подойдет к дому Китоусова. Не ошибся. Надеюсь, эта маленькая штучка не приведет к трагическому апофеозу, ведь это всего лишь ключик, а не батистовый платок, и автор ваш далеко не Шекспир, а я не призываю чумы на оба ваши дома…

Авангардист уплыл в глубину микрорайона, но друзья этого даже и не заметили. Теперь они стояли в снегу, ожесточенно конфронтируя друг другу.

– Почему твой ключ подходит к моей квартире?

– Я бы тоже это хотел узнать!

– Ну знаешь, Пашка!

– Ну знаешь, Вадим!

Драться не будем – глупо! Как унизительно вот так стоять и терзаться. Давай-ка лучше унесем свои головы в другие свободные пространства. Головы медленно поплыли под снегом, ибо тело в снегу тормозилось сильнее, чем в воздухе.

– Вадимчик, Вадимчик, сыграй вот это: „После тревог спит городок, я услышал мелодию вальса и сюда заглянул на часок…” Ребята, кто помнит?

Да кто же из нас не помнит? Песни старших братьев мы помним и сейчас, может быть, даже больше, чем мелодии собственной юности. Вы помните – авиационное училище маршировало по Галактионовской со свертками из бани, и сотни молодых глоток разом, лихо, отчаянно пели грустную песню:

Не забывай, подруга дорогая,
Про наши встречи, клятвы и мечты!
Расстаемся мы теперь,
Но, милая, поверь,
Дороги наши…

Разворот плеч и отмашка левой, серебряный кант голубых погон, пилотки, сдвинутые на бровь – без пяти минут офицеры, летчики-пилоты… мы парни бравые, бравые, бравые, но чтоб не сглазили подружки нас кудрявые, мы перед вылетом еще их поцелуем горячо и трижды плюнем через левое плечо…

Пора, пора в путь-дорогу, они улетают, у них в руках „яки”, „илы”, „петляковы”, у них в руках оружие, у них в руках память об оставшихся девушках, этих дурбин-целиковских в бедных крепдешиновых платьицах, что трепещут над острыми коленками весело и насмешливо – наплевать на войну! Мне кажется, что тогда люди не чувствовали, как уходит юность и не считали прожитых лет.

Мальчики улетали в центр мировых событий так же, как улетали их английские, и французские , и американские ровесники, свободолюбивое человечество.

Союзники, вы помните, ребята, как вдруг к нашим волжским

старым городам приблизилась Атлантика, как она взлетела к нам тогда из кинохроники: мохнатые волны, ощетинившиеся спаренными и счетверенными зенитками, торпедные залпы, клубы дыма… и вдруг к кинокамере оборачивались узкие смеющиеся глаза англичан.

На эсминце капитан
Джеймс Кеннеди,
Гордость флота англичан,
Джеймс Кеннеди!
Не в тебя ли влюблены,
Джеймс Кеннеди,
Сотни девушек страны?
Хей, Джимми!

Что ж, нашим старшим братьям, как и нам, становилось веселей оттого, что какой-то детина из Канзаса перед отправкой на фронт нашел себе „чудный кабачок, и вино там стоит пятачок", да и тем морякам, летчикам и коммандос, должно быть, становилось теплей оттого, что вдоль бесконечного Восточного фронта „бьется в тесной печурке огонь" и „на поленьях смола, как слеза" и прежде загадочному, а теперь близкому Ивану, свободолюбивому homo sapiens поет, все поет и поет гармонь „про улыбку твою и глаза", а Гансу, этому homo, обманутому нацистами, становится холодно от этого огонька, и нервные пальцы берутся за аккордеон.

Если я в окопе
От страха не умру,
Если русский снайпер
Мне не сделает дыру,
Если я сам не сдамся в плен,
То будем вновь
Крутить любовь
С тобой, Лили Марлен…

Эге, забыты уже штурмовые гимны — Die Fahne hoch! Sa marschiert!.. уже почесывается Ганс — кажется, мы опять откусили цукер-кухен не по зубам, моя подружка Лили, и не поможет нам уже никакое вундерваффе и ничего, кроме твоих колен, колен твоих, их либе дих, моя Лили Марлен.

Лупят ураганным,
Боже помоги!
Я отдам Иванам
Шлем и сапоги…

Браво, браво, мальчики! Ой, как смешно сейчас Самсик подыграл на саксе „Барон фон дер Пшик" — помните? — покушать русский шпиг… давно уж собирался и мечтал…

— А помните начало:

Вставай, страна огромная!

— А ведь это и сейчас звучит здорово, вот послушайте:

Не смеют крылья черные
Над Родиной летать…

— Не смеют, не смеют, не смеют крылья черные над Родиной летать!

— Мальчики, у меня просто мурашки бегут по коже от этих песен.

— Давайте выпьем от мурашек!

— Если сейчас выпьем, я разревусь.

— А смотрите-ка, у Пашки уже глаза на мокром месте. Неужели растрогался, Слон?

— Я не знаю, ребята, что это сегодня с нами? Вот ты поешь, Ипполит, „день погас и в голубой дали", а передо мной так и мелькают отроческие картины, эвакуация, голодные шальные прогулки по перенаселенному городу, всегда бегом, всегда со свистом, с чувством близкого чуда.

ТРАМВАЙ 43-го ГОДА

— Я помню разболтанный, мотающийся из стороны в сторону вагон трамвая. Четыре мощных парня в пилотских куртках курили на задней площадке. Трамвай был убогим, без единого целого стекла, и грохотал он по убогой улице, где сквозь ржавые и гнутые прутья садовых решеток, сквозь смиренно тлеющий осенний парк сквозили кирпичные стены смиренной, иждивенческой скудости, тихого угасания, заброшенности. На меня всегда навевала тоску эта улица, но парни шумно курили крепчайший табак и топали отменными сапогами, и каждым своим движением как бы говорили мне, хилому школяру, — „не дрейфь, перезимуем, не угаснем", — а потом они вдруг стали выпрыгивать из трамвая, не дожидаясь остановки.

—Давай, Ермаков! Вали, как из „Дугласа"!

И пошли один за другим.

— Мы любили их.

— Мы их любили и завидовали.

— Как говорится, хорошей завистью.

— Конечно, хорошей, но если быть честным, это была не совсем чистая зависть. Хорошая, но уже не совсем чистая зависть , к нашим косточкам уже притрагивалось либидо. Мы завидовали их пилоткам, звездочкам, их оружию, их боям в рядах свободолюбивого человечества, но мы завидовали уже и их встречам и их разлукам, и синему скромному платочку, „что падал с опущенных плеч", и вальсы „в этом зале пустом" чрезвычайно трогали наше воображение.

> ... и лежит у меня на погоне
> незнакомая ваша рука...

– Браво, Эрик! Очень трогательно.

– Вздор! Что же нечистого в этой зависти? На мой взгляд, прекрасная зависть.

– Я именно это и имею в виду. За границей детства – волшебный аромат извечного греха.

При упоминаниии „извечного греха" в глубине слоновой квартиры скрипнула дверь и послышалось хихиканье. Наташа прислушалась и улыбнулась.

– Я вспомнила, что наш главный сын Кучка пел романс:

> ... как мимолетное виденье
> в огне нечистой красоты...

А когда я ему растолковала, что тут нечто другое, он был огорчен. В другой раз я заметила, что он часто употребляет термин „развивающиеся страны" и ему кажется, что это такие страны, которые развеваются на ветру, как флаги. В этом он долго упорствовал, а на слове „коньяк"...

В глубине квартиры вдруг стукнула дверь детской, и перед обществом явился рослый двенадцатилетний акселерант, главный сын Кучка, суровый и со скрещенными на груди руками.

– Я и сейчас считаю, что Коньяк – это не город во Франции, а конь с рогами яка, который на этикетке, а вы, взрослые, ничего не понимаете, потому что живете в волшебном аромате из млечного греха. Кроме того, горланить песни можно и потише. Младшие дети кряхтят во сне.

Сказав это, главный сын развалился прямо в пижаме на ковре и помахал рукой несколько смущенным гостям:

– Продолжайте беседу, не смущайтесь. Я вполне полноправный член этой семьи.

> Мы летим, ковыляя во мгле,
> Мы к родной подлетаем земле,
> Бак пробит,
> Хвост горит,
> Но машина летит
> На честном слове и на одном крыле! –

тут же все спели хором.

– Что касается зависти, то я и сейчас им завидую. Я и сейчас жалею, что не родился на десять лет раньше и не был среди фронтовиков. Освобождать народы – завидная доля!

– А мы устремились в спорт, – сказал задумчиво Павел. – В сущности, мы были первым поколеньем, всерьез занявшимся спортом, и мы первые прыгнули в длину на восемь, а в высоту на два - пятнадцать. Помните Степанова?

– Сравнил Божий дар с яичницей. Сколько славных ребят погибло, и детей они родили гораздо меньше, чем мы.

– Теперь уж кончился весь наш спорт, за исключением яхт, стрельбы и, конечно, новозеландского бега. Недавно я был в Лужниках на легкоатлетическом матче, и там в забеге на 10.000 участвовал один ветеран.

ФЕДЯ

Знаете, как это бывает на десятитысячнике – лидеры обогнали аутсайдеров почти на целый круг, и Федя, бежавший последним, на короткое время как бы возглавил бег.

– Давай, Федя, – добродушно смеялись трибуны. – Жми, Федя! Жми-дави, деревня близко! Федя, лови медведя! – и прочую чушь.

Я и сам кричал что-то в этом роде: ведь на стадион люди ходят в основном для того, чтобы почувствовать общность с тысячами других людей, для того, чтобы было общее чувство, вместе захохотать, вместе придти в восторг, вместе возмутиться, вместе торжествовать.

В гонке участвовали парни хоть куда – ладные, загорелые, в мастерски подогнанной форме, с летящей манерой бега. Лишь два бегуна были невзрачны – действительный лидер, непревзойденный еще никем у нас малыш, и этот анекдотический лидер Федя, тоже маленький, сутулый и какой-то бурый, и трусы на нем висели мешком, и майка линялая, эдакая команда „Ух!", город Тьмутаракань Пошехонского уезда Миргородской волости.

Я никогда не любил таких серяков, потому что сам всегда был ну не лидером, но в первой десятке, именно вот таким, как все остальные бегуны – загорелым, ладным и с летящей манерой бега.

Федя этот вызвал во мне даже некоторое раздражение – куда, мол, он тут со своей клешней в табун мустангов?

А он все бежал круг за кругом, некрасиво, кособоко, но бежал, не обращая внимания на мое раздражение и на смех трибун. Лидеры обогнали его уже на два круга, потом еще больше, потом они кончили бег с рекордом стадиона, а он все бежал и бежал, да еще и попробовал догнать предпоследнего молодца с длинной, как у Мемозова шевелюрой, но не догнал, а только сбил себе дыхалку и заканчивал дистанцию уже мучительно, совсем уже оскорбительно для глаза.

– Федя! Лови медведя!

Сидевший рядом со мной толстый одышливый кавторанг тихо сказал:

– Между прочим, Федя был чемпионом профсоюзов в 1956 году. Горько слышать этот смех, ведь он старше всех других на пару десятилетий.

Ах, Федя, Федя, попробуй его отыщи теперь под трибунами, в потных раздевалках, забитых молодежью, попробуй пригласить его на кружку пива, чтоб сказать: я преклоняюсь перед тобой, последним турнирным бойцом нашего поколения...

... – Теперь еще подсчитай количество радикулитов, язв и вегетативных дистоний, а потом мы все хором поплачем.

Шутка повисла в накуренном воздухе, за окнами взвыл вихрь, кто-то кокнул рюмочку, а Самсик в углу еле слышно заиграл „Не говори мужчине никогда о его любви."

– В чем дело? – тревожно спросила Морковникова.

– Ничего, ничего, родная, не волнуйся, – прошептал Эрнест, – просто он что-то вспомнил.

– Я вспомнил кое-что из классики, – пробормотал Самсик, а на самом деле он вспомнил ритуал New-Orlean's funeral, когда выходит весь состав, коричневые братья, и скорбно дуют в свою посуду траурную мелодию, а потом вдруг перелетают на бешеный ритм и всю ночь безумствуют, хохочут и топочут в память об усопшем. Так и мы начали свой вечер в кафе „Печора", но, увы, мы не негры, а славяне...

НЬЮ-ОРЛЕАНСКИЕ ПОМИНКИ НА НОВОМ АРБАТЕ

Был вечер памяти Володи Журавского, барабанщика – может, слышали? Мы-то его все знали – и в Риге, и в Одессе, и в Хабаровске помнят его игру. Когда-то я играл с ним в квинтете Гараняна, а потом через много уже лет заехал как-то в Москву, по бракоразводному делу, и в „Синей птичке" увидел Володю в составе трио Игоря Бриля. Ну, вы же знаете, мне и рюмки не надо, чтобы завестись, и я играл тогда с ребятами чуть ли не до утра, потому что играли от живота, а не как-нибудь, настроение было хорошее.

Да с кем только не играл Володя Журавский – и в ВИО-66 у Юры Саульского, и с Товмасяном, и с Козловым, и с Чарли Ллойдом в Таллине, и с Намысловским в Варшаве, когда-то у него и свой был состав.

Вроде бы есть такое правило – о мертвых – или хорошо или „кочумай", верно? Но о Журавском при всем желании никакой лажи не вспомнишь, а помнишь только хорошее.

В самом деле, не было лучшего спутника в путешествии, а когда ты выезжал вперед, ты был спокоен за свой хвост и видел перед собой только небо, ты знал, что он тебя ведет своими щеточками, и не трусь – дуй себе до горы из квадрата в квадрат и на верхушке не смущайся, потому что все в порядке, а в случае непорядка он сразу вздернет тебе узду, такой законный был барабанщик.

Я не знаю, где он сейчас, – может, в другом измерении? – ведь он разбился в том самом самолете... Говорят, что отлетела плоскость, и даже по радио сообщить не успели, все разом разлетелось в прах. Что это значит – в прах? Быть может, Эрик знает, ведь он знаком с высшей математикой? Значит – в прах разлетелся Володя Журавский, и где он сейчас, неведомо никому.

Он и раньше разлетался в прах, когда играл соло и выбирался на верхушку. Любому из нас это знакомо, когда ты весь уже рассыпаешься вдребезги, пыль и угольки, но тут всегда вступят товарищи или весь состав и выдергивают тебя, как редьку из матушки - земли. Эх, у этого самолета не оказалось рядом товарища.

Кафе „Печора", знаете ли, огромное – может быть, на триста, а может быть, и на четыреста посадочных площадок. Там длиннейшая выдавалка, в глубинах – котлы и холодильники, девчонки в белых колпаках, слева касса, справа буфет с кирянством, и кирянство, между прочим, очень недешевое – марочный коньяк в коробках, больше ничего не было.

Когда наши начали собираться, в кафе еще много было обычных едоков, и они ходили со своими подносами и шумели своей едой, а затихли только, когда Алеша Баташев поднялся на эстраду и объявил минуту молчания, но на кухне, конечно, никто не затих. Напротив, какой-то резкий голос в течение всей минуты вопил в пустоту: „Шура, помидоры давай!" – как будто в резонатор: голос летел в какую-то дальнюю дыру, которой завершалось это кафе, в тоннель, где что-то светилось, кажется, Старый Арбат.

Ну а потом, после Алеши, на сцену поднялся коллега Журавского барабанщик Буланов и десять минут играл в его честь один. У Журавского было странное осторожное лицо, слегка плоское, но с острыми углами, а когда он играл, лицо его становилось мрачновато -бесстрастным, как щит. Буланов – иное дело, этот на вид – доцент: золотые очки, гладкий подбородок. Он и играет иначе, мягче, но в тот вечер он закусил губы и... мы почувствовали, как на самой верхушке он разлетелся в прах, словно Володя Журавский. Они были большими друзьями.

Я посмотрел вокруг и увидел сотни две или три знакомых лиц, музыкантов джаза и наших девочек. Все постарели немного, но все еще были красивы, а некоторые даже стали лучше. Все были так красивы, что у меня сердце защемило от любви.

Бахолдин, Зубов, Гаранян, Козлов и Становский, Саульский, Бриль и Товмасян, Лукьянов, Людвиковский ... – не знаю, как для кого, а для меня эти имена звучат таким же серебром, как Джо Кинг Оливер, да и Самсика Саблера не все еще позабыли в „Печоре" и в „Ритме" и в „Синей птичке", хотя, конечно... да, ладно, чего уж там...

А меж столов старухи - уборщицы катали свои коляски, и там громоздились тарелки с остатками пищи: выеденные ломти хлеба, похожие на вставные челюсти, непрожеванная спинка чавычи, сбитый в сиреневые кучки гречневый гарнир, картофельное пюре, уложенное наподобие морских дюн – золотое сытое время!

... Все пришли в тот вечер, кто знал, а кто не знал, тот после жалел и тосковал, и все играли в этот вечер cold и hot, и все были в порядке, деловые и не сопливые, как будто и он был с нами, виновник тризны, как будто просто шикарный джэм, и никого не развезло, и лишь временами из темных глубин заснувшей кухни просвистывал ветерок пронзительной печали, а когда мы вышли на ночной пустынный Арбат, где пульсировала лишь реклама японских аэролиний, другой ветер, хмельной и с запахом снега, ветер резкого, но шаткого шага ударил мне в дыхало, и я даже на миг вспомнил юность и Бармалеев переулок на Петроградской стороне, но все это мигом промелькнуло, промчалось за каким-то лихим человеком вместе с патрульной машиной, а в углу перед фото-товарами меня придушила изжога, и для того, чтобы выбраться из угла, я вспомнил слова Лени Переверзева.

– Прошу вас, сядьте, – говорил он публике со сцены перед началом большого концерта однажды, – прошу вас, прекратите стучать стульями, хрустеть фольгой, цокать языками, щелкать пальцами, сморкаться носами и хохотать языками при помощи зубов. Прошу вас – дайте музыкантам играть: ведь жизнь коротка, а музыка прекрасна.

... – Нет-нет, ничего, Луиза, я просто вспомнил вот эту тему ни с того, ни с сего, – пробормотал Самсик, прошелся пальцами по клавишам и смиренно затих.

Слово взял Великий - Салазкин и сразу же залукавился:

– Рано, рано, киты, замочалились, ностальгию развели: кой-чего человечьему роду и вашей генерацией дадено. Посмотрите-ка в космос кто летает – ваша братия!

Все тут возбужденно и радостно загалдели. А в самом деле – ведь все первые космонавты нашей послевоенной генерации – и Юра, и Володя, и Борис, и все американцы. Ну вот, хоть и не воевало поколение, зато первым на орбиту вырвалось, первым на Луну шагнуло, и тем самым записалось в учебники. Ну, что еще, чем можно похвалиться? А что, мужики, так или иначе, но мы первое поколение протеста за полвека. Не смеши – что ты называешь протестом – кафе „Инфернал", математический выпендреж мелом на белой стенке? Хотя бы и это, хотя бы и такая ерунда – знаки когда-нибудь обнаружатся – таков закон нашей странной природы. Могу еще напомнить о нашей переписке со Степанидой Власьевной. Вспомните, как дама растерялась – ведь никто прежде не пытался качать с ней права, хотя бы и таким вежливым образом. Зачем преувеличивать, она и внимания не обращала на наши послания, ни холодно ей было, ни жарко, не отвечала и отвечать не собиралась. Простите, не согласен. Она отвечала и очень определенно. Вот меня, например, однажды вызвала – там мужичок такой сидел, похожий на дремлющий пенис – и спрашивает: вы для чего это все нам пишете? Там написано, говорю, для чего, прямо в тексте ищите причину, других нет. Тогда она и ответила очень недвусмысленно – схавала мою диссертацию. Она тогда много диссертаций съела, без аппетита, правда, без прежнего азарта, но жрала. Да ей не нравились, очень были не по душе эти жалкие письмишки, как, впрочем, и некоторые прогулки вдоль Шестидесятых. Не знаю, всем ли я рассказывал про мартовский вечер в середине десятилетия на площади среди священных построек. Нас тогда пригласили принять участие в Митинге Против Обратного Вноса Вынесенного Ранее Мертвого Тела. Была ужасная сырость, а у приглашающего были черты Стальной Птицы, чем-то смахивал на нашего Мемозова. Может быть, он? Не исключено, но вряд ли, просто кто-то из этой породы. Тем не менее мы пошли. Там было много наших ребят. Может быть, как раз ненаши ребята и затеяли это дело, чтобы посмотреть, сколько соберется наших ребят. Мы предполагали этот вариант, но все-таки пошли – пусть посмотрят. Какая дьявольская была леденящая сырость, мрачные тучи неслись над священными куполами, оперативные машины медлительно передвигались по краю священных торцов, из-за угла Исторического Театра пульсировала гнусная рожа то ли самого главного, то ли самого мелкого из ненаших. Мы казались сами себе декабристами, но, конечно же, издевались над собой и хохотали. Потом они нас забрали, и шесть часов мы отогревались в кардегардии Боевой Дружины, издевались над ними и хохотали. Между прочим, был большой подъем и готовность к любой жертве, но все это быстро заглохло в рутинной серятине. Они нас выпустили, не дав совершить никаких героических поступков, а потом уже у каждого поодиночке Степанида стала скучно хавать диссертации. Так что в историю нам не удалось вмазаться с этим делом. Но все-таки… а?… ребята?… но все-таки, а? Да разве, опять же, дело в истории, в золотом тиснении, в жертвенном огне? Дело ведь в осознании себя и себе подобных, своих товарищей по жизни, дело в собственной памяти, которая может обойтись без мрамора и без других стойких материалов. „Рожденные в года глухие пути не помнят своего…” – Мы – помним, и это наша удача. В конце концов, и перенос семени тоже немаловажное дело, но если вместе с семенем передается еще и память, мгновение восторга и ненависть к преступникам, презрение к нечеловеческому и радость труда, то это дело – нечто более важное, чем жизнь высшего отряда приматов. По всей земле мы понастроили немало прекраснейших железок и здешняя наша Железочка далеко не из худших.

И вдруг сквозь общий веселый гвалт, разговоры о спорте, сменах, артистах и космонавтах, о годах рождения и о памятных датах прорвалось зловещее:

– Вздо-о-р! Вззз-до-ор! Вздоррр!

То не злая струя бурана и не газ из болотного бочага, то не тойфель померанский и не татарский шурале, то обыкновенный человеческий голос гудит в вентилятор, саркастический голос „вздор”.

А этому „вздору”, проникшему к пиршественному столу, аккомпанируют на кухне визгливые звуки „дур-р-раки”, вылетевшие как будто бы из мусоропровода.

– Что это за новости? Должно быть, Кимчик что-нибудь придумал. В самом деле, куда пропал Кимчик? Наверное, он готовит сюрприз. Вот – звонят! Сейчас увидите – Кимчик явится с сюрпризом. Помните, на открытие „Выхухоли” что он придумал?

Главный сын Кучка ринулся открывать и вернулся разочарованным:

– Нет, это не Кимчик. Это просто животные пришли.

В дверях топтались, стряхивая снег, пудель Августин, сенбернар Селиванов и ворон Эрнест. Тщательно вытерев лапы, Августин и Селиванов вошли в комнату и улеглись на шкуру белого медведя. Здравствуйте, всемогущие люди, казалось, говорили они своими спокойными глазами, здравствуй и ты, шкура белого медведя. Твой бывший хозяин не пожелал стать нашим другом и потому поплатился своей шкурой, но ты, шкура белого медведя, ты наш друг, и мы на тебе лежим.

Эрнест взлетел на люстру поближе к вентиляции и многозначительно зеленым древним глазом глянул на сеточку, сквозь которую имеет свойство проникать порой в буран нечистая глупая сила. Чего-чего только не видел этот транссибирский невермор на своем многовековом веку и давно уже ничего не боялся, словно воин Чингачгук.

Визит животных всех успокоил, ведь все действительно немного взволновались: шутка со „вздором" и „дураками" была не похожа на кимовскую затею, Кимчик никогда не придумывал ничего зловещего.

– Здравствуйте, добрые звери, и спасибо за внимание. Мальчики и девочки, давайте-ка еще споем! Давайте из того же репертуара:

На позицию девушка
Провожала бойца.
Темной ночью простилися
На ступеньках крыльца.
И пока за туманами...

Вдруг вентиляция бурно и издевательски захохотала, а мусоропровод заклокотал в хохотальных рыданиях.

– На свалку! Вы все – торопитесь на свалочку! Лос! Лос! В органический синтез! – забормотали эти коммунальные системы, кем-то поставленные на службу недоброму делу.

– Да это же мемозовская хохмА, – смущенно догадался Великий - Салазкин. – Ничего, а? Остро, правда?

– Халтур-ра! – прокаркал ворон Эрнест прямо в вентилятор.

– С Мемозовым мы вас по-прежнему не поздравляем, В - С, – надулись киты. – Похоже на то, что он объявил войну нашей Железочке.

– Он устраивает какой-то сеанс медитации. Не надо соглашаться.

– Еще подумает, что трусим. Надо вывести его на чистую воду. Спустить за борт! Недельный запас провианта – и адью.

– А я не согласна, – вдруг заявили женщины устами Маргариты. – Мне кажется, что Мемозов внес свежий аромат в нашу жизнь. Он пахнет остро, как смесь „Баленсиаги" с „Тройным одеколоном", и вообще иногда в предвечерние часы приятно видеть в перспективе хвойного проспекта его огнедышащую фигурку на серебряных кругах.

– Я не благодарю вас, вумены, нимфы, сирены, гетеры и одалиски, – сказал Мемозов, мгновенно входя в комнату без всяких предупреждающих звонков, стуков и покашливаний. – Я не благодарю вас, а просто лишний раз отмечаю ваше превосходство над кланом засонь, обжор, пьяниц и рогоносцев. Браво, клеопатры! Браво, мессалины!

Он повернулся к хозяйке дома и передал ей кусочек горного хрусталя с заключенным в него миллионы лет назад эмбрионом плезиозавра.

– Это не подарок, мадам физик, а всего лишь пароль, и смысл его вам, конечно, ясен. Мой подарок явится позднее, а сейчас перед тем, как выслушать ваш рассказ, то есть перед длительным молчанием, позвольте заметить, что я вовсе не воюю с вашей Железкой. Она мне скорее не отвратительна, а безразлична. Она – всего лишь предмет, а предметы для меня – это семечки, уважаемый женский ум и вы, умы обоих полов. К бессловесным тварям я не обращаюсь. Итак, я умолкаю. Это жертва вашему идолищу.

Он медленно прошел по комнате, закрыл крышку пианино, взял со стола блюдо рыбы и застыл в углу.

Несколько минут прошло в напряженном молчании, что-то тревожное, похожее на первые симптомы эфирного отравления, возникло в замкнутой атмосфере пира.

– Наташа, я волнуюсь, – проговорили мужчины, – о чем ты хотела рассказать?

– Да ни о чем, – задумчиво промолвила хозяйка, вертя свою божественную прядь. – Но вот когда Мемозов назвал нашу Железку „предметом”, я почему-то вспомнила краеведческий музей в Литве.

ПРЕДМЕТЫ

Музей помещался в еще нестарой красной кирпичной кирхе, чья кровля среди сосен так замечательно гармонизировала пейзаж песчаной косы.

Оказалось, что в кирхе остался орган и там дают концерты артисты из Вильнюса. Однажды мы с Кучкой отправились слушать старинную музыку. Конечно, брутальный мальчик сначала долго орал: „Не пойду!”, „Бр-рахло!”, „Др-рянь!”– но потом скромно и быстро собрался и отправился вместе со мной, и я даже заметила, что он немного нервничает от нетерпения и любопытства.

Играли в тот вечер Свелинка, Фробергера, Муффата, Баха, Вивальди и пели к тому же из Моцарта, Генделя, Глюка и Скарлатти. Ах, вы знаете, я это люблю! Знаю, что модно и что еще моднее не следовать моде и не любить старинную музыку, но не могу тут выпендриваться и думать о какой-то собачьей коньюнктуре – пусть модно или немодно, мне все равно.

Вот, кстати, любопытная штука: когда-то ведь все мы, так называемые интеллектуалы, начали слушать музыку храмов из чистого снобизма. Время прошло, и музыка победила, теперь я вхожу в нее как в реку, и она струится по моей коже, как сильный теплый дождь, а на горизонте в июльской черноте вспыхивает тихими молниями. Спасибо тому раннему снобизму.

Но здесь, собственно говоря, хочется говорить не столько о музыке, сколько о предметах, о жизненной утвари старого курша Абрамаса Бердано.

Начнем с портрета, ибо там был и портрет. В манере старых мастеров мемельского овощного рынка был изображен Абрамас Бердано в зените своего могущества, однако уже перед спуском. Голову его венчала кожаная зюйдвестка домашней выработки, а под зюйдвесткой в облаке библейских, истинно авраамовских седин гордо и спокойно возвышалось его красное лицо в крупных морщинах, а глаза его с простой голубизной смотрели на обширный, но привычный балтийский дом.

Рыбацкое племя куршей много веков населяло странную землю, вернее, песок, сто верст в длину и три в ширину. Говорили они по-литовски, а на храмы свои ставили лютеранский крест. Они все делали сами, своими руками, они изготовляли предметы и с самого начала и до самого конца жизни они делали эти предметы, в этом и состояла их жизнь, и наш Абрам Бердано все себе сделал сам, отнюдь не думая, что когда-нибудь его вещи станут музейными экспонатами.

Сначала он сделал себе колыбель, в которой и лежал, прося у матери молока. Он не забыл и об удобствах – колыбель можно было подвешивать к потолку или качать материнской ногой. Потом он сделал себе лыжи, но предварительно, конечно, он сделал себе нож. Потом он сплел себе сеть, сделал ловушки для любимого гостя, саргассовского угря, сделал сачки, вырезал весла и, наконец, построил баркас и сшил парус.

Началось второе великое дело его жизни – он стал строить себе дом и построил его. Затем он сделал прялку для своей жены и два отличных узорных флюгера – один на крышу дома, другой на мачту баркаса. На деревянных этих флюгерах Абрам Бердано вырезал свои сокровища, всю красоту своей жизни: свой дом, свою корову, свой баркас – и покрасил тремя красками: красной, белой и синей.

Отдыхая, Абрамас Бердано пил самодельное пиво и делал коньки для катания себя и своих детей по прозрачному льду Куршио Марио в веселые дни Рождества и Пасхи.

Затем он сделал себе гроб и крест.

Теперь все эти предметы стояли перед ним в его церкви, начиная с люльки и кончая крестом, и музыка европейского Ренессанса как бы освящала их, делала их как бы предметами культа.

Сачки, багры, сети, паруса, бочки, обручи для бочек, лампа, стол, веретено... там в глубине на белой стене висели даже орудия пытки, эдакие страшные в человеческий рост клещи. Уж не истязал ли себя Абрамас Бердано для того, чтобы быть причисленным к лику святых в лоне краеведческого музея?

– Нет, мама, это не оружия пытки, – сказал мне взволнованный Кучка, – это не орудия пытки, отнюдь нет. Там написано, что это щипцы для доставания льда из проруби. Это не орудия пытки, нет, нет, это совсем не орудия пытки...

Он повторял это шепотом до самого конца концерта, мальчик, ему очень хотелось, чтобы жизнь Абрамаса Бердано прошла без мучений.

Она и действительно прошла без мучений, простая долгая жизнь балтийца, но все же и без мучений она, на мой взгляд, была освящена и люлькой и крестом, и всеми другими предметами, которые он сделал сам, тем более, что сейчас эти предметы столь торжественно и в то же время скромно, мирно и волшебно освящались музыкой, родившейся в других, куда более величественных мраморных рамах.

ИТАЛЬЯНСКОЕ МРАМОРНОЕ КРУЖЕВО, ГОТИЧЕСКИЕ СТАЛАГМИТЫ

– Смешно, – сказал Мемозов из-за рыбьих косточек. Все это время он работал над изысканным блюдом и сейчас возвышался, как дракон над останками жертв. – Очень смешно. Скажите, вы не пробовали подвергнуть их предметы телекинезису? Воображаете, как заплясали бы все эти старые деревяшки? Еще смешнее получилось бы, чем с музыкой.

– Скажите, Мемозов, уж не собираетесь ли вы стать нашим пастырем? – спросил Крафаилов, тщательно маскируя свое негодование под маской холодного презрения.

– В пастыри я не гожусь, – скромно ответил Мемозов и забрал

со стола блюдо мяса. – Я угонщик, конокрад и живодер, прошу любить и жаловать.

– Должно быть, Мемозов хочет подвергнуть телекинезису нашу Железку.

Этот полу-вопрос подвесил к потолку, словно ракету тревоги, лично академик Морковников.

Наступило тягостное молчание и, надо признать, что, несмотря на презрение к Мемозову, все ждали его ответа с волнением.

– Объект громоздок, но небезнадежен, – потупив глаза к мясу и улыбаясь мясной вавилонской улыбкой, проговорил гость, – Павел Аполлинариевич, если вы собираетесь выставить меня на лестницу, учтите, каратэ для меня пройденный этап и в арсенале у меня еще имеется таиландский бокс. Наталия Аполлинариевна, сдержите гнев вашего супруга посредством напоминания о гостеприимстве, этом биче цивилизованных народов. Друзья мои, Аполлинариевичи, скоро вы поймете, что Мемозов гонит вас на новые пастбища к сладкой траве „Дурман", под сень гигантских чертополохов. Рвите сами сплетенные вашим автором путы, а я сниму с ваших глаз катаракты. Спокойно, друзья, без рукоприкладства, я отступаю, унося свое мясо, а на мое место приходит мой ассистент МИК РЕЦИЗРОМ, который раздаст всем медиумам приглашения на Банку.

Мемозов удалился то ли в двери, то ли в окна, то ли в стены, никто не заметил, как он исчез, потому что все обернулись на гремящую, пританцовывающую, напевающую фигуру в длинном желтом бурнусе, в огромных черных с верхней перекладиной очках на бритой голове, напоминающей протез головы, то есть фальшивую голову безголового человека.

Никто не мог даже и вообразить, что под желтым бурнусом бьется робкое милое сердце их любимца Кимчика, так легко порабощенного и измененного новоявленным другом - торнадо.

– Кто вы? – спросил, храбро выступая вперед, главный сын Кучка. Взрослые все еще переживали безмолвие.

– Я мумия здешнего шамана, – скорее не произнесло, а дало понять явившееся существо. – Я дефект природы и газовый пузырь. Сто лет я облучал свою голову ультрафиолетом, пока не получился протез головы. Теперь я перед вами с приглашениями на сеанс контакта. Жизнь большого интеллекта невозможна без дефекта. Что касается дефекта, он съедает интеллекта. Жаден он, как саранча, и танцует ча-ча-ча!

Ударил бубен, веером вылетели из-под ног желтого балахона приглашения – сердечки, кружочки, треугольнички, склеенные из страниц индийской книги „Ветви персика", где о любви сказано: „Искусный и благородный сердцем превратит трапезу нищего в пиршество князя."

– Остро, не правда ли? – спросили женщины.
– Согласен, – неожиданно для самих себя сказали мы.

Не потому ли, дорогая, что жизнь пошла на перекос? Нет. Просто. Ночью. Ветер. Мая. Шальную ласточку принес. И сдвинулись мои устои, в порт прибыл лайнер „Кавардак", в лесу турусы на постое, а в чайнике кипит коньяк, летит мой конь с рогами яка, в театрах бешеная клака, ответы ищет зодиак, бульваром рыщет Растиньяк, а я всю ночь в непонятном волнении.

– Все жаждут крови, даже дамы, – вопросительно утвердил на столичном углу среди затихающего провинциального бурогана Мемозов одинокой красавице в лисьих мехах и янтарных ожерельях.

Таисия прежде супруга сняла гипс и сросшейся помолодевшей рукой произвела с собой невероятное: завивку, подкраску, опрыскиванье, и вскоре неузнаваемой некрафаиловской красавицей выплыла в свирепеющий пурган.

– Халтур-ра! – прокричал в вентилятор ворон Эрнест, но оттуда лишь загудел ветер в ответ, а по мусоропроводу пролетела и кокнулась в ночи одинокая четвертинка.

В разгаре пира ЕЕ перерезала пополам почечная колика...

– Когда ты болеешь, когда ты страдаешь, когда ты плачешь без слез, когда ты кусаешь губы... – продолжал работать поэт - компьютор в Европейском институте ядерных исследований на окраине Женевы.
– Когда, когда, когда... невразумительные строки перелетали из Швейцарии в Пихты и обратно. Заело!

В разгаре пира дубовый стол с горячими закусками был перерезан вдоль телефонным звонком из Железки.

– Мезоны стали!
– Как так стали?

– Вот так, застыли в каре. Никакого намека на прежнее буйство. Стоят как ассирийцы или персы. Может быть, шарахнуть по ним тяжелой частицей, шеф?

– Еду!

Крупно: усталые, сосредоточенные на одной идее глаза „шефа". Средний план: дряхлый разболтанный лимузин, не иначе, из гаражей Аль-Капоне, „шеф" за рулем, за стеклом вьюга. Панорама: войско Дария Гиспаспа в зловещем безмолвии ощетинилось пиками: мезоны...

В последней попытке хоть что-то спасти свое привел Крафаилов с в о е г о безумного дружелюба на с в о й холм.

– Беру за рубль комплект – телекомбайн с прицепом плюс мельхиоровые вилки, а они у меня уже есть – брал с финским сыром. Значит, на мельхиоровые вилки покупателя найду и снова у меня рубль, и я тогда комплектом отовариваюсь в гаражном кооперативе... – тихо бормотал Агафон Ананьев и тихо пестрил золоченым карандашиком записную книжечку и тихо как бы отгораживался локтем – никому, мол, не мешаю.

– Вот смотри, Агафон, Агафоша, дорогой ты мой человек! – несвойственным себе струнным призывным тоном проговорил Крафаилов и веерным жестом распахнул перед дружелюбом горизонт.

Он был уверен – проникновенное созерцание Железки исцелит помраченный дьявольским искусом разум Ананьева. Ведь чего проще, казалось бы – стой и молчи, и зрелище родной, пронзительно любимой структуры, ее скромное, но удивительное полыхание в закатных снегах изгонит мышиную суету, наполнит сердце твое простым и мудрым блаженством.

Он глянул и сам со своего холма, и ужас хлобыстнул его лопатой ниже пояса – Железка в этот вечер ему н е п о н р а в и л а с ь. Что же произошло, что изменилось? Да ничего не произошло, ничего не изменилось, но что-то неясное – то ли гнев, то ли раздражение, то ли просто сплин – проглядывало в любимых чертах... и крохотная желтая тучка стояла над пищеблоком физиологического вивария...

Да что же это? Неужто жалкая амбициозная заезжая личность может так легко прервать контакты, нарушить сокровенные связи нашей осмысленной, мирной и кропотливой жизни, исказить невыразимые черты нашей Железки, исказить невыразимое?

– ...утюг обращаем в аккордеон вместе с канарейкой, а канарейку с мотором „Вихрь", плюс магазин „Детский мир"... – тихо считал Агафон, глядя в разные стороны горизонта пустыми некомплектными глазами.

Однажды в морозное ведро антициклона местный самолет „Жучок - Абракадабра" совершил удивительный, или, как в газетах пишут, памятный рейс с цветами.

Пилоту Изюбрскому дяде Яше кружило голову полночным ароматом ЮБК и Кавказской Ривьеры, гремела в утлом аппарате бесшумная симфония запахов и красок, гремела в спину, шевеля лопатки, морозными воспоминаниями о третьей декаде жизни струилась по позвоночнику немыслимая икебана из роз, тюльпанов, гладиолусов, пионов, хризантем, нарциссов, непорочных и пленительных маков, но руль держал крепко: такая профессия.

Пассажиров в икебане как бы вроде и не было – таились друг от друга, не узнавая, меняя черты лица хрустящим целлофаном.

– Слава Богу – долетели!

По слухам, роттердамская оранжерейная биржа дала в то утро непредвиденный скачок то ли вверх, то ли вниз – никто из инвесторов не разобрался, но паника была большая.

Ну вот... Перед тем, как завершить третью часть повествования, нам следует во избежание каких-либо упреков сказать, что в самый разгар пургана-бурогана, когда ничто в округе не летало и не крутило колесами, в Пихты при помощи ерундового произвола прибыл для спасения повести автор.

Он остановился в гостиннице „Ерофеич", дав администрации подписку о немедленном выезде по первому же ея требованию.

Сейчас чемодан уже упакован, коридорная в зорком пенснэ с инвентарным списком стоит на пороге, но автор – каков смельчак! – предлагает терпеливому читателю небольшой приз под названием

ИНСТИНКТЫ

Как известно, огромные собаки породы сен-бернар в течение многих уже веков являются профессиональными спасателями. Каждый сен-бернар от рождения снабжен инстинктом разгребания лапами снега, если под ним происходит замерзание человека. Пихтинский гигант Селиванов тоже не был обделен природой.

На исходе штормовой недели Селиванов гулял в районе засыпанного снегом горпарка, в секторе аттракционов, как вдруг почувствовал под собой на большой глубине биение теплого человеческого сердца.

Велика была радость хорошего, умного пса, когда в нем проснулся древний благородный инстинкт. Бешено работая всеми четырьмя лапами, одним хвостом, одним носом и двумя ушами, уподобляясь совершеннейшей спасательной машине, Селиванов в считанные минуты откопал человеческое тело, которое оказалось шофером городского такси Владимиром Телескоповым.

Владимир под снегом уже пребывал в состоянии клинической эйфории, улыбался яркосиними губами, еле слышно пел песню Магомаева „Благодарю тебя". Пес, превозмогая запахи парикмахерской и бензоколонки, благоговея и ликуя, лег всем телом на Телескопова и в считанные минуты шерстью своей и мощным дыханием отогрел бедолагу.

– Сколько время? Десять есть? – таковы были первые слова Владимира.

Пес Селиванов в это первое тихое утро спас водителя Телескопова, а тот в знак благодарности подвез его до дома на такси.

Всегда до глубоких корней меня волнует взаимовыручка людей и животных.

ЧАСТЬ ЧЕТВЕРТАЯ
СКВОЗЬ СОН МЕМОЗОВА

„... просит,
чтоб обязательно
была
хотя бы одна
звезда..."
В. Маяковский

Почему все это происходит на квартире одного из нас, нашего любимчика Кимчика, а его самого не видно?

Мы входим. Нас встречает человек с протезом головы: каленый бильярдный шар в огромных черных очках с перекладиной непонятного назначения.

– Здравствуйте. Кимчик дома?

– Никого здесь нет! Никого! Ни мамы нет, ни папы нет. Никого! Бояться некого! Одна лишь ассирийская колдунья Тифона! Тифона! – поет протез.

Оставь насмешку всяк сюда входящий, думаем мы. Увы, насмешка – не галоши. Стены типового коридорчика украшены дурацкими коллажами из плодово - овощных реклам, плесневелых иероглифов, баночек с заспиртованными сороконожками, птичьих лапок, скандинавских рун, таблиц и знаков каббалы. Тьфу, дешевка!

Затем мы проникаем в комнату, где когда-то над раскладушкой Кимчика висел портрет Хемингуэя, рядом с ледорубом, гитарой и рапирой. Теперь ничего этого нет, а есть опять же одна лишь Тифона: четыре стены и стулья по количеству приглашенных.

В углу обскуры, растопырив крылья, сидит унылый мемозовский орел Рафик, в другом углу неодушевленная, в отличие от наших собак, собака мясной породы Нюра. Из первого угла остро пахнет орлом, из второго остро пахнет мясной неодушевленной собакой, из третьего и четвертого углов ничем не пахнет, и в этом, по-видимому, заключается особый КОШМАР.

Как глупо! Невольно вспоминается ильф - петровский маг Наканаан Марусидзе. Чем хочет жалкий Мемозов потрясти наше воображение? Не будем сплетничать, но все-таки – вы слышали? – говорят, в Москве все его попытки уловления душ с треском провалились. Решил, значит, на провинции отыграться?

Вдруг дверь открылась и вошел Мемозов в лиловой мантии. Отчасти это даже понравилось, ведь все ждали какого-то дьявольского извержения, все немного нервничали, и вдруг пришел человек в простой лиловой мантии. Во всяком случае, это тактично.

– Добрый вечер, ребята, – тихо и приветливо заговорил Мемозов на простом русском языке. – Рад, что вы пришли. Спасибо. Начну с комплимента. Вы помолодели, особенно дамы. Раздрызги, развалы, дрязги, ревность, шальные ночи пошли впрок. Скромно торжествую и продолжаю. Сейчас мы все заснем, включая и меня и моих ассистентов, но не тем холодным сном могилы и не тем физиологическим процессом торможения, и даже не гипнотическим сном, а сном особого свойства, природу которого мы постараемся выяснить вместе в процессе сна. Начнем, старики?

Эти обращения „ребята", „старики" – были своими, близкими, и тон Мемозова был какой-то очень простой, свойский. Напряжение ослабело, но защитная насмешка все же не испарилась.

– Да ведь никто не заснет, Мемозов, – усмехнулись мы. – Никто здесь не заснет, может быть, только вы сами задрыхните. Все присутствующие принадлежат к сильному типу нервной деятельности.

– А давайте попробуем, – простым задушевным тоном предложил Мемозов, мирно прошелся по комнате, пригласил в третий угол своего ассистента с протезом головы, закрыл плотно дверь, встал в четвертый угол и коротко сказал, словно выдохнул всем нам и себе, а также всем знакам каббалы: каракатице, щуке, сому, вьюну, скату, орлу, коршуну, аисту, сове, свинцу, олову, железу, золоту, ониксу, сапфиру, алмазу, карбункулу, голове, сердцу... и виноградным гроздьям вкупе с пленительным бананом, сказал, как бы выдохнул:

СОН

Вроде бы что-то пронеслось по стенам, то ли яркие моменты истории, то ли клинопись, то ли нотные знаки, на долю секунды шарахнуло по голове каким-то звуком, но в принципе ничего не изменилось.

– Вот видите, Мемозов, никто не заснул, – засмеялись мы, – Бедный вы наш дилетант – опять провалились?

– Я начинаю с лести...

Мемозов поплыл вокруг гостей лиловой марионеткой на невидимых нитях.

– Я льщу вам, я льстец, я вью, я льюсь, я льном льну к постаменту научной славы. Вы сильные типы нервной деятельности и никто из вас не заснул, один лишь я, унылый неудачник, впал в состояние трансформации, и сейчас я прошу снисхождения и ставлю вот здесь в углу систему трех зеркал и Банку - 72 с глубоководным братом и в глубине зеркальной пропасти сквозь формалин ищу волшебный корень пентафилон и даже не призывая на помощь Тифону, Сета, Азазелло и Шеймгамфойроша, то есть без них, начинаю спать, а поскольку я сплю, и вы суть мое сновидение, то не обессудьте, я разрушаю вашу повесть!

– Я продолжаю с презрения!

Мемозов приблизил к нам свое лицо и вздул на лбу венозную ижицу. Глаза его слились в один циклопический бессмысленный и яростный ЗРАК. Взлетел и повис над нами его орел, похожий на муляж орла. Однако в когтях муляжа извивалось беззвучно что-то живое, и в клюве дергалась жилочка мяса.

Собака, вернее чучело собаки, с блудливой порочной ухмылкой, обнажившей желтый вонючий клык, кружилось в бесшумном валь сочке на задних лапах. На чреслах ее мясистых дрожали балетные тапочки.

Человек с протезом головы встал на колени перед бельевым тазом, где булькали цветные пузыри, и начал горизонтальными и вертикальными пассажами выращивать ядовитые и призрачные кусты, которые тут же таяли на глазах, чтобы уступить место новым, не менее ядовитым, ярчайшим и бессмысленным.

Все вместе было бессмысленно и уныло, но, увы, спасительная птичка иронии почему-то оставила нас и улетела сквозь черную стену в наружное морозное ведро клевать засахарившуюся рябину и напевать свои столь любимые нами, а сейчас забытые песенки.

Увы, мы и впрямь почувствовали себя персонажами дурного сна и впали в желтую абулию, то есть в безволие.

– Я презираю логос и антилогос, ангела и демона, жуть и благодать. Есть только я, одинокий и великий очаг энергии, и вы во мне, как мои антиперсонажи, как моя собственность, и я делаю с вами, что хочу, вопреки пресловутой логике, здравому смыслу и сюжету повести. Для начала поднимайтесь вместе со стульями. Ап!

И мы все повисли в воздухе, в его сне –не в нашем собственном, повисли на разной высоте и под разными углами наклона.

Мы были рядом, но связь прервалась. Ни звука, ни мысли не доходило от стула к стулу.

Он захохотал – довольный. Красиво! Какая блистательная по идиотизму и красивая картина! Видела бы это наша красавица Железка!

Железка! Дабль - фью! Серебристая цапля! Прощальная вибрация любимого металла…

– А теперь прощайтесь со своими мечтами!

Ну вот и все: пришла пора прощаться…

– Я протестую! – вскричал вдруг юный голос, и в камеру-обскуру, сквозь черный многослойный мрако-асбест проник и укрепил кулаки на бедрах наш милый Кимчик, давний, молодой, в спартаковской линялой майке, в кедах и лыжных байковых штанах. Казалось, его не смущает присутствие господина с протезом головы, то есть его же самого, но оскверненного Мемозовым.

– Я протестую! Где моя гитара! Где рапира! Где Хемингуэй? Пока что я ответственный квартиросъемщик, и площадь эта малая – моя!

– Сегодня, – медленно и раздельно проговорил Мемозов, – се-го-дня из всех этих жэковских и кооперативных домов весь научный персонал среднего поколения вынесет на свалку всех своих хемингуэев. Не смешите меня своим хемингуэем, хоть он у вас и вышит сингапурским мулине по шведской парусине. Подумайте сами – сколько уж лет он у вас висит?

Прощай, прощай, Хемингуэй! Я встретил тебя однажды в ночном экспрессе и ты мне рассказал еще со страниц довоенной „Интерналки" нехитрую историю про кошку под дождем. Прощай, прощай, Хемингуэй, солдат свободы! Прощай, мы больше не встретимся в Памплоне и не будем дуть из меха вино. Прощай! Я прощаюсь не только с тобой, но и с твоим лихим, солдатским, веселым юным алкоголем. Увы, нам уже не въехать на джипе в пустой, покинутый немцами Париж, нам уже не опередить армию, и я забуду твою науку любви, ту лодку, которая уплывает, и науку стрельбы по буйволам, и науку моря, науку зноя и партизанского кастильского мороза.

Прощай, тебе отказано от дома, ты вышел из моды, гидальго XX-го века, первой половины Ха-Ха, седобородый Чайльд, прощай!

А ведь я полагал когда-то с ознобом восторга, что мы не расстанемся никогда.

Теперь – прощай!

Затем, очень быстро – много ли надо во сне? – камера обскура превратилась в некое подобие боксерского ринга, на котором человек с протезом головы совершил быструю расправу над молодым Кимчиком, и Кимчик улетел в бездонную пучину черных стен.

– Теперь прощайтесь с Дабль - фью, с вашей шлюхой подзаборной! Прощайтесь, не смешите человечество!

Мемозов, могучий и всевластный, уже не в тоге, а в набедренной повязке, переплетенный тугими мускулами, довольный и грозный, только что пожравший мореплавателей Кука и Магеллана, только что отравивший Моцарта и пристреливший Пушкина, короче – сытый и в белой безжизненной маске с неподвижной широкой улыбкой, открыл нам стену своего сна и левым глазом осветил широкую панораму прощания.

Что я увидел? С чем я прощаюсь навсегда? Я увидел мой город, знакомый до слез... Я увидел темный силуэт города меж двух морей, над светлым морем и под светлым морем, и в верхнем море, в светлейшем золотом море моей юности над Исаакием, над шпилем Адмиралтейства, над Водовозной башней, над Нотр-Дам и над Вестминстером, над Сююмбекки и Импайром слезинкой малою светилась моя летящая звезда.

Я увидел со дна колодца гигантскую плоскость уже по-ночному светящегося стекла и бронзовую толсторукую фигуру ангела, а над ними лоскут моего пьяного полночного неба, и в нем светилась моя летящая звезда.

Я увидел кипень ночной листвы на пустом трамвайном углу и асфальтовые отблески юности, я увидел стук собственных шагов, я увидел свой меланхолический свист про грустного бэби, который забыл, что и у тучки есть светлая изнанка, я увидел тихий шум удаляющегося под мигалками автомобиля и там, в перспективе улиц, в пустом морском небе я увидел ее смех и щелканье каблучков, и летящую ко мне несравненную невидимую красавицу.

О, Дабль - фью!

А еще прежде была Лилит, рожденная из лунного света!

Итак, я все это увидел, чтобы попрощаться. Прощай, вокзальная шлюха с торчащими грязными бугорками подвздошных костей, с кровоподтеками на бедрах и на чахлых измятых шпаной в подворотнях грудях – прощай! Прощай, моя Лилит, рожденная из лунного света!

И мы все замерли, когда по мановению спящего тирана панорама прощания стала медленно пропадать и наконец – „слиняла", растворилась в черноте.

Мы не спим, на нас его шарлатанские чары не действуют, но он, проклятый, спит, и мы стали персонажами не нашей повести, а его дурного сна, и сопротивление бессмысленно.

– Ха-ха! – вскричал хозяин сна. – Только ли сопротивление? Может быть, вы хотите найти смысл – в смирении? Смысла нет – ни в смысле, ни в бессмыслице, есть лишь Бес Смыслие, мой старый знакомый, вышедший в тираж и даже не добравший документов для получения пенсии. Есть я – Мемозов, ваша антиповесть, и вы теперь – в моих руках, а потому – прощайтесь!

Как? Неужели вы отважитесь поднять ваш перст даже на НЕЕ? На нашу Железку? Немыслимо!

– Немыслимо, а потому возможно. Я вас лишу предательских иллюзий, лишу всего мужского и женского – прощайтесь! Объект вашей любви не легче и не тяжелее стула.

Разом вспыхнул вокруг нас голубой морозный простор, и мы почувствовали себя на нашем холме над нашей Железкой.

Мене, текел, фарес.

Бурая, окоченевшая от мороза долина лежала под ослепительным небом. Что может быть тоскливее такой картины – бесснежная свирепость, мгновенно окачурившееся лето? Лучшей погоды для надругательства не выберешь.

Наша Железка лежала внизу как неживая, как будто и она была убита мгновенным падением температуры, как будто сразу из нее выпустили ВСЕ: все наши споры и смех, и табачный дым, и газ, и электричество, и горячую воду, все наши годы, все наши муки, все наши хохмы, все наши мысли, все наши надежды – всю ее кровь. Мы стояли на твердой глине на наших замерзших следах пятнадцатилетней давности и молчали, потому что никто друг друга не слышал, и сколько нас было здесь на холме, неизвестно, потому что никто друг друга не видел. Никто из нас не поручился бы и за собственное присутствие, но все были уверены в близости кощунства.

Наконец появился хозяин сна – Мемозов. За ним влеклись его ассистенты – ковылял как домашний гусь некогда гордый гималайский орел, юлила профурсеткой на задних лапках некогда солидная корейская собака, низко распластавшись над землей летел человек с протезом головы, который некогда был нормальным человеком, организатором досуга. Что касается самого Мемозова, то он двигался величественно, как будто бы плыл, и тога его мгновенно меняла цвет, становясь то черной, то лиловой, то желтой, и всякий раз яркой вспышкой озаряла бурый потрескавшийся колер древней картины сна.

Затем лицо Мемозова закрыло весь брейгелевский пейзаж и вновь надулось кровью как у тяжелоатлета во время взятия рекордного веса. Увеличение продолжалось. Какой ноздреватой, кочкообраз ной кожей, напоминающей торфяное поле, оказывается, обладает наш рекордсмен. Крыло носа вздыбилось над мраком ноздри, как бетонная арка. Вращаясь, бурля, кипя, закручиваясь, словно котел с шоколадной магмой, приближался, закрывая весь белый свет, глаз Мемозова. О ужасы, о страсти, о катаклизмы самоутверждения!

И вот процесс закончился: вращение магмы в зрачке приостановилось. Возникла прозрачнейшая бездонность, и там отчетливо и безусловно мы увидели страшное: наша родная Железка оторвалась от земли и всем своим комплексом висела теперь в воздухе.

В воздухе или в его проклятом сне... важно то, что она висела над поверхностью земли, и низ ее был гладок, словно и не было никогда никаких корней.

Тогда включился звук. Мы остались немы, но услышали дыхание друг друга и увидели себя на горе, под горой и по всей округе, все увидели друг друга, но Мемозов, сделав ужасное, замаскировался в пространстве. Наглый, хитрый и могущественный, он „слинял", как будто и не имел никакого отношения к ледяной коричневой прозрачности своего ЗРАКА. Лишь голос его хулиганской едкой синицей порхал над нашей толпой.

Некоторые еще сомневаются в возможности телекинезиса!

Происходило кОщунство, как мыслил осознавший себя Великий - Салазкин.

Зеркально гладкий поддон Железки висел над покинутым котлованом, отражал оборванные недоброй силой корни и энергетические коммуникации. Медлительно, но неуловимо котлован затягивала желтая ряска, неизвестно откуда взявшаяся на этом космическом морозе.

Мы все, киты и бронтозавры, потрясенные кОщунством, обнявшись, пели песню без слов.

О если бы небеса вернули нам искусство слова! Быть может, хоть что-нибудь нам удалось бы спасти!

И тут она взметнулась, как оскорбленная девушка или испуганная птица. Она стремительно ушла в высоту, в неподвижное и бездонное голубое небо, которое мы все еще видели как бы сквозь задымленное мемозовское стекло. Она ушла так высоко, что казалась нам теперь огромной бабочкой, приколотой на голубой поверхности неба.

Прошел, ледяным ветром проплыл над нами миг, и бабочка из огромной стала просто большой.

Прошел, смрадом продышал над нами еще один миг, и бабочка из большой превратилась в маленькую.

Прошел, черными вороньими хлопьями прокаркал над нами еще один миг, и маленькая бабочка с красными пятнышками и терракотовыми прожилками стала еле видным пятнышком в бескрайнем голубом небе.

Голубое, голубое... голубое до черноты.

– Она покидает нас! Она улетает! – запели мы хором.

Слово вернулось к нам, но – увы! – слишком поздно. Она, подхваченная горькой обидой, – улетела...

Она улетает!
И долго ли?
Протянется?
Тяжкий сон?
Шарлатана?
Она улетает!

И вернется ли когда-либо, никогда ли не вернется ли, когда ли вернется ли не либо ли? Хитроумными извилинами сослагательного наклонения мы пытались бежать своего горя.

Она улетела и хватит хитрить. Теперь выходи на широкий простор горя и пой!

Горе было огромной чашей с хвойными краями, с волнистым диким горизонтом. Таежная зеленая губка с рваными порами заполняла все блюдо нашего горя, а в центре горя, там, где еще три мига назад теплела наша Железка, теперь пылало желчным огнем ледяное болотное злосчастье.

– И пой!

ТРЕТЬЕ ПИСЬМО К ПРОМЕТЕЮ

О Прометей, я знаю, как труден твой путь на Олимп и как плечи твои отягощены плодами Колхиды! В те дни проколы в шинах и пересосы в карбюраторе вконец извели нас, и жгли нас ссадины, и кровь сочилась сквозь слишком тонкую для титанов кожу, но ты, привыкший к истязаниям орлов в ущелье, генацвале, ты шел впереди, таща, кроме венца тернового, еще венец лавровый и две покрышки на своих плечах и утешал нас всех надеждой на краткий отдых там, где сейчас большой мотель, там, в Македонии на перевале!

Какой пример являл ты нам, кацо, когда мы вдруг увидели за перевалом ожившую картину Анри Руссо „Война": разброд телесный, вывернутые ноги, и черные листья, и черные санитары войны – вороны, в том мире страшном, где как будто бы забыли, что в силу теоремы Гаусса в сочетании с „Диалогами" Платона мы испокон веков имели

$$OO(M_a)\ и \sqrt{\frac{\frac{M}{H}}{D}} \int \frac{FORUM}{G} \Big] \text{ O, LADY!}$$

И в клочьях дыма рыжего ты нас, Аполлинариевичей, всех сквозь всю картину, чтоб мы еще смогли увидеть в холодном синем небе родную улетевшую Железку и потому, Прометей - батоно, в благодарность за вечное мужество мы преподносим тебе на шампуре вечного логоса дымящийся приз – вот этот шашлычок:

-XYZ-YXZ-ZYX-

всего лишь три кусочка, батоно, но извини, – сейчас не до мясного… адью… пиши… я жду…

… Война промчалась, бешеная девка в обрывках комбинации на черной лошади по трупам, размахивая жандармской селедкой над головой, и стук ее копыт, и идиотский хохот, и свист меча в конце концов затихли в каких-то отдаленных палестинах, а я очнулся.

Я потрогал свой лоб и ощутил под кожей лба лобную кость, я потрогал нос и ощутил под пальцами кость и хрящ, я потрогал низ своего лица и вспомнил, что нижняя челюсть в юности называлась mandibula, и я возил ее в трамвае на урок, на коллоквиум, на зачет, на морозное крахмальное судилище госэкзамена, и она погромыхивала в портфеле вместе с фибулой и тибиа и лямина криброза и еще с десятком других человеческих костей. О, как прост в те дни был мир, а я еще не имел ни малейшего понятия о рибонуклеиновой кислоте!

... Рибонуклеиновая кислота? Ерунда! Мне ее вливали. Зачем? Для профилактики. Каков состав? Пожалуйста – шампанского сто граммиков, тридцать граммчиков водочки, облепиховый ликерчик, лимонного сочку пару ложечек, портвейну таврического энное количество – таково „карузо”, ярмарочное колесо, коктейль, сиянье молодежной жизни. Ты лыбишься? Значит, еще жив. Вставай, чего лежишь – простудишься!

... Я покупаю за рубль музей фарфора плюс кружку пива в комплекте. Теперь я хожу с кружкой пива, ищу любителя, потому что мне нужна путевка в санаторий – устал. Пиво расплескал, продал музей фарфора, купил путевку в комплекте со шпулькой ниток. Теперь живу на всем готовом, ничего не покупаю, а нитки подарил искателю ниток. Гори все огнем – я не заколдованный!

... На поле битвы лег туман, а снизу просочилась влага. Я все еще лежал и улыбался за порогом боли и за порогом страха, и на пороге сизой смерти.

Вот что-то зашлепало, мерно и медлительно, но с неожиданным глупеньким смущением, с подгибанием нелепой ножки, с робким покачиванием. Падали капли с клюва на падаль... миг – тишина... еще один осторожный шаг, тишайший разворот крыла, как будто пальцы, сведенные уже страстью, но еще стыдящиеся, тянут длинную молнию на спине.

ПРИЗЫВ ПАМЯТИ

Не забывай, не забывай, не забывай ярко-синего моря и всего, что связано с ним, не забывай ярко-черного рояля и всего, что связано с ним, не забывай ярко-белого Эльбруса и всего, что связано с ним, не забывай ярко-желтой яичницы и всего, что связано с ней, не забывай ярко-красной, леденящей и пьянящей рябины и всего, что связано с ней, не забывай ничего голубого.

ПРИЗЫВ БЛАГОРОДНОЙ ДУШИ БЕЗВРЕМЕННО УСОПШЕГО ПУДЕЛЯ АВГУСТИНА

Безвременно не усыпайте, безвременно не усыхайте, безвременно не икайте, не рыгайте, безвременно не проклинайте, безвременно не искушайте, не жирейте, не пьянейте, не старейте, безвременно не молодейте, потому что и я усоп не безвременно, а просто пришло мне время погонять по райским лугам за той мухой, которую я не обидел.

ПРИЗЫВ ДАБЛЬ - ФЬЮ

О муж сраженный, вставай и пой в ряду первых рыцарей, люби и жди!

О муж мой сраженный, вставай и рычи своими рычагами, лети своими летунами, коли своими колунами, вези своими везунами, плыви своими плывунами, люби и жди!

Вся наша огромная толпа стояла на холмах и в низине и смотрела в небо, где не было вначале ничего, а потом появилось нечто и, падая с удивительным сверканием и трепетом, подобно листочку фольги, нечто, весьма маленький предмет, упал к ногам Великого - Салазкина.

Это была чистенькая новенькая металлиночка, похожая на консервный ножик, почти такая же, как та, пятнадцатилетней давности, что была заброшена академиком в глубь болот.

– Протестую! – закричал вдруг из какого-то бочага невидимый Мемозов. – Мой сон затянулся. Рафик, клюнь меня в щеку! Нюра, прогавкай мне в ухо! Мик, нашатырного спирту! Тинктуру саксаула!

– Халтур-ра! – прокаркал в вентиляцию чей-то добрый старческий голос.

Орел удалялся в бескрайний простор к своим заоблачным миражам, неся в когтях косматую подругу по рабству.

Человек с протезом головы сорвал очки, оброс свалявшейся шевелюрой, в которой вполне могли бы спрятаться маленькие симпатичные рожки, и, глянув исподлобья сатирическим взглядом, обернулся вечно юным стариком Кимчиком Морзицером. В руках у него была лопата.

У всех в руках уже были лопаты, у всей нашей толпы, у всех героев этой повести, у Эрика Морковникова, и у его жены Луизы, у Самсика Саблера и у Слона, и у Натальи, и у их главного сына Кучки, и у Вадима Китоусова, и у тианственной Маргариты, и у Крафаиловых, и у благородного Августина, у Телескопова, у Серафимы и у Борщова, у вылечившегося Агафона, у великого Селиванова и у гостей доброй воли Эразма Громсона, Велковески, Бутан-ага и Кроллинга, у всех докторов, кандидатов, аспирантов, техников, студентов и даже у вахтера Петролобова, а главная лопата была у Великого - Салазкина.

– Начнем по-новой, киты, – смущенно прокашлял старик и зашвырнул консервную металлиночку на желчный болотный лед, где она сделала пью-пью-пью и остановилась.

– Начнем по-новой наш сЮжет! – крикнул академик и вонзил лопату в мерзлый грунт пятнадцатилетней давности.

И все мы вслед за мной вонзили в наш грунт наши лопаты, и на этом сон Мемозова кончился – прорвались!

Разом в Пихтах зазвонили все телефоны, загудели все селекторы, забормотали все уоки-токи, затрубили все трубы. Так бывало всегда, когда в Железке совершалось важное открытие.

Кто-то из нас прорвал локтем черные стены, и мы увидели в сверкающей снежной перспективе аллеи Дабль - фью улепетывающего Мемозова. Он мчался по снегу на велосипеде без шин, на смятых в восьмерки ободах, работал задком, клубился гривой и тогой, а над ним летел четырехсотлетний ворон Эрнест и подгонял бедолагу крикаром „Хал-тур-ра."

– Хал-турр-рра!

Так я отпускаю своего соперника Мемозова восвояси, ибо великодушие свойственно мне, как и всем моим товарищам по перу. А ведь что можно было бы с ним сделать! Подумать страшно…

Доверительности ради, сообщаю читателям, что встретил своего анти-автора в Зимоярском аэропорту возле туалетной залы. Смиренным слезящимся тоном он попросил у меня трояк: нехватает дескать на билет. Как будто ничего и не было между нами! Что ж, подумал я, пусть летит подальше – для хорошей повести и трех рублей не жалко.

ОГЛАВЛЕНИЕ: